스물셋, 지금도 여행하고 있습니다

스물셋, 지금도 여행하고 있습니다

초판 1쇄 발행 2020년 9월 18일

지은이 남채연
펴낸이 이기봉
편집 좋은땅 편집팀
펴낸곳 도서출판 좋은땅
주소 서울 마포구 성지길 25 보광빌딩 2층
전화 02)374-8616~7
팩스 02)374-8614
이메일 gworldbook@naver.com
홈페이지 www.g-world.co.kr

ISBN 979-11-6536-778-7 (03810)

이 도서의 국립중앙도서관 출판예정도서목록(CIP)은 서지정보유통지원시스템 홈페이지(http://seoji.nl.go.kr)와 국가자료공동목록시스템(http://www.nl.go.kr/kolisnet)에서 이용하실 수 있습니다. (CIP제어번호 : CIP2020038138)

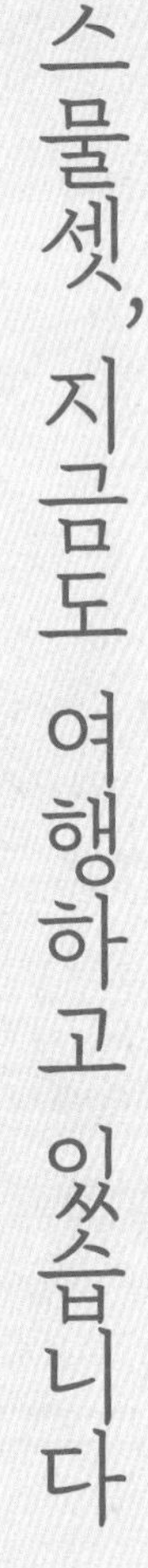

노르웨이에서 인도까지 그리고 다시 인도로

• 남채연 •

한 번도 가 보지 않은 낯선 곳에서도 과연 잘 지낼 수 있을까?”
스물셋, 졸업을 일 년 앞두고 혼자서 세상을 구경하고 싶었다.

좋은땅

여행을 떠난 이유

"한 번도 가 보지 않은 낯선 곳에서도 과연 잘 지낼 수 있을까?"

스물셋, 졸업을 일 년 앞두고 혼자서 세상을 구경하고 싶었다. 홀로 여행길에 오르게 되었을 때 경험하게 될 모든 것이 궁금했다. 그곳에서 만나게 될 사람들, 계획에 없었던 예기치 못한 일들, 그러한 상황을 대하는 나의 태도와 내가 느끼는 모든 감정까지. 조금은 두루뭉술할 수도 있는 이유이지만, 나에게는 이미 여행을 떠나기에 충분히 매력 있는 동기가 되어 있었다.

그렇게 휴학을 신청한 후, 반년 동안 문구점 아르바이트를 통해 여행 자금을 모았다. 매달 통장에 차곡차곡 쌓여 가는 돈처럼 내 안의 설렘도 걷잡을 수 없이 쌓여 갔고, 천만 원을 모아 두렵지만 마냥 두렵지만도 않은 그 길 위에 홀로 서게 되었다.

프롤로그

118일간의 세상구경을 마치고 돌아왔다. 그리고 전과 크게 달라진 것 없는 일상을 이어나가고 있었다. 며칠 내내 집에만 틀어박혀 바뀐 낮과 밤에 게을리 적응하며 시간을 보내다, 하루는 약속이 생겨 시내로 나간 적이 있었다.

거리는 전과 다름없이 여전했다. 바로 약속 장소로 가려다 근처에서 장사를 하고 계신 어머니께 잠깐 들르기 위해 발길을 돌렸다. 그렇게 몇 분을 걷고 또 걸었다. 무감각한 마음으로 걷고 있는데 문득 고소한 향기가 나서 고개를 돌린 곳에는 붕어빵을 굽고 있는 아주머니가 계셨다. 생각해 보니 지금이면 한창 곳곳에서 붕어빵을 팔고 있을 시기였다.

그때 무언가가 떠올라 의식적으로 거리 위를 바라보았다. 참 재미있는 일이다. 분명 여행을 할 때는 단지 그곳을 걷는 것만으로도 그렇게 설레고 신기했는데, 또다시 무던한 시각으로 세상을 바라보고 있었다는 사실이 조금 서운하게 느껴졌다.

그렇지 않은 사람도 있겠지만 여행을 통해 자신이 가지고 있던 관점이 조금씩 변화된 사람도 있다. 나는 그러한 과정이 변화가 아닌 원래 숨어 있던 조각들을 하나씩 발견하는 과정이라는 생각이 든다. 사실 무엇이 중요한지 알고 있지만, 애써 꺼내어 보지 않았던 것들. 이렇게 여행은 우리에게 숨겨져 있는 조각들을 비교적 빨리 맞출 수 있도록 돕는데, 중요한 것은 조각을 발견했을 때의 따뜻한 울림을 잊지 않아야 한다는 것이다.

붕어빵을 굽는 아주머니와 그때 그 거리에서 내 앞을 스친 모습들은 앞으로도 지겹도록 반복하게 될 나의 일상일 것이다. 만약, 모든 것이 낯설기만 한 외국인의 시선으로 매일매일을 바라본다면 어떨까? 천진난만한 아이의 눈으로 세상을 바라본다면 어떤 모습을 볼 수 있을까?

가장 보통의 것에서 또 하나의 재미를 발견해 내는 것.

그때 가졌던 낯선 이의 눈을 잃고 싶지 않아 이렇게 그림과 글로 소중히 그려낸다.

목차

3 프랑스

4 이탈리아

5 스페인

9 아르메니아

10 조지아

11 인도

1

노르웨이

세상 구경 D-1

여행을 떠나기 전날 밤. 언제든지 방문을 나서면 가족들과 얘기를 나눌 수 있는 아늑한 우리 집이 아닌, 내일이면 낯선 곳에서 잠을 자야 한다는 사실이 신기했다. 적어도 몇 달 동안은 보지 못할 내 침대, 책상… 평소와 똑같이 내 방에 있는 모든 것들이 애틋하게 느껴졌다.

준비는 여행을 떠나는 날 아침까지도 계속되었다. 방학 동안 짬을 내어 길어야 일주일 일본에 다녀왔을 때와는 달리, 준비할 것은 너무나 많았고 이제야 준비가 끝났다 싶으면 또다시 다른 해야 할 일이 계속해서 생겨났다. 떠나기 전부터 이 여행이 쉽지만은 않겠다는 것을 느꼈다. 걷잡을 수 없이 밀려오는 걱정거리들은 묻어두고 가족들 앞에서는 마냥 신나고 모든 준비가 완벽하게 된 사람처럼 굴었다.

"나 잘 다녀올게! 재밌게 놀다 올게!"

엄마에게 최대한 씩씩하게 말했다.

"조심하게만 다녀와. 중요한 거 항상 몸에서 떼지 말고."

엄마의 눈에는 내가 세상을 구경하면서 경험할 것들에 대한 기대보다는 나에 대한 걱정이 한껏 깃들어 있었다. 저녁 6시에 인천공항으로 가는 버스를 타기 위해서 아빠가 태워 주는 차를 타고 집에서 나왔다.

"아빠 1년 교환학생하고 오는 사람들도 있는데 이 정도면 아무것도 아닌 거 아니에요?"

말은 하지 않았지만 아빠도 분명 걱정하고 계셨을 것이었다. 내가 할 수 있는 일은 그저 '혼자 여행 갔다 오는 것이 분명 위험하지만은 않은 일'이라는 것을 되새겨 주는 것이었다.

"껌이지 뭐, 두 달인데. 9월, 10월, 11월 중반. 갔다 오면 가을이겠네."

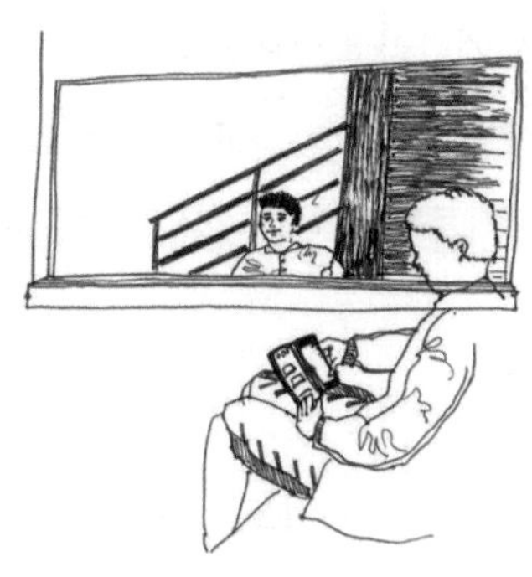
인천공항행 버스 안에서, 아빠의 얼굴

나는 안다. 아빠가 분명 딸을 혼자서 해외에 몇 달 동안 보내는 것이 '껌' 같이 쉬운 일이 아니라고 생각한다는 것을. 그렇지만 나를 위해서, 그렇게 아무렇지 않은 일이라는 듯 말하고 있다고 생각했다. 짐을 버스의 트렁크에 싣고, 자리를 잡았다. 그리고 창밖에서 가만히 나를 보고 있는 아빠를 바라보았다. 나는 아빠의 눈이 딸에 대한 걱정으로 뒤덮여 있음을 보았다. 순간, 나라면 내 자식을 혼자서 몇 달 동안 여행을 하도록 내버려 두었을까, 라는 생각이 들었다. 날 믿지 않으시는 것 같아도 결국은 믿어 주셨다는 것에 너무나 감사했다.

컨베이어 벨트에 가방끈이 끼이다

오슬로 가르데모어 공항에 도착했다. 시차를 확인해 보니 한국과 꽤 멀리 떨어져 있다는 것을 실감할 수 있었다. 수하물을 찾는 곳에 가서 조용히 배낭이 나오기를 기다렸다. 배낭이 컨베이어 벨트에 실려 나오는 것을 보고 얼른 걸어가서 등에 메려는데 벨트에서 떼어지지 않는 것을 느꼈다. 자세히 보니 배낭에 달린 길고 얇은 끈이 벨트 틈에 끼인 것이었다. 우스꽝스럽지만 움직이는 벨트를 따라서 걸어 다니며 있는 힘껏 끈을 잡아당겼는데 무용지물이었다. 공항 내에 있는 안내데스크에 가서 상황을 설명했다. 그는 친절하게 "잠시 기다리고 있으면 다른 직원이 가서 도와줄 거예요"라고 말했다. 다시 벨트 앞으로 돌아와 얼마 남지 않은 가방들 틈에서 내 배낭이 바보같이 계속 같은 자리를 뱅뱅 도는 것을 지켜보았다.

그런데 모든 가방이 제 주인을 찾아갈 때까지도 직원은 돌아오지 않았다. 다시 안내데스크로 가서 언제쯤 올 수 있냐고 물어보았지만, 아까와는 달리 차가운 표정으로 기다리라는 말만 반복했다. 나는 다시 벨트 앞으로 돌아왔고 선택을 해야 했다. 하염없이 직원을 기다릴 것이냐, 배낭의 끈을 자를 것이냐. 새 배낭이라 아까운 마

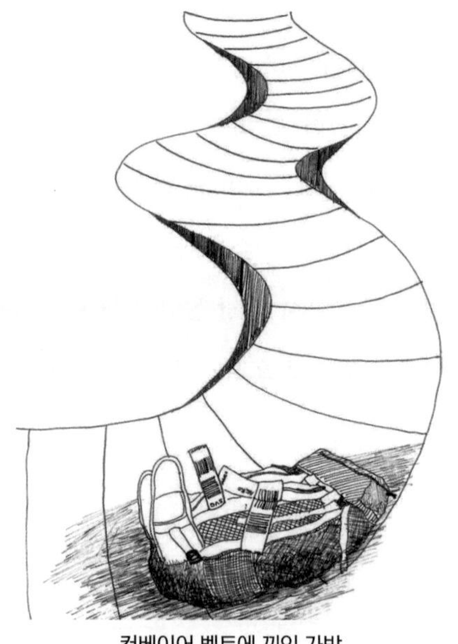
컨베이어 벨트에 끼인 가방

음이 들었지만 언제 올지 모를 직원을 기다릴 만큼 내 체력이 받쳐 주지 않았다.

끈이 잘린 배낭을 메고 공항 밖으로 나가면서 생각했다. '이번 여행 쉽지 않겠구나….' 그리고 끈을 잃은 대신 한 가지를 배웠다. 배낭은 보내기 전에 무조건 패킹할 것.

사람들은 모두 어디에?

공항에서 전철을 타고 오슬로 중앙역에 도착하니 마음이 한껏 들떴다. '내가 노르웨이 땅을 밟고 서 있다니!' 북유럽은 어렸을 적부터 환상의 대륙이었다. 오로라를 볼 수 있고, 겨울이면 나무로 된 집들의 큰 지붕 위에 쌓인 눈과, 광활한 자연이 펼쳐진 모습을 볼 수 있는. 오슬로역 밖으로 나서니 말할 수 없는 흥분에 웃음기 어린 얼굴을 하고서는 혼잣말을 해댔다. "나 진짜 노르웨이 온 거 맞아? 맞지?" 텔레비전이나 책에서만 보던 트램이 내 앞을 천천히 가로지르고, 아담하고 색색의 알록달록한 건물들이 내 시선을 빼앗았다. 그리고 그 사이를 아무런 표정 없이 아주 자연스럽게 지나다니는 사람들이 신기했다. 그런데 내가 긴팔을 챙겨 왔었나? 바보 같게도 9월 초 북유럽의 날씨를 가볍게 보아서 얇게 입고 온 탓에 팔에 닭살이 돋았다.

저녁을 먹으러 숙소 밖으로 나왔다. 그런데 이상한 점은 아무리 걸어도 사람이 보이지 않는 것이었다. 조금이라도 대로변에서 떨어진 거리에서는 사람들을 보는 것이 힘들었다. 날은 추웠고, 하루 동안 아무것도 먹지 못했기에 배는 점점 고파왔다. 아무렇게나 골라 들어간 식당의 직원들은 어떠한 인사말도 없이 그냥 나를 한 번 쳐다보기만 했다. '노르웨이는 원래 직원이 메뉴판을 안 가져다주나? 메뉴판은 어디에 있지? 계산은 선불인가?' 아주 일상적이고 사소한 모든 것이 한순간에 전혀 모르는, 낯선 것이 되어 버렸다. 고민을 하다 직원에게 가서 메뉴판을 보여 달라고 했다. 뭐가 뭔지는 모르지만 'rice'라는 친숙한 글자와 그나마 싼 값이 마음에 든 음식을 주문했다. 노르웨이는 모든 것이 비쌌다. 심지어 500㎖ 물 한 병이 4,000원이었으니, 돈을 아껴야 한다는 마음에 심적으로 압박감이 들었다.

다음 날은 비가 추적추적 내렸다. 사람이 너무 없어 마치 유령도시 같았다. 휑한 거리에 차가운 공기와 추적추적 내리는 비, 그리고 높은 물가까지 더해져 마음까지 차가워지는 것 같았다.

유령도시 같은 오슬로

숙소는 18인실이었고 남녀 공용이었다. 그런데, 둘째 날이 되어도 여자 투숙객은 더 이상 아무도 오지 않았다. 그 방을 예약한 여자는 오직 나 한 명이었던 것이다. 괜히 두려운 마음이 들었다. 서둘러 샤워를 마치고 이불 속으로 들어갔다. 아무도 내가 여자란 걸 눈치 채지 못하길 바라면서 이불을 머리끝까지 잡아당겼다. 외롭고 두려웠다. 떠나기 전 당차기만 했던 나의 모습은 사라지고 점점 겁 많은 작은 꼬마가 되어 가고 있었다. 가족들과 친구들, 한국에 두고 온 익숙한 내 모든 것이 그리웠다. 그러나 그다음 날은 새벽 5시에 일어나야만 했다. 일단 자야 한다는 생각에 억지로 눈을 감았다.

세계 최장의 피오르, 송네 피오르!

놓칠세라 송네 피오르로 달려가는 기차에 급하게 몸을 실었다. 오슬로에서 기차와 페리, 버스를 타고 베르겐으로 가는 10시간짜리 여정이었다. 등산복 차림의 여자 두 명이 함께 기차 안에 들어왔다. 그들은 비밀 암호 같은 그들만의 이야기를 끝없이 나누다 보온병에 싸 온 커피를 나누어 마시곤 했다. 기차 안을 감도는 달콤 쌉싸름한 커피 향은 커피를 사 오지 않은 것에 대한 아쉬운 마음이 들게 했다. 어느새 기차는 도시를 벗어나 초록의 들판에서 솜털 같은 양들이 풀을 뜯어먹고 있는 풍경으로 흘러가고 있었다. 시력이 좋아지는 듯한 기분까지 들게 하던 푸른 초원

송네 피오르로 가는 기차 안에서

은 정말 길게 이어졌다.

페리를 타고 낮은 산들 사이에 있는 넓고 깊은 골짜기, 세계 최장의 피오르인 송네 피오르로 향했다. 나는 역방향으로 앉아 있었는데 그 덕에 더욱 피오르 속으로 빨려 들어가는 느낌이 들었다. 비가 오지만 온몸으로 느껴보고 싶어 갑판 위로 올라가기로 했다. "와-" 나도 모르게 작게 탄성이 흘렀다. 굴곡진 암벽들 사이로 얇은 폭포가 흘러내리고, 실안개가 잔잔히 암벽 위에 흐르며, 그 사이로 어둡고 고요한 호수가 아주 길고, 웅장하게 펼쳐지고 있었다.

송네 피오르

홍콩 친구

어두워서 잘 보이지는 않았지만 얼핏 봐도 숙소는 허술해 보였다. 컨테이너 박스를 사서 페인트칠을 하고 그럴듯해 보이는 가구를 가져다 놓은 숙소였다. 그런데 숙소의 문이 잠겨 있었다. 누구라도 나오길 기대하며 계속해서 벨을 누르는 수밖에 없었다. 그때 누군가 의아한 표정으로 문을 열어 주었다. 너무나 반가운 얼굴이었다. 처음 보는 사람이었지만 같은 동양인이라는 이유로! 그는 능숙한 영어로 인사하며 어느 나라에서 왔냐고 물었다.

"나는 한국에서 왔어. 너는?"

"난 홍콩! 그런데 숙소 주인이 안 보여. 잠시 나갔나 봐."

"뭐? 그럼 어느 방에서 자야 되지?"

"기다려 봐. 내가 주인한테 연락해 볼게."

그는 숙소 주인에게 전화를 걸어 방금 자기가 숙소에 도착했으며, 어느 방에 머물러야 하는지를 차분하게 물었다. 또한 내가 어느 방에 머물러야 하는지도 잊지 않고 물어봐 주었다.

알고 보니 그는 오슬로에서 나와 같은 숙소에서 머물렀었고, 같은 시간에 숙소에서 나와, 같은 기차를 타고 송네 피오르를 보고 베르겐으로 넘어와 같은 숙소에 머물고 있는 것이었다.

"너 내일은 뭐해? 내가 봐 둔 연어 파는 시장이 있는데 값도 싸대. 노르웨이에 왔는데 연어 정도는 먹어 줘야 하지 않겠어?"

사실 혼자서 조용하게 마을을 구경하다 공항으로 갈 생각이었던 나는 잠시 고민하다 연어를 안 먹고 갈 순 없다는 생각에 알겠다고 대답했다.

다음 날 아침에 그와 함께 수산물을 파는 시장으로 갔다. 물속에 넣어 주면 당장이라도 팔딱거리며 살아날 듯한 싱싱한 생선들이 잔뜩 진열되어 있었다. 우리는 돈을 아낄 생각에 소량의 연어만 맛볼 참이었지만 대부분 큰 덩어리로 팔리고 있었다. 주저하고 있자 그는 자연스레 상인에게 다가가 물었다.

"연어 가장 작은 단위로 사면 양이 얼마나 돼요?"

그 상인이 뭐라고 말을 하자, 그는 일단 알겠다며 나에게 다른 가게를 더 돌아보자고 했다.

"왜? 저기도 괜찮아 보이지 않았어?"

"저기는 너무 큰 단위로만 팔아서 비싸. 조금 더 돌아보자."

나와 나이 차이도 얼마 나지 않은데 괜히 어른스러워 보였다. 그는 그러더니 다른 상인에게 다가가 가장 작은 사이즈의 연어 덩어리를 가리켰다. 가격이 괜찮은지 나에게도 한 번 더 물어본 후 우리는 그 가게에 자리를 잡아 내가 지금껏 먹었던 연어 중 가장 맛있는 연어를 맛보았다. 그에게 말했다.

"노르웨이에 와서 누군가랑 대화다운 대화를 해 본 건 너가 처음이야."

그가 놀라며 말했다.

"뭐? 그럼 그동안 말을 안 한 거야?"

"음. 안 했다기보다 부끄러워서 못 한 거지."

"그렇구나. 그냥 편하게 말해도 괜찮은데."

그를 만난 건 겨우 하루뿐이었지만 나는 그가 진심으로 여행을 즐기고 있다는 것을 느꼈다. 그는 여행을 대하는 태도가 나와 달랐다. 새로운 사람들과 대화하는 것에 두려움이 없었고, 처음 보는 누군가와도 친구가 될 수 있었다. 그는 나에게 먼저 '같이 연어를 먹으러 가자'며 제안을 했고, 여행지에서 인연을 만드는 것에 대한 거부감이 없었다. 나는 3일간의 시간이 왜 그렇게 고독하고 외로웠는지를 알게 되었다. 나는 아무와도 용기 내어 대화하려 하지 않았다.

2

영국

따뜻한 런던

“도시가 좋긴 좋구나.” 역 밖으로 나오니 어둑어둑해진 거리에 가로등이 이곳저곳 주황빛을 내놓고 있었다. 멀리서 고풍스런 시계탑이 보이고 늦은 시간임에도 많은 사람들이 스치듯 내 곁을 오고 갔다. 그리고 누군가의 기타 연주가 런던의 밤거리를 아늑하게 적셔 주었다. 오슬로에서 느끼지 못했던 북적북적함, 시끌벅적함은 나를 설레게 만들어 주었다. 밤이었지만 거리에는 활기가 가득했다.

런던

오랜만에 느끼는 따스함이었다. 햇살에 취한 기분으로 신나게 거리를 걸어 다녔다. 눈에 보이는 모든 것이 낭만적이었다. 어디를 둘러봐도 높은 회색의 빌딩은 없고 긴 창문과 테라스, 작은 화분들이 걸려 있는 낮은 집들이 참 예뻐 보였다. 햇빛에 그 색이 더욱 뚜렷해 보이는 작은 화분들은 건물과 놀랍도록 아름다운 조화를 이루고 있었다. 나중에 알게 된 사실인데, 펍에 화분이 달려 있으면 맥주를 직접 만들어서 판다는, 한마디로 '우리 집 맥주 맛있어요'라는 뜻이더랬다.

수제 맥주집 퀸즈헤드

신호가 바뀌기를 기다리며 잠시 멈춰서 있는 동안 붉은색의 이층 버스가 지나가고 있었다. 거리에서 들려오는 갖가지 소리를 듣는 것도 좋아하지만 이 순간만큼은 이어폰을 꺼내지 않을 수 없었다. 곧장 핸드폰의 플레이리스트를 뒤져 영화 〈브리짓 존스의 일기〉에 나오는 'All by myself'를 재생시켰다. 나는 어느새 주인공과 함께 런던을 걷고 있었다.

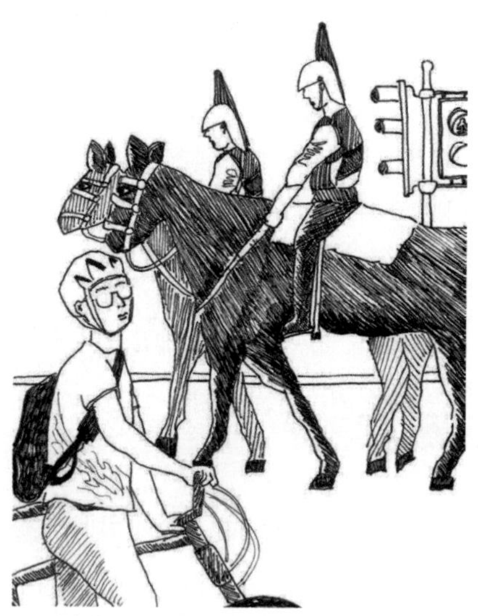

버킹엄 궁전 앞을 지나가던 중 보게 된 근위병

피크닉 즐기는 런더너들

그린 파크는 사랑하지 않을 수 없는 공원이었다. 한껏 초록을 내뿜는 나무들과 잔디밭에는 마치 제집 안방인 양 편한 차림, 또는 아예 상의를 탈의한 사람들이 누워서 햇살을 마음껏 즐기고 있었다. 도저히 눕지 않을 수 없는 곳이었다. 처음에는 어색했지만 그들을 따라 부드럽고 풍성한 잔디밭 위에 누워 구름 한 줄기 흐르지 않는 하늘을 지그시 바라보았다. 한강에서 하는 피크닉과는 전혀 다른 느낌이었다. 괜찮아 보이는 돗자리를 깔고 예쁘게 음식을 세팅해 놓고 열심히 사진을 찍는 사람은 한 명도 없었다. 공원에서 피크닉을 하는 것이 이들에겐 SNS 게시용 추억이 아닌 단지 일상의 일부였다. 그저 나른해질 만큼 따뜻한 햇살을 있는 그대로 즐기는 것이 그들이 피크닉을 즐기는 방식이었다.

공원과 사랑에 빠진 나는 그 이후로 매일 가방 안에 미니 돗자리를 챙겨 다녔다. 그리고 햇빛이 잘 드는 널찍한 공원이 나타나면 찜해 두었다가 근처 마켓에서 빵, 주스 같은 것들을 사와 마음에 드는 자리 아무 곳에 누워 한 시간이고 두 시간이고 낮잠을 자곤 했다.

웨스트민스터 사원

영국의 역대 왕과 저명인사들의 관을 모셔 놓은 웨스트민스터 사원은 정말 말 그대로 웅장했다. 규모가 어느 정도 되는지 궁금해서 그 주변을 빙 돌아보았는데, 생각했던 것보다 대단했다. 성당을 만든 사람들의 노력과 끈기, 기술에 감탄하며 성당을 바라보다 내부도 관람하고 싶다는 생각이 들었다. 그러나 입장료는 나에게 꽤 비싼 금액이어서 주변 벤치에 앉아 잠시 고민을 해야 했다. 내부 관람을 한다면 오늘 저녁은 간소하게 먹어야 하지만, 그럼

웨스트민스터 사원

에도 너무 궁금하고 기대되는 마음은 어쩔 수가 없었다.

섬세하게 조각된 수많은 왕과 위인들의 동상이 있었지만 '셰익스피어'의 동상 앞에서 발을 뗄 수 없었다. 어렸을 적 그가 쓴 소설 중《햄릿》을 읽으며 "죽느냐 사느냐, 그것이 문제로다"를 "먹느냐 마느냐 그것이 문제로다"처럼 갖가지 상황에 적용하며 말장난을 하곤 했었는데, 지금 그는 많은 이들의 추모를 받으며 관 속에 갇혀 있다. 그는 죽었지만 그가 쓴 소설은 여전히 살아 있다.

트라팔가 광장의 버스킹

런던에는 버스킹을 하는 사람들이 참 많았다. 평소에 즐겨 들었던 팝송을 원어민의 발음으로 직접 듣는 것은 더욱 행복한 일이었다. 나는 그들을 좋아한다. 그들은 거리에 배경음악을 깔아 주고 활기를 띠게 해 주기도, 감상에 젖게 만들기도 한다. 어떤 음악을, 어떠한 악기와 목소리로 연주하느냐에 따라서 그 거리는 첫눈이 내리는 로맨틱한 영화 속 한 장면이 되기도 하고, 고등학생들이 무리 지어 걸어 다니는 하이틴 영화의 한 장면이 되기도 한다. 사람들이 많이 다니는 거리나 광장엔 특히 많았는데, 트라팔가 광장에서 내 걸음을 멈추게 만들었던 분이 유독 생각이 난다. 백발의 머리를 하고 기타를 매고 노래를 하던 아저씨는 노래를 엄청 잘하신다거나 목소리가 엄청

트라팔가 광장 버스킹 아저씨

좋으신 분은 아니셨다. 그렇지만 선곡이 정말 좋았는데 덕분에 많은 이들이 노래를 쉽게 따라 부르고 즐길 수 있었다.

나도 모르게 멈춰 서서 그분의 노래를 들으며 스케치를 하는데 슬쩍 옆을 보니 흥에 겨워 춤을 추는 사람들이 있었다. 사람들의 반응이 참 재밌었다. 신이 나는 감정을 몸으로 그대로 표현해 내는 모습이 솔직한 어린아이 같았다. 그리고 그들의 춤은 밝은 에너지가 되어 연주하는 사람과 그 옆에 있는 사람들에게까지도 전파되고 있음을 느낄 수 있었다.

3

프랑스

한국인을 만나다

파리행 버스는 밤 10시에 출발해, 다음 날 오전 8시에 도착하는 10시간 여정의 버스였다. 여행 자금을 아끼기 위해서였지만 한국에서는 그렇게 오랜 시간 버스를 탈 일이 한 번도 없었기에 궁금하기도 했다. 꽤 긴 시간 동안 쓸 나의 필수품인 목베개, 이어폰, 그리고 초콜릿을 보조 가방에 꼼꼼히 챙겨 넣었다.

항상 여유 있게 먼저 와 있는 법 없이 제시간에 간당간당 맞춰 오는 성격 탓에, 그날도 역시나 꼬리가 어디인지 모를 정도로 사람들이 길게 줄을 서고 있었다. 급하게 온 탓에 헉헉거리며 숨을 고르고 있는데 뒤에서 누군가 익숙한 언어로 말을 걸어왔다.

"파리 가는 버스 여기서 타는 거 맞죠?"

큰 배낭으로는 모자른지 작은 배낭 하나를 추가로 앞에 매고 동글동글한 얼굴을 한 그녀는 정말 오랜만에 만난 한국인이었다.

"네, 맞아요. 그런데 신기하다! 저 한국인인 거 어떻게 아셨어요?"

"하하 밀레 배낭 보고 알았어요."

겨우 일주일 조금 넘게 지난 것뿐이었지만 나는 오랜만에 만난 한국인이 너무나 반가웠다. 반가운 그녀의 이름은 '지은'이었다.

"지은 씨는 여행 다닌 지 얼마나 됐어요?"

"음, 거의 두 달 됐죠."

이제 어느 나라에 가고 싶냐고 묻는 말에 '한국'이라고 답하는 그녀의 얼굴에는 이미 여행에 대한 피곤함과 한국에 대한 그리움이 서려 있었다. 두 달 뒤의 나에게 누군가 똑같이 질문한다면 뭐라고 대답하고 있을지 궁금해졌다.

국경을 넘을 때 신기한 경험을 했는데 버스가 지하터널 같은 곳으로 들어갔고 미세한 떨림만 느껴지길래 우리는 버스가 멈춰 있다고 생각했다. 그런데 지은이가 보여 준 구글 지도를 보니 우리의 위치를 나타내는 작은 동그라미는 바다 위를 지나가고 있었다. 우리는 기술이 정말 발달했다며 이런저런 얘기를 하다 피곤해서 잠이 들었는데 도저히 깊이 잘 수 없었다. 잘라치면 느껴지는 엉덩이 배김 때문이었다. 코고는 소리 때문이 아니라 엉덩이가 배겨서 잠을 못 잘 줄은 몰랐는데 이따금씩 일어나 엉덩이를 툭툭 쳐 주어야 할 정도였다. 신기한 건 지은이는 마치 엉덩이에 감각이 없는 사람처럼, 세상모르게 꿀잠을 자고 있는 것이었다. 이것도 여행 짬에서 나온 것인가.

체크인 시간이 한참 남아 배낭만 숙소에 던져 놓고 다시 거리로 나왔다. 파리는 가장 읽고 싶을 때 읽으려고 아껴 두었던 아름다운 동화책을 펼친 것 같았다. 곳곳의 연분홍색이나 베이지색의 건물에 달린 네모나고 긴 틈이 난 창과 아름다운 꽃들이 거리를 더 화사하게 만들어 주고 있었다. 런던과는 또 다른 느낌이었다. 우아했고, 어렸을 적 읽었던 동화 속에 들어와 있는 느낌이었다. 듣던 대로 파리지앵 중에서는 정말 패셔니스타인 사람이 많았다. 비싸 보이는 각 잡힌 옷을 센스 있게 차려입고 반질반질한 구두를 신은 사람들이 내 옆을 계속해서 지나갔다.

반면 나는 제대로 씻지 못해 머리는 떡져 있었고 얼굴엔 뾰루지가 올라와 있으며 가장 편하고 후줄근해 보이는 옷을 입고 있었다. 부지런히 걸어 도착한 튈르리 정원은 세상의 모든 초록과 햇살, 아름다움을 가져다 놓은 느낌이었다. 나는 풀리지 않은 피로를 그대로 안고 그늘진 곳에 털썩 주저 앉아버렸다.

카페 앞 파리지앵

파리에는 맛있는 빵들이 너무나 많았다. 심지어 숙소에서 조식으로 제공하거나 카페에서 싼 가격으로 먹을 수 있는 크루아상조차 겉은 바삭한데 속은 미친 듯이 촉촉했다. 그야말로 천국의 맛이었다. 걷다 보면 투명한 유리창 너머로 가판대 위에 먹음직스럽게 진열된 갓 구워 나온 빵들을 보면 나도 모르게 걸음을 멈추고 바라보곤 했다. 안에서 직원이 날 봤다면 불쌍하다고 생각할 정도로. 그러다 문득 파리에서 가장 유명한 빵집에 가 보고 싶어졌다. 결국 찾아가게 된 제과점은 여태껏 본 빵집 중에 줄이 가장 길게 늘어서 있는 곳이었다.

"봉쥬르!"

크루아상은 물론이고 과일 타르트, 파이, 약간은 고급스러워 보이는 빵들이 진열되어 있었다. 옛날에 소설 속에서만 보았던 고기파이를 한 조각 주문했다. 곧장 근처 마트로 들어가 고른 파이와 어울릴 만한 주스를 하나 사서 가까우면서도 햇빛이 잘 드는 공원으로 향했다. 인적이 드문 공원 잔디밭에 앉아 고기 파이를 한입 맛보았다. 처음 느껴본 맛이었다. 짭조름한 고기와 촉촉한 빵이 꽤 잘 어울렸다. 결국 그 자리에서 한 번에 해치워 버리고 금세 따뜻한 볕에 나른해져 잔디밭에 누워 버렸다.

에펠탑에서 다시 만난 지은이

에펠탑 앞은 수많은 잡상인들이 진을 치고 있었다. 잔뜩 긴장을 하고 가방에 더욱 주의를 기울일 수밖에 없었다.

"지은아!"

반가운 마음에 큰 소리로 이름을 불렀다. 함께 근처 마트에가 맥주나 과자 같은 요깃거리를 사서 에펠탑을 잘 볼 수 있는 공원으로 들어갔다.

파리에게 에펠탑이란

재밌는 것은 주변 곳곳에서 한국말이 많이 들려와서 마치 한강에 온 것 같다는 기분이 들었다는 것이다. 생각보다 한국인을 곳곳에서 자주 볼 수 있었다. 저녁이 되자 에펠탑에는 주황빛의 불이 들어오고 우리는 곳곳에서 들려오는 버스킹을 즐기고 있었다. 지은이는 자기가 대학교에서 밴드부 활동을 하고 있으며 언젠가 자기도 저 사람들처럼 버스킹을 하고 싶다고 했다. 특히 악동뮤지션의 음악을 좋아한다며 설레는 표정으로 곧 신곡이 나온다고 열심히 홍보를 했다. 그러다 나는 지은이의 여행이 궁금해졌다.

"여행 다녔던 나라 중에 어디가 제일 좋았어?"

"저는 태국이요! 너무 좋아서 한 달 동안 거기서 지냈어요. 물가도 싸고 맛있는 음식도 많은 데다, 마침 한국인 언니들을 만나서 함께 지냈는데 정말 재밌었어요."

"우와. 한 달이나 지냈다고? 그럼 여기 오기 전에 갔던 영국은 어땠어?"

"사실 저는 영국을 제대로 못 즐겼어요."

지은이는 여행이 두 달 정도 되자 슬슬 피곤함을 느꼈고 한국에 계신 부모님이 그리웠다고 했다. 마음은 한국에 있는 상태로 몸만 영국에 있었기 때문에 거의 숙소 밖으로 잘 돌아다니지 않았다는 것이다. 난 아직 열흘 정도밖에 안 되었는데도 벌써 한국이 그리운데, 이 친구는 얼마나 그리웠을까. 사실 열흘이 다 되는 시간 동안 내가 제대로 대화를 나눈 사람은 노르웨이에서 만난 '홍콩 친구'뿐이었다. 누군가와의 대화를 원했지만, 부끄러움에 먼저 다가가지 않았었다. 그래서 딱 적절한 때에 지은이를 만났다는 생각이 들었다.

평소에도 혼자 잘 다녔기 때문에 외롭지 않을 줄 알았는데도 외로움은 여러 번이나 내 머릿속을 덮쳤다. 외로움을 타는 것이 나약하다는 것을 인정하는 것 같아 싫었다. 그런데 생각해 보니 열흘 동안 크게 웃어 본 적이 없었다. 내가 원했던 여행은 좀 더 사람들과 소통하고, 마음에 드는 곳에 앉아 자유롭게 그림을 그리는 모습이었는데, 어느새 내가 세운 일정에 끌려다니고 진짜 내 여행은 사라지고 있다는 생각이 들었다. 그래서 이제부터 일정을 반으로 줄이기로 했다. 지은이에게 그동안의 생각을 그대로 털어놓았다. 오히려 생판 모르는 사람이라서 솔직하게 이야기가 술술 나왔다.

재미없는 여행, 일정을 줄이자

지은이에게 베르사유 궁전의 정원에서 하루 종일 힐링하며 '여행 권태기'를 나름대로 극복했다는 연락이 왔다. 괜히 반가웠다. 반대로 나는 원래는 베르사유 궁전에 갈 예정이었지만, 과감히 취소하기로 했다. 나중에 후회할지도 모를 일이지만 한동안 일정에 끌려다닌 탓에 몸과 마음이 지칠 대로 지쳐 있었다. 분명 놀러 온 것인데, 왜 이렇게 피곤한지 모를 일이었다. 베르사유 궁전을 보는 것을 취소한 대신 숙소 앞의 작은 공원에 들렀다. 나는 공원을 참 좋아한다. 나무 벤치에 앉아 따뜻한, 가끔은 얼굴이 타 버릴 듯 세기도 한 햇빛을 쬐며 사람 구경을 하다 시간 가는 줄 모르고 고개를 푹 숙이고 낮잠을 자곤 한다. 농구 하는 사람들, 독서 하는 사람들, 전화하는 사람들, 음악 듣는 사람들, 대화하는 사람들로 작은 공원은 거의 꽉 차 있었다. 겨우 빈자리를 찾아 앉으니 햇살이 따가울 정도로 몸에 쏟아졌다. 계속 앉아 있다 보니 너무 더워 겉옷을 벗어 무릎 위에 올려놓아야만 했다. 돌아보니 작은 초록 이파리가 무성히도 달려 있는 나무들 틈으로 오래된 듯한 건물이 보였다. 그러다 문득, 그림을 그리고 싶다는 생각이 들었다.

나무 틈새로 보이는 집

벽장 속에 있는 것 같은 파리

어떤 여행지에 대해 돌아볼 때 특별히 따뜻한 울림을 받았던 기억이 없다면 그것만큼 아쉬운 일은 없을 것이다. 나에게 있어서 파리가 그랬다. 빵도 아주 맛있고, 거리의 모습도 그 어느 나라보다 아름다우며 멋있는 사람투성이였지만 이상하게도 나에게는 아주 오랜 세월 동안 벽장 속에 보관해 놓은 멋스러운 책일 뿐이었다. 더 알고 싶어 책을 꺼내 책장을 넘기고 싶지만 쉽지 않은. 파리라는 도시 자체가 그런 것일까, 파리에 대한 나의 마음이 그랬던 걸까.

4

이탈리아

끔찍한 베드버그

스무 시간이라니, 가다가 한 번도 안 멈추진 않겠지? 초콜릿을 겉옷 주머니에 가득 챙겨 넣고 버스에 올라탔다. 파리로 가는 버스를 탔을 때와 달리 처음 몇 번 엉덩이가 배겨 잠에서 깬 것을 제외하고 세상모르게 잠에 들 수 있었다. 내 엉덩이도 점점 여행에 익숙해지나 보다.

옆에서 한 번도 안 깨고 주무시던 아저씨가 낯설다 못해 고독한 느낌을 주는 동네에 내리셨다. 곧 나도 내리겠군. 가지고 내려야 할 물건들이 잘 있는지 겉옷 주머니를 툭툭 두드려보았다. 창밖 너머로 붉은 지붕의 집들이 휙휙 지나가고 있었다.

피렌체에 도착했다. 늦은 저녁 시간이고 지쳐서 얼른 버스를 잡아타고 싶었다. 타기 전에 기사님께 확인 차 물어보았다.

"이거 리베르타 광장 가요?"

"Come on, Come on!"

기사님은 친구 같은 말투로 올라타라며 손짓을 하고는 내가 올라타자마자 문을 닫고 출발했다. 나도 모르게 피식 웃음이 나왔다. 벌써부터 이탈리아가 어떤 느낌인지 보여 주는 것 같았다. 왜인지 신나는 느낌이 드는 이곳이 벌써 마음에 들었다.

"석식 무료라구요?"

조식 무료인 숙소는 많이 봤지만, 석식까지 무료인 숙소는 처음이었다. 숏컷의 보이쉬한 느낌이 드는 직원이 숙소 이용법을 알려 주었는데 석식이 무료라는 말에 나는 뛸 듯이 기뻐했다.

"와우! 원더풀!"

짐을 풀기 전 메뉴가 궁금해 공용공간으로 가 보니 파이, 타르트, 크루아상, 토스트, 시리얼, 샐러드, 요거트, 파스타, 조각 피자, 커피, 과일주스가 놓여 있었다. 빵 종류가 대부분이었지만 이렇게 맛있는 음식들을 매일 두 번씩 무료로 먹을 수 있다는 생각에 저절로 웃음이 흘러나왔다. 그리고 다짐했다.

'내일 아침엔 무조건 일찍 일어나서 여유롭게 아침을 먹고 나가야지.'

그런데 아까부터 오른팔이 계속 간지러웠다. 증상을 검색해 보니 틀림없이 베드버그의 소행이었다. 싼 숙소만 골라 다니느라 위생을 미처 생각하지 못했던 것이 실수였다. 생각해 보면 파리에서 머물렀던 숙소는 나무로 된 이층 침대에, 방 이곳저곳은 청결과는 거리가 멀어 보였다. 그리고 파리에서 피렌체로 넘어오는 버스 안에서 물렸을 가능성도 충분히 있었다. 돈을 조금 더 써서 좋은 숙소를 잡고, 깨끗한 교통수단을 이용했다면 물리지 않았겠지만 아마 다음에도 비슷한 선택을 할 것이다. 지금으로서는 편함보다는 절약이 더 중요하기 때문에 어쩔 수 없는 일이었다. 미칠 듯이 가렵지만 긁으면 더 악화된다기에 주위만 살살 긁으며 잠을 청했다. 그러나 좁쌀만 한 베드버그의 위력은 생각보다 대단했고, 나는 중간에 간지러워서 잠에서 깰 수밖에 없었다.

비가 오는 피렌체

런던과 파리에서 날씨 운을 다 썼는지, 피렌체에서는 하루 종일 비가 왔다. 비가 잠시 그쳐 우산을 가방에 넣고 돌아다니면 접이식 우산을 잔뜩 들고 돌아다니는 흑인들이 꼭 말을 걸어왔다. 필요 없다며 우산을 꺼내 보여 주면 그들은 실망감이 드러나는 표정으로 고객이 되어 줄 다른 대상을 찾으러 다녔다. 마침 배도 고프고 보슬비도 피할 겸 이탈리아식 레스토랑으로 갔다. 이미 많은 관광객들이 자리를 잡고 앉아 있었다. 아마 비가 어느 정도 그치기 전까지는 밖으로 나가지 않겠지. 비가 와서 갑자기 쌀쌀해진 날씨에도 굳이 레스토랑 바깥의 테이블로 자리를 잡고 고기피자와 생맥주 한 잔을 시켰다. 비 때문에 가게 테라스에 매달린 화분 잎에는 잎마다 물이 맺혔다가 똑 떨어지기를 반복했다. 맥주 한 잔에도 얼굴이 금방 벌게져 세 모금 정도 남기고 다시 길을 나서야 했다.

비 내리는 날, 피렌체의 어느 식당에서

늦은 오후, 전날 싼값을 주고 샀던 남색 우산이 금방이라도 찢어질 것처럼 비가 쏟아졌다. 바닥에까지 물이 차서, 건너편 강물이 이곳까지 불어난 느낌마저 들었다. 고풍스런 느낌의 보석 가게들이 늘어져 있는 거리로 가 보니 사람들이 가게 처마 밑에 옹기종기 모여 비를 피하고 있었다. 관광객도 있었고, 현지인처럼 보이는 사람들도 있었다. 지붕 밑으로까지 공격하듯 새어 들어오는 비를 피하는 와중에도 진열되어 있는 물건들을 가리지 않고 서 있는 사람들의 모습에 다행이라는 생각이 들었다. 만약 어떤 일행이 진열된 물건들을 가리고 서 있다면 가게 안에서 주인이 나와 서 있지 못하게 할지도 모르는 일이기 때문이다.

내 옆에도, 건너편에도, 그 옆에도 광광 쏟아져 내리는 비를 조금이라도 피하기 위해 가게에 꼭 붙어 서 있는 모습들이 왜인지 재미있었다. 그러다 건너편에서 한 사람이 가방에서 우비를 꺼내 입고 있는 동안 다른 사람이 우산을 씌워 주거나, 연인들끼리 어깨동무를 하고 우산을 쓰며 걸어가거나, 아기를 업고 빠른 걸음으로 걸어가는 젊은 엄마를 보며 옆에 있어 주는 누군가가 그리워지기도 했다.

따뜻한 두오모 성당

산타 마리아 델 피오레 대성당. '꽃의 성모 마리아'라는 뜻이다. 이름에서부터 꽃향기가 느껴지는 이 성당은 붉은 '돔'으로 아주 유명한 성당이다. 영화 〈냉정과 열정 사이〉의 배경지인데, 그 영화를 보고 가지 않은 것이 아쉽다는 생각이 들 정도로 피렌체에 머무는 동안 매일 가서 아름다움을 느껴도 부족하다고 생각했다. 매일 두오모 성당(두오모 성당이라고도 부른다)을 가까이 서 보았는데, 미켈란젤로 언덕에 올라가서 성당이 피렌체와 어떻게 조화되어 또 다른 아름다움을 자아낼지 느껴보고 싶었다. 베키오 다리를 건너니 좁다란 골목이 계속 이어졌는데, 그 길로 가는 사람들은 아마 모두 미켈란젤로 광장으로 가는 것이리라.

어차피 시간도 많겠다, 골목 곳곳에 있는 가게들을 슬쩍 들여다보았다. 거리에서 한 번쯤 마주쳤을 평범한 집에 좁다란 유리문이 나 있어 살짝 고개를 내밀었더니 집중하며 엽서를 그리는 여자를 보았다. 무슨 그림을 저리 열심히 그릴까 싶었는데 두오모 성당과 베키오 다리를 수채화 물감을 이용해 그려나가고 있었다. 혼자만의 아늑한 작업실에서 그림을 그리고 있는 모습이 조금은 부러웠다.

피노키오와 버스킹하는 아저씨

계속 걷다 보니 낮게 경사진 언덕이 나왔다. 미켈란젤로 언덕의 시작이었다. "후-" 숨을 한 번 내쉬고 붉은 돔의 성당을 기대하며, 부지런히 올라가는 관광객들의 뒤를 따라 성큼성큼 계단을 올랐다. 그러다 이만큼 올랐을 때의 모습은 어떨지 궁금했다. 뒤를 돌아보니 조금 전에 보았던 이탈리아 여자의 엽서 속 그림이 실제로 눈앞에 나타나고 있었다. 정상에서 본 모습은 얼마나 더 아름다울까?

네모 네모 속 두오모

몇몇 현지인들은 계단 귀퉁이에서 얼음물을 팔고 있었다. 그때 난데없이 기타 소리가 들려왔다. 하긴, 통행만 방해하지 않는다면 계단 위 버스킹도 나쁘지 않지. 아니, 오히려 더 즐겁게 올라갈 수 있도록 해 주는 기타 연주 소리가 고맙기까지 했다. 방울방울 맺힌 땀을 닦아 내며 언덕 위까지 올라왔다. 언덕에서 보는 두오모 성당은 빛을 받아 선명한 색 때문에 수채화가 아닌 아크릴화로 풀어놓은 것 같이 뚜렷했다. 붉은색 아크릴화를 양껏 풀어놓은 피렌체는 너무나 따뜻했다. 그런데 문제는 사람이 너무 많아서 도저히 여유 있게 감상을 하면서 볼 수가 없었다. 올라오는 길 사이사이에서 두오모를 조금씩 담아둔 것이 정말 다행이었다.

최악이었던 로마의 숙소

사랑스러운 피렌체와 이별을 하고 역사가 살아 있는 도시, 로마로 넘어왔다. 사실 숙소가 더럽고 시설이 안 좋으면 여행의 질도 조금 떨어지는 걸 안다. 그렇지만 로마의 물가는 피렌체와는 비교도 할 수 없이 비쌌고, 결국 가장 싸고 사진상으로 봐도 마음에 들지 않았던 숙소를 택할 수밖에 없었다. 이탈리아 남자와 그의 아들이 집에서 함께 살고 있었다. 어린 아들은 너무 귀여웠지만 그래도 주인 가족과 함께 지낸다니 생활하는 데 약간 불편할 것 같았다. 방은 역시나 생각했던 것만큼 어질러져 있었고, 더러웠다. '베드버그에 물릴 것 같은 느낌'이라는 표현이 가장 적절하다 하겠다. 룸메이트 한 명은 영국 사람이었으며 질끈 묶은 머리에 스포티한 복장을 입은, 약간 도도해 보이는 인상의 여자였다. 다른 한 명은 스페인 사람이었는데 매우 상냥한 사람이었다.

곧장 샤워실로 들어가 뜨끈한 물로 실컷 땀을 씻어 내고 속옷 빨래를 하는데 욕조 바닥 틈새로 물이 새는 것이 보였다. 욕조에 구멍이 나서 그러겠거니 하고 넘겼다. 그러나 샤워를 마치고 나와 보니 욕조 바닥 틈으로 샌 물은 화장실 밖으로 나가 물웅덩이를 만들고 있었다. 틈이 있는 욕조와, 문턱이 없는 화장실이 원망스러웠다. 당황한 채 무엇으로 닦아 내야 할지 고민하며 주위를 둘러보는데 하필 도도해 보이던 영국 여자가 방에서 나와 발밑의 웅덩이를 보고야 말았다. 나도 모르게 눈치를 보며 표정을 살피고 있었다. 영국 여자는 어이없다는 듯 헛웃음을 내뱉으며 격앙된 말투로 물었다.

"샤워 밖에서 했어요?"

"죄송합니다… 혹시 닦을 것이 어디 있는지 아시나요?"

"부엌에 가면 대걸레가 있어요."

"네…."

살다 살다 외국인에게 혼난 것은 처음이었다. 미안하고 민망하면서도 자꾸만 화장실이 원망스러웠다. 내가 대걸레로 닦고 있는 게 어설퍼 보였는지, 영국 여자는 내 손에서 대걸레를 가져가 직접 쓱쓱 닦아 냈다. 창피하기도 하고, 나 때문에 피해를 보는 그분에게 미안한 마음이 들었다. 그리고 다짐했다. 이 숙소는 숙박업소 앱에 반드시 평점을 짜게 주겠다고.

그래도 며칠 같이 지내야 하는데 어색하게 지내기는 싫어 먼저 말을 걸기로 했다. 그녀는 생각보다 말이 엄청나게 많은 사람이었다. 주인아저씨가 데려온 새끼 길고양이가 너무 귀여워서 스페인 여자와 함께 고양이를 안아보며 놀고 있었는데, 심심했는지 방에서 나온 영국 여자가 우리를 보며 말했다.

"저 고양이 정말 귀엽긴 해. 어후, 근데 밤마다 울어대는 소리에 시끄러워

죽겠어."

그러면서 고양이의 등을 슬슬 쓰다듬어 주었다. 다음 날 저녁에 고양이를 보러 공용공간으로 나왔더니 고양이는 이미 그녀의 품에서 실컷 귀여움을 받고 있었다. 혼자서 새끼 고양이의 이름을 불러주며 놀아주는 모습이 내가 생각했던 이미지와는 대조되었다.

"여기 얼마나 머물러요? 난 거의 한 달 다 되가는데."

그녀가 내게 물었다.

"우와! 한 달이요? 저는 내일 모레면 스페인으로 떠나요. 그런데 이 숙소는 오래 지내기에는 조금 불편하지 않아요?"

"불편한 점이야 엄청 많죠. 방도 지저분하고, 숙박 앱에 써 있는 것과 달리 홈스테이에, 가끔은 주인이 자기 친척들인지 친구들을 데려와서 엄청 시끄럽게 군다니까요. 그런데 다른 숙소는 너무 비싸니까 어쩔 수가 없죠, 뭐."

이 숙소를 쓰는 사람 모두 이 여자와 같은 생각을 하지 않았을까.

내가 골목을 사랑하는 이유

여행을 가면 유명한 관광지를 보는 것도 흥미롭지만 일단 지금 내가 있는 '도시 자체'에 대해 궁금증이 생긴다. 이 도시에 사는 사람들의 생활 모습은 어떨까, 무슨 음식이 맛있을까, 거리의 모습은 어떨까, 골목마다 숨어 있는 가게들의 모습은 어떨까. 그래서 도착한 당일은 일부러 숙소 주변을 한 바퀴 빙- 돌아본다. 아무것도 욕심내지 않고 천천히, 여유롭게. 그렇게 주변을 보면 안 보이던 것들이 눈에 들어온다. 오늘은 로마와 친해질 차례이다.

골목에서 본 기념품 사는 사람들

로마의 태양은 따뜻하다 못해 옛날이야기 속에서 본 것처럼 겉옷을 벗게 만들었다. 차도 거의 다니지 않고 인적도 드문 골목은 정말 재미있는 것투성이이다. 빨래가 널려 있는 아파트 테라스, 오래되어 뜯겨 나간 건물 외벽, 놀이터에서 유치원 가방을 대신 메고 그네를 밀어 주는 아버지의 모습, 아이들의 웃음소리, 소박하지만 멋스러운 인테리어의 제과점에서 바게트를 사고 있는 할아버지. 모두 관광지 근처에선 느낄 수 없는 것들이다. 내가 사랑하는 순간들. 가만히 서서 그들의 행동과 표정을 하나하나 뜯어보며 무슨 생각을 하고 있을지 상상한다. 길을 걷다 연 분홍색의 꽃잎이 방울방울 달려 있는 나무 앞에서 발길을 멈췄다.

역사와 현재의 공존, 판테온 신전

어떻게 도시 한복판에 이런 게 떡하니 있을 수가 있지? 판테온 신전이 무수히 오래된 세월을 위풍당당히 드러내며 각 잡힌 현대식 건물들과 세련되고 심플한 옷차림의 사람들을 정면으로 마주 보고 있었다. 조금 더 가까이서 느껴보고 싶었다. 신전을 지탱하는 기둥들이 만들고 있는, 해가 들지 않는 안쪽으로 들어가 고개를 들어 천정을 바라보았다. 오래된 어둠에선 장엄함이 느껴졌다. 원통형의 기둥 모서리는 부분 부분이 조금씩 떨어져 나가 있었다. 그러나 오히려 부식된 부분이 범접할 수 없는 세월을 드러내 더 멋있다는 생각이 들었다. 전쟁에서 이기고 돌아온 장군이 자신이 입은 상처를 영광스럽게 생각하며 보여 주듯이.

신구의 조화(판테온 신전)

친절한 사람들

몇 주 전 노르웨이와 막 친해지고 있을 때, 아빠에게 연락이 왔었다.

"채연아, 주변 지인들한테 선물로 줄 기념품 사와야 한다."

"그거 다 배낭에 넣고 다니려면 너무 무거울 텐데."

"그럼 택배로 보내면 되지 인마."

누구한테 줄지도 모를 선물을 사느라 시간을 쓰는 것과 택배로 보내면서 고군분투하게 될 상황 모두 원하지는 않았지만 노르웨이를 여행할 때부터 아빠는 지속적으로 메시지를 통해 압박(?)을 주었다. 결국 압박에 못 이겨 이탈리아에서 택배를 보내기로 결정했다. 그동안 여행하면서 산 기념품들을 작은 가방에 넣어 우체국으로 향했다. 기본적인 시스템은 우리나라와 비슷했다. 차이점은 조금 더 느리다는 것 정도. 번호표를 들고 창구 앞으로 갔다. 이탈리아 사람들은 머리색이 영국이나 프랑스 사람들보다 훨씬 짙었다. 곱슬곱슬한 짙은 검정 머리의 여직원이 인사를 해 주었다. 옆자리의 직원들과 얘기하는 모습을 보니 무슨 말인지 이해할 수는 없었지만 굉장히 활달한 사람이라는 것은 알 수 있었다.

"무슨 일로 오셨나요?"

"해외로 짐을 좀 부치려고 하는데요."

문제는 이다음부터였다. 둘 다 분명 영어를 할 줄 아는데, 애매하게 한다는 것이 문제였다. 직원은 곤란함이 섞인 웃음을 보이며 잠깐 기다리라고 하곤 옆자리의 다른 직원들에게 소통에 대한 도움을 요청했지만 그들 모두 고개를 저으며 "나 영어 못해"라고 말하는 것 같았다. 그 직원은 다시 나를 보며 잠시 기다리라고 하고 어딘가로 사라졌다.

다시 돌아온 그녀는 상자를 구매하기 전에 내가 가지고 있는 물건들의 무게를 재 보자고 하였고 물건을 꺼내 보여 주었더니 그것들을 작은 노란 상자에 담아 저울 위에 올려놓았다. 그러나 저울이 너무 작아 무게를 달기에는 역부족이었다. 그녀는 고민하다 잠시 기다리라며 다른 저울을 가지고 와 다시 무게를 달아 보았다. 뭔가 메모를 하더니 나에게 기본 인적사항과 배송지를 적을 종이를 주며 작성하라는 말과 함께 짐이 담긴 상자를 들고 사라졌다. 인적사항까지 거의 다 작성했을 즈음에 책상 위를 보니 아까 그 노란 상자가 테이프로 꼼꼼하게 포장되어 놓여 있었다. 원래 한국에서도 이렇게 포장까지 다 해 주는 건지는 모르겠지만 서툰 외국인을 위해서 답답함과 번거로움을 참고 성심껏 도와준 직원에게 정말 고마운 마음이 들었다. 심지어 말이 안 통해 분명 답답함을 느꼈을 텐데도 그녀는 표정 한 번 굳지 않고 오히려 "걱정 말아요! 내가 해결할 테니까"라는 태도를 보였다.

배송지가 적힌 종이까지 붙이고 마침내 쉽지 않던 배송 작업이 끝이 났다. 둘이서 작은 미션을 해치운 느낌이었다. 아니, 그녀 혼자서 해치웠다고 해야 하나. 고마운 마음에 몇 번이나 감사하다는 말을 전했다.

에스프레소는 사랑입니다

처음 이탈리아에 왔을 때가 생각이 난다. 숙소에 체크인하기 전 무더운 더위에 못 이겨 아무 카페나 찾아 들어갔을 때, 직원에게 "차가운 아메리카노 한 잔 주세요"라고 하자 어리둥절했던 직원의 표정. 아메리카노라는 말을 못 알아들었나 싶어 몇 번이나 '아뭬리카노우', '아. 메. 리. 카. 노.' 발음을 달리해 말해 주었지만 그는 여전히 어리둥절해할 뿐이었다. 결국 "시원한 커피 한 잔 주세요"라고 하자 미적지근한 반응을 보이던 그가 만들어 내밀던 커피는 생각지도 못한 것이었다. 분명 시원하긴 한데, 얼음은 없고 아메리카노보다 훨씬 진했다. 궁금해서 검색을 해 보니 유럽에는 '아메리카노'라는 개념이 거의 없다고. 대신 에스프레소를 즐겨 마신다고 한다. 그러니 내가 마시고 있는 것은 에스프레소에 물을 타 차갑게 냉장 보관을 한 것이었다. 웃음이 나왔다. 이런 줄도 모르고 아메리카노만 주구장창 반복해 댔으니 얼마나 답답했을까. 다음 날 다시 그 카페에 들렀다. 그러고는 당당하게 말했다.

"에스프레소 한 잔이랑 크루아상 하나 주세요."

매일 아침 숙소에서 나오면 꼭 카페에 들렀다. 아무 카페라도 상관없었다. 씁쓸하지만 깊이가 있고 먹다 보면 어딘가 단맛까지 느껴지는 에스프레소 한 잔을 마실 수만 있다면. 천천히 에스프레소와 친해질 때 즈음, 어느덧 이탈리아를 떠날 날이 다가오고 있었다.

5

스페인

사라진 배낭

이탈리아의 더위는 아무것도 아니었다. 보통 저녁 즈음이 되면 해가 지기 마련인데 바르셀로나는 해가 질 기미조차 보이지 않았다. 공항에서 '그 일'을 겪고 난 후 속도 타들어가니 더 덥게 느껴졌다.

바르셀로나 공항에서 배낭이 나오기를 기다리며 멍하니 컨베이어 벨트를 바라보다 시간이 오래 걸릴 것 같아 음악을 들으며 핸드폰을 만지작거렸다. 그런데 시간이 꽤 흘러도 배낭이 나타나지 않아 조금 초조한 마음이 들었다. 계속 돌아가는 컨베이어 벨트를 눈에 힘을 주고 좇았다. 벨트는 속도 모르고 무의미하게 돌기만 했다. 어느새 다음 비행기를 탄 사람들의 짐이 나오고 있었다. 절망스러웠다. 분명, 내 짐은 지연되었거나, 분실되고 만 것이다. 터덜터덜 안내데스크 쪽으로 가 보니 이미 꽤 많은 사람들이 암울한 표정으로 줄을 서서 기다리고 있었다.

"로마 피우미치노 공항에서 오는 중에 수하물이 사라졌어요."

직원은 이런 일쯤이야 빈번히 발생한다는 듯이 자연스럽게,

"종이에 인적사항 적으시고, 배낭 특징 좀 말해 주세요"라고 하며 자판을

두드렸다. 컴퓨터 화면에 입력되는 글자들처럼 아무런 감정도 느껴지지 않는 모습이었다. 당연한 그 모습이 부러우면서 조금은 얄미웠다.

"언제쯤 배낭을 찾을 수 있을까요? 며칠 뒤면 스페인을 떠나야 해서요."

유럽에 오기 전, 항상 관광객이 많아 비싸질 것을 대비해 노르웨이부터 스페인까지는 항공편, 숙소, 액티비티 등 모든 예약을 마친 상태였다. 순간, 스페인 다음으로는 예약을 하지 않은 것이 생각나 가슴을 쓸어내렸다.

"정확하진 않지만 2~3일쯤 걸릴 거예요. 찾으면 적어 주신 번호로 연락드릴게요. 아, 기본 생필품 같은 거 사시면 영수증 꼭 보관해 두세요. 나중에 항공사 측으로 다시 청구할 수 있어요."

그러나 사람들의 후기를 찾아보니 2~3일 만에 찾은 사람들보다 그렇지 않은 사람이 훨씬 많았고 심지어는 아예 잃어버린 사람까지 있었다. 눈물이 나오려는 것을 억지로 꾹꾹 눌러내며 감사하다는 말과 함께 공항 의자에 앉아서 앞으로 해야 할 일을 최대한 침착하게 머릿속으로 정리하기 시작했다. 일단 스페인 다음 여행지와 관련된 것은 아무것도 예약하지 말아야겠다는 생각과 함께 당장 오늘부터 생필품을 조금씩 사야겠다고 다짐했다. 숙소에 돌아와 친구와 부모님께 연락했다.

"왜 나한테만 이런 일이 일어나는 거지? 남들은 유럽 여행 잘만 다녀오는데, 나는 베드버그도 물리고, 수하물까지 지연되고."

전화는 했지만 괜히 걱정하실 부모님 생각에 바보같이 곧바로 후회스러운 마음이 들었다.

아빠는 내 문제를 접수 받았던 공항 직원처럼 덤덤하게, 그러나 따뜻하고 어른스럽게 말했다.

"채연아, 여행 다니면서 앞으로 생길 일과 비교하면 이런 일 정도는 아무것도 아닐 거야."

아빠는 전부터 내가 힘든 일을 털어놓으면 마치 그 일이 '원래부터 계획되었던 것', 그렇기 때문에 '자연스럽게 해결될 것'이라는 투로 위로해 주는 능력이 있었다.

다시 마음을 잡고 이곳 바르셀로나에서 며칠 동안 머물 숙소로 이동했다. 공항 직원에게 당분간 머물 숙소의 주소와 연락처를 전했기 때문에, 숙소 직원들에게도 혹시 공항에서 연락이 오면 바로 말해 달라고 부탁을 해 두었다.

숙소 부엌에서 간단히 조식을 먹으며 계속해서 수하물 지연 보상 방법에 대해 검색해 보았다. 계속 찾다 보니 해결 방법들이 조금씩 정리되기 시작했다. 그때, 냄비에 라면을 끓이던 내 또래의 여자애가 말을 걸어왔다.

"안녕! 난 싱가폴에서 왔어. 넌 어디서 왔어?"

다른 투숙객들과도 넉살 좋게 음식을 나눠 먹고 이야기를 나누는 모습이 참 밝은 사람이라는 인상을 주었었는데, 어느새 혼자 있던 나에게도 말을 걸고 있었다. 머릿속이 수하물로 꽉 차 있어 우울해 있던 나는 애써 밝게 웃음 지으며 이야기를 나누었다.

"그럼 우리 인스타그램 아이디 주고받자. 너 오늘 뭐해? 나랑 일정이 겹치면 함께 가지 않을래?"

곤란했다. 최소 며칠은 수하물 문제를 해결하기 위해 생필품도 사고, 항공사에 메일도 보내느라 제대로 즐기지 못할 것이었다. 괜히 우울해 있는 사람과 시간을 보내서 눈치를 보게 만들고 싶지도 않았다. 가능성을 열어놓은 대답을 했지만 마음은 이미 굳게 닫혀 있었다. 바르셀로나에 머물면서 그 친구와 친해졌다면 꽤 재밌고 특별한 시간을 보냈을 것이라는 생각에 아쉬운 마음이 들었다.

저녁 5시, 해가 지지 않는 스페인

기분 좋은 공원

아빠의 말을 다시 한번 새기며 '긍정적인 마음으로 기다려 보리라' 다짐했다. 숙소 근처에 위치한 공원에는 할머니, 할아버지들이 나와 따뜻한 한낮을 즐기고 있었다. 햇빛을 계속 쬐니 나른한 기분이 들었다. 잠시 잠에 들었다 눈을 떠 보니 아까 본 할머니, 할아버지들은 이미 자리를 뜨고 난 후였고 대신 바퀴 달린 카트식 장바구니를 끌고 나온 아주머니가 앞에 앉아 있었다. 조금 전에 청과물 가게에서 싼값에 산 복숭아를 베어 물며 아주머니를 슬쩍 바라보았는데 아주머니는 옆자리에 앉아 있는 아기를 데리고 나온 여자와 대화를 하다, 아기를 안아보기도 하였다. 원래부터 아는 사이일 것이라고 생각했을 정도로 정답게 대화를 나누던 아주머니는 여자가 아이를 안고 자리에서 일어나자 자연스레 몸을 내 쪽으로 돌렸다.

공원 안 제과점 앞에서 독서하는 남자

"하나 드실래요?" 봉지 속에 들어 있는 새 복숭아를 꺼내 아주머니께 내밀며 수줍게 물었다.

아주머니는 미소를 지으시며 복숭아를 받았다. 아이들의 귀여운 웃음소리와 아이 생일 파티 준비를 하는 아주머니들의 소리가 들려오는 작지만 따뜻하고 아늑한 이 공원에 매일 아침마다 들르게 되었다.

가우디 성당을 보다

판테온 신전을 보며 과거와 현재가 공존한다고 했었는데, 과거와 현재뿐 아니라 미래가 공존하는 곳이 있었다. 사그라다 파밀리아 성당이었다. 우리에게 익숙한 이름은 가우디 성당. 가우디 성당으로 향해 있는 길은 차가 다니지 않는 가로수길이었는데 양옆으로 기념품을 파는 가게, 달콤한 냄새가 나는 제과점, 고풍스런 분위기의 서점들과 키 큰 나무가 늘어서 있었다. 중간에는 바깥에서도 음식을 즐길 수 있도록 테이블과 의자들이 함께 늘어져 있었으며 햇살을 받아 사람들의 얼굴에는 더욱 행복과 여유가 넘쳐 흘러보였다. 가게들을 유심히 살펴보니 '가우디'라는 이름이 적혀 있는 간판을 내건 가게나 가우디의 작품과 비슷한 느낌을 내는 인테리어의 가게들이 많았다. 바르셀로나는 정말 가우디의 도시라는 느낌이 들었다.

가우디 성당의 공사를 진행 중인 인부들을 보았다. 역사의 현장에 함께하다니, 정말 영광스러운 일일 터였다. 지금 내가 보고 있는 현대에 들어서 완성된 성당의 귀퉁이가 언젠가는 '현재'가 아닌 역사적인 '과거'가 될 사실에 괜히 뿌듯해졌다. 나뿐 아니라 그곳에 있는 모두가 가우디 성당과 함께 역사의 현장 속에 있었다.

가로수길 끝의 가우디 성당

다음 역에서 내리라고요?

바르셀로나에 며칠 머문 후, 세비야로 가기 위해 미리 예약해 둔 기차에 탑승했다. 기차 내에는 역무원이 승객들이 잘 탔는지 꼼꼼히 확인하며 돌아다니고 있었다.

"다음 역에서 내리셔야 돼요."

역무원은 내 옆에 서서 다음 역에서 내려야 한다고 일러 주었다. 그러나 내가 내려야 할 역은 한참 더 가야만 했었다.

"네? 왜요?"

영문을 모르겠다는 표정으로 물었다. 역무원은 열심히 설명하다가 내가 못 알아듣겠다는 표정을 짓자 답답해했다. 그 사람만큼, 아니 내가 더 답답했다. 갑자기 옆자리에 앉았던 내 또래의 남자가 끼어들었다.

"제가 내리라고 할 때 내리면 돼요."

대체 왜 자꾸 다음 역에서 내리라고 하는 걸까? 분명 한참 더 가야 하는데. 혹시 환승을 해야 하는 건가? 그러나 환승 없이 가는 기차를 예매한 것이 사실이다. 역무원이 잘못 말했을리는 없고, 일단 다음 역에 도착하면 내려야겠다고 생각했다. 찜찜한 마음으로 눈을 감고 잠을 청했다.

"여기서 내리면 돼요."

어깨를 톡톡 치며 친절하게도 옆자리의 남자가 정말로 다음 역에서 일러 주었다.

짐을 챙겨 기차 밖으로 나왔다. 환승을 해야 하는데, 어디로 나가야 할지 몰라 일단 사람들이 나가는 곳으로 따라갔다. 그런데 환승해야 하는 곳에 대한 표시는 아무리 찾아도 보이지 않았다. 주변 직원을 붙잡아 물었지만, 잘 모르는 듯했다. 대체 직원이 모르면 누가 안다는 거야. 매표소의 직원에게 다시 물어보았다. 돌아오는 대답은 생각지도 못한 것이었다.

"오늘 저녁에 세비야로 가려면 돈을 더 내셔야 해요."

"네? 저는 분명 세비야까지 직통으로 가는 기차를 예약했고, 그런데 역무원이 내리라고 해서 내렸을 뿐인데 제가 왜 돈을 더 내야 하죠?"

안경 너머로 보이는 그 무관심하고 쌀쌀맞은 눈빛에 더욱 화가 났다. 우리나라에서 이런 일이 발생했다면, 그때도 직원들은 이런 무책임한 태도를 보일까? 그는 '나는 알 바 아니다. 당신이 잘못 내렸으니 돈을 더 내든, 세비야에 가지 말든 알아서 해라'와 같은 태도를 끝끝내 유지했다.

나도 참을 수 없었다.

"역무원의 실수인데, 대체 왜 제가 돈을 더 내야 하죠? 당연히 그쪽에서 보상을 해 주어야 하는 것 아닌가요?"

당장이라도 폭발할 것 같았고 울고 싶었지만 상황을 침착하게 설명해야만 하는 것이 괴로웠다. 그사이에 다른 직원들이 와서 함께 문제를 해결하기 위해 도와주려 했지만 보상을 받아 갈 수 있는 방법은 없었다. 대신 다음 날 낮에 출발하면 무료로 갈 수 있다는 말에, 몇 번의 고민 끝에 그렇게 하겠다고 대답하고 역내 의자에 주저앉았다. 눈물을 참을 수 없었다. 억울했다. 스페인은 나랑 맞지 않는 것 같다는 생각이 들었다. 수하물 분실에, 역에 잘못 내리기까지…. 더 화가 나는 것은 이것들 모두 나의 실수가 아닌 외부 상황에 의해 발생한 일이라는 것이었다. 속상한 마음을 실컷 울음으로 뱉어 냈다. 그러고는 다시 마음을 다잡고 숙박 어플을 뒤져 가장 싼 숙소를 예약했다. 오늘은 예정되지 않았던 낯선 도시에 머물러야만 했다. '그래, 오늘은 그냥 아무 계획 없이 푹 쉬는 거야. 힐링한다고 생각하자.' 여행과 삶은 비슷한 점이 여러모로 참 많았다. 생각대로, 계획대로 되지 않는 경우가 꽤 많았고, 그때마다 정면으로 마주해야만 하는 것이 힘들었지만, 시간이 흐를수록 그것들로 인해 나름의 '경험치'를 쌓고 있다는 생각이 들었다.

먼저 말을 걸어 준 프랑스 소녀

세비야 숙소에 온 첫날, 드디어 나의 배낭과 극적인 재회를 할 수 있었다. 오랜만에 만난 배낭은 꼬질꼬질해져 있었다. 그동안 어디서 무슨 고생을 겪었을까? 내 집과도 같은 소중한 배낭. 다시 만나서 정말 다행이야!

세비야는 하릴없이 골목만 걸어 다녀도 좋았다. 골목 사이사이에 미로처럼 자리 잡은 펍과 카페들, 그리고 샹그리아를 즐기는 많은 사람들. 나도 아무런 위화감 없이 그들 사이에 끼고 싶었다. 체크무늬 테이블보가 예쁜 테이블에 마침 사람들이 없어서 그쪽에 자리를 잡았다. 스페인 음식 중 가장 사랑하는 것이 무엇이냐 물으면 단연코 '샹그리아'라고 말할 것이다. 술은 잘 못하지만 샹그리아는 세지도 않으면서, 과일이 들어가 있기 때문에 아주 달콤하고 시원한 과일 음료를 마시는 기분이었다. 그렇지만 술은 술이기에 역시나 얼굴이 뜨겁게 달아오르고 있다는 것이 금세 느껴졌다. 벌게진 얼굴이 민망해 고개를 살짝 숙이고 손을 턱에 괴고 있었는데, 내 앞에 곱슬곱슬한 금발머리를 한 소녀가 앉았다. 그녀는 엄청나게 고심하며 메뉴판을 들여다보고 있었는데 한참이나 괴로워하는 표정으로 고르고 있으니 나중에는 안타깝기까지 했다.

"안녕! 어느 나라에서 왔어?"

소녀는 호기심 어린 눈에 자연스럽고 당당한 말투로 말을 걸어왔다. 낯선 이에게 용기를 내고 말을 거는 모습이 부럽고 멋있다는 생각이 들었다.

소녀는 프랑스에서 왔으며, 스페인에서 유학 중이라고 말해 주었다. 스페인의 어떤 점이 좋은지 물었더니, 따뜻한 날씨와 쾌활한 사람들이 좋다고 했다. 그리고 나도 고개를 끄덕이며 동의했다. 스페인에서만 최악의 사건이 두 번이나 있었지만, 그럼에도 이곳이 좋았다. 스페인은 마치 누군가가 거리에서 신나는 곡을 틀어놓으면 당장이라도 모두 일어나 환호성을 지르며 춤을 출 것 같은 느낌이 들 정도로 거리는 웃음과 말소리로 가득 차 있었다.

그녀가 고심해서 고르던 음식이 입맛에 맞을지 궁금해서 괜찮은지 물어보았다. 그러나 그녀는 다른 스페인 요리 식당에 비해서 맛있는 편이 아니라며 미간을 살짝 찌푸렸다. 먼저 용기 내서 말을 걸어 준 모습이 너무 멋있었던 프랑스 소녀, 나도 너처럼 여행 중에 만난 사람들에게 먼저 말을 건넬 줄 아는 멋진 여행자가 되기를.

프랑스 소녀

지친 마음을 지중해에 풀어 던져 버리다

바르셀로나에서 받은 스트레스를 어떻게든 풀어 버리고 싶었다. 지친 마음을 스스로 달래 주고 싶었다. 친구들과 메신저로 이야기를 주고받다가 세비야 근처에 해변이 있다는 말에 꽂혀 바로 가장 가까이 있는 해변가를 찾아보았더니 '카디스'라는 곳이 나왔다. 아무래도 당일 예매를 하니 조금은 비싼 값이었지만 마음속에서는 이미 바다가 울렁이고 있었다.

해변가 근처는 누가 보아도 관광지로 조성되어 있었다. 사람보다는 인형이 살 듯한 파스텔톤 건물에, 세비야 성당이 멋지게 그려져 있는 엽서들, 물놀이 용품을 파는 가게들, 헐렁한 티셔츠와 반바지를 입고 기타 연주를 하는 아저씨.

바다가 넓은 품을 자랑하며 두 팔 벌려 나를 반겨 주었다. 마치 누군가가 금가루를 뿌려 놓은 것처럼 반짝이는 모습에 황홀한 기분이 들었다. 혼자서 행복한 상상을 해 보았다. 너무 붐비지 않는 바닷가 근처에 작고 아늑한 집을 지어 내가 좋아하는 것들로 장식을 하고, 날이 풀리면 서핑보드를 들고 서툴지만 파도와 조금씩 친해지고, 낮에는 모래 위에 누워 햇살을 즐기며 책을 읽는 모습. 언젠가 그렇게 살 수 있는 날이 올까? 햇살을 즐기다가 막차 시간이 다가오고 있다는 것을 알았다. 얇은 바지를 걷어 올리고 누군가 짐을 훔쳐 가지는 않을까 잠시 고민하다 부드러운 모래를 딛고 일어나 바다의 품속으로 슬며시 들어갔다.

햇살 때문인지 바다는 시원하면서도 따뜻했다. 혼자서 몸을 둥글게 말아 물속에 다리를 박고 앉아 있다가 파도가 밀려오면 목까지 잠겨 떠내려가는 것을 반복했다. 사실 수영을 잘못하기 때문이다. 서핑을 하는 사람들을 보니 바다를 능숙하게 즐기는 모습에 조금 부러워졌다. 그런데 어떻게 물이 이렇게 부드러울 수 있지? 마음속까지 부드럽게 만져 주는 것 같았다.

6

포르투갈

사랑할 수밖에 없는 포르투갈

포르투갈 제2의 도시, 포르투에서 머물게 될 숙소는 중심가 한가운데에 위치하고 있었다. 여행 중 머물게 될 숙소에서 가장 우선순위로 치는 것이 가격 다음으로 위치였는데, 그런 점에서 이곳은 10점 만점에 10점의 수준이었다. 심지어 앉아도 머리가 닿지 않을 정도로 높은 이층 침대, 깔끔하고 넓은 부엌과 방마다 있는 샤워실까지! 시설 또한 10점 만점에 10점이었다! 우리 방에는 나 말고도 한국인이 2명이나 더 있었는데 알고 보니 두 분은 커플이었다. 은희 언니와 준혁 오빠. 미국에서 유학 중 만나게 된 사이인데, 프랑스 생장부터 시작되는 산티아고 순례길 여정이 끝나고 잠시 포르투에 머무는 중이라고 했다. 순례길을 걷기로 계획하고 온 것이었으나 포르투에 도착하고 나니 갑자기 망설여졌던 나는 그들이 조금은 대단해 보였다.

곳곳에서는 부드럽고 달콤한 에그타르트 냄새가 흐르고 있었다. 이미 점심을 두둑하게 먹어서 배가 부른 상태였음에도 에그타르트의 유혹은 참을 수 없었다. 가게마다 맛이 조금씩 다르기는 했지만, 모든 가게의 것이 훌륭했다. 매일 낮에 숙소에서 나오면 어김없이 에그타르트와 에스프레소를 2유로에 파는

가장 사랑하는 뷰

가게에 들어가 달콤하게 하루를 시작했다. 동루이스 1세 다리에서 보는 전망이 아름답다길래 그곳으로 향하려는데, 날씨가 좋아 아무 곳에나 발걸음을 옮겨 보며 천천히 가고 싶은 기분이 들었다. 조금 더 돌아가야 했지만 포르투의 골목은 그럴 만한 가치가 있었다. 노란색, 연분홍색, 하늘색, 베이지색 파스텔톤의 집들. 벽면에는 파란색 아줄레쥬(포르투갈의 타일 장식)가 시원하게 수 놓아져 있다. 그 사이에 놓여 있는 테이블에 나와 맥주를 즐기고 있는 사람들. 그들의 웃는 얼굴은 포르투의 햇빛과 빛나 더욱 반짝여 보였다. 세상에 막 태어난 아이처럼 모든 것을 이리저리 둘러보다, 걸음을 멈추고 그 모습을 잠시 감상할 수밖에 없었다. 내리막길로 되어 있는 그 길 끝에는 반짝이는 연푸른색의 강물 뒤에 붉은색 지붕의 새하얀 집들이 옹기종기 모여 있었다.

강 위에 다리를 넓게 걸치고 있는 동루이스 다리 위에서 본 풍경은 더욱 낭만적이어서 감동스러울 정도였다. 남색 빛깔의 세상 속에서 오렌지빛만이 반짝이며 다리와 집, 강물을 은은하게 비추고 있었다. 비현실적일 정도로 낭만적인 풍경을 보며 내가 이곳에 있음에 다시 한번 놀라움과 감사함이 들었다. 나도 모르게 눈물이 맺혔다.

아무리 늦어도 9시까지는 숙소에 들어가겠다고 스스로 했던 약속을 떠올리며 서둘러 발걸음을 옮겼다. 그러나 다리 밑에서 들려오는 감미로운 목소리가 발길을 붙잡고 말았다. 고불고불한 긴 금발에 키가 큰 남자. 그는 통기타를 메고 자신의 목소리에 깊이 빠진 듯이 노래하고 있었다. 노래가 끝난 후, 그 남자는 나에게 다가와 어느 나라에서 왔는지 물어보았다. 그 남자는 호주 사람이었다. 그에게 물었다.

"사람들 앞에서 노래하는 거 떨리지 않아요?"

"떨리죠! 그런데 계속하니까 이제는 별로 그렇지도 않더라구요."

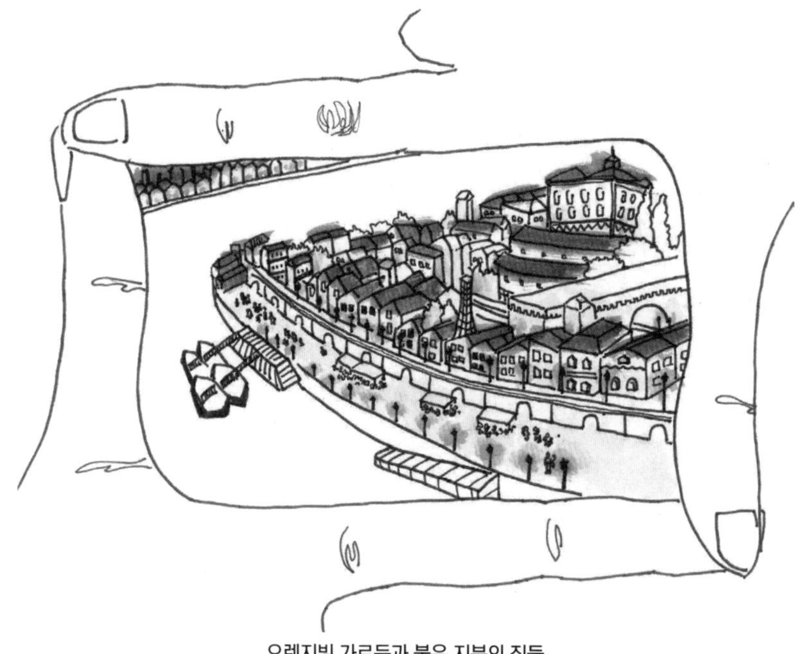

오렌지빛 가로등과 붉은 지붕의 집들

실제로 노래를 하면서 관객 한 명 한 명과 눈을 맞추며 호응을 유도하고 소통하는 그의 모습엔 여유가 흘러넘쳤다. 그리고 그 모습 때문에 더 매력적으로 보였다. 처음에는 떨렸지만, 계속하다 보니 익숙해졌다는 말은 참으로 멋있게 들려왔다.

도루 강에서 버스킹 하던 호주 사람

은희 언니에게 받은 은혜

끼룩끼룩- 참새나 닭이 아닌 갈매기 소리가 들려 휴대폰으로 시간을 확인해 보면 어김없이 이미 아침이 고개를 내밀고 있었다. 작은 바다 마을에서 여름 방학을 즐기고 있는 느낌이었다.

고기와 라면 봉지를 덜렁덜렁 들고 부엌으로 향했다. 한 사람은 샐러드를 꺼내고 다른 사람은 고기를 굽고 나머지 한 사람은 라면을 끓였다. 며칠 전부터 은희 언니, 준혁 오빠와 나는 아침을 함께 먹는 사이가 되었다. 타지에서 만난 한국인은 신기하게도 하루아침에 밥을 함께 먹는 사이가 된다.

"은희 언니, 순례길 어땠어요?"

"힘들긴 한데 날씨도 좋고 풍경도 예뻐서 정말 좋았어. 채연이 너는 가기로 결정한 거야?"

언니가 덧붙여 말했다.

"너는 혼자 가니까 외국인 친구들도 더 많이 사귈 수 있어서 좋겠다. 너무 무거운 마음으로 가지 않아도 돼. 순례길에서 한국인을 정말 많이 봤는데, 순례길 오려고 퇴사한 사람들도 있더라. 그런데 유럽 애들은 그냥 샌들 신고 가벼운 마음으로 오는 사람들도 봤어."

바다를 실컷 보고 싶었다. 하루 종일 따스한 햇살 밑의 푸른 바다를 끼고 걸어보고 싶었다. 원래 걷는 것을 좋아하니 원 없이 걸을 수 있다는 점이 마음에 들었다.

매일 아침 창문을 열면

그런데 몇 년 전 방송한 우리나라의 모 프로그램 영향이 생각보다 큰 것 같았다. 그 덕에 우리나라에서는 순례길이 인기였다. 그런데 걷기 전에 '뭔가를 깨달으리라, 이 길을 걷고 나면 좋은 모습으로 성장해 있으리라'와 같은 이유를 가지고 떠나는 사람들이 많은 것 같아서 조금은 안타까운 마음이 들었다. 뭔가를 기대하고 떠난다면 분명 길 위에서 누릴 수 있는 순간순간의 행복을 제대로 느끼지 못하고 한국에서 그랬던 것처럼 고민에 휩싸여 있을 것 같다는 생각이 들었다.

"저 할래요!" 꼭 하고 싶다는 마음이 솟았다.

"잘 생각했어. 분명 좋아할 거야."

언니가 흐뭇하다는 표정을 짓고 말했다.

떠나기 하루 전, 은희 언니는 자기가 챙겨 왔던 파스, 연고, 밴드, 콤피드, 헤드랜턴, 그리고 침낭까지 나에게 주었다. 정말 고마웠다. 길을 걸으면서 이 물건들을 쓸 때마다 언니 오빠 생각이 많이 날 것 같았다. 그리고 그 길 끝에서 새롭게 시작하려는 다음 사람에게 은희 언니에게서 받은 은혜를 돌려주고 싶었다.

230㎞의 길 위에 서다

처음 배낭의 무게는 11㎏ 정도였다. 며칠 동안 메고 걷기엔 조금 무거울 것 같았다. 순례길을 걷기 하루 전날, 배낭 속에서 근래에 꺼내서 사용했던 적이 없는 물건들을 하나하나씩 꺼냈다. '이건 나중에 쓸 것 같은데….' 미련이 남았지만 다가올 내 어깨의 고통을 상상하면 버리는 편이 나았다. 정들었던 물건들을 마트에서 받은 흰색 비닐 봉투에 담아서 쓰레기통에 통째로 넣어 버렸다. 가벼워진 배낭의 무게만큼 내 마음도 가벼워지길 바라면서. 많은 것을 바라지 않고 순간을 사랑하며 걸어가야지.

조개껍데기

성당으로 가서 순례자 여권을 샀다. 이로써 순례길을 걷기 위한 자격을 부여받았다. '순례'라는 꽤 경건한 단어 덕에 약간 긴장된 채 성당 밖으로 나가려는데, 작은 벽장에 조개껍데기 목걸이들이 2유로에 팔리고 있는 것을 보았다. 조개껍데기는 순례자를 의미하는 표식인데 괜히 배낭에 걸고 싶어 가장 색이 고와 보이는 것을 하나 사기로 했다.

아침 7시, 평소라면 한참 자고 있을 이 시간. 설레는 마음으로 숙소를 나섰다. 오랜만에 느끼는 차갑고 낯선 아침 공기. 이 시간에 무작정 걷는다는 것이 무모한 일이라는 생각에 조금은 겁이 나면서도 참 재밌는 일을 벌였다는 생각에 심장이 두근댔다.

출근하는 직장인들과 학교에 가는 아이들 틈으로 부지런히 발걸음을 옮겼다. 저 사람들이 보는 나의 모습은 어떨까? 시내 한복판에 조개껍데기가 달린 무거운 배낭을 메고 성큼성큼 걸어가는 동양인 여자를 어떻게 생각할까? 한참을 걷다 보니 드디어 노란 화살표를 볼 수 있었다. 처음 화살표를 본 순간, 두근대던 것을 기억한다. 마치 나에게 '잘 왔어. 앞으로의 길에서 너와 함께 할게'라고 말하는 것 같았다.

조금씩 짠 냄새가 나기 시작했다. 자욱한 안개 때문에 그 형체는 보이지 않는데 소리와 냄새만은 확실했다. 바다였다. 바다를 보면서 두려움과 동시에 신비로움을 느낀 것은 처음이었다. 조금만 멀리 떨어져도 사람이 보이지 않을 정도로 안개는 바다와 그 주변을 한껏 둘러싸고 있었다. 보이지 않지만 소리만 들리는 것이 어찌나 낯설면서 신기하던지.

생각보다 순례자들은 많지 않았다. 가끔씩 멀리서 보이는 배낭을 멘 사람들을 보면 처음 본 사람임에도 불구하고 같은 길을 걷고 있다는 이유로 응원해 주고 싶은 마음이 들었는지, 서로 "부엔까미노!(좋은 길 되세요)"라고 밝게 인사를 주고받았다. 한참을 걷다 밀려오는 배고픔과 더위에 못 이겨 바닷길 위의 카페에 들어갔다. 맥주 한 잔과 빵을 시키고 주위를 둘러보니 아까 인사를 주고받았던 아주머니가 보였다. 어디 가셨나 했더니 먼저 와서 쉬고 계셨구나. 습기 찬 신발을 벗어 발을 말리며 땀에 젖은 얼굴로 숨을 돌리던 아주머니는 내 맥주가 나올 즈음 벌써 신발 끈을 동여매고 계셨다. 병맥주였음에도, 한국에서 마셨던 생맥주보다도 훨씬 개운하고 맛있었다. 이후로도 나는 걷다가 맥주 한 잔씩은 꼭 마시게 되었다.

첫날 걸었던 16㎞는 생각보다 길지 않은 거리였다. 바다를 보면서 충분히 휴식을 취해도 낮 2시 즈음이 되니 알베르게 앞에 도착해 있었다.

"지금 체크인 되나요?"

순례길 위에서 한국인을 만나면

순례자 전용 숙소인 알베르게는 아무 때나 들어갈 수 있다고 생각했었는데, 대단한 착각이었다. 여기도 다른 숙소들과 마찬가지로 체크인 시간이 엄연히 정해져 있었고, 지쳐 피곤한 상태라도 순례자들은 단 한 사람도 아무런 불평 없이 기다린다.

"아뇨. 밖에서 기다리세요."

그녀는 알베르게에서 자원봉사를 하는 사람이었다. 조금 무안해하며 밖으로 나오니 플라스틱 의자에 앉아 핸드폰을 하는 여자가 보였다. 아마 체크인 시간을 기다리는 것이리라. 옆에 있는 의자를 가져와 그녀의 옆에 앉았다.

"한국 분이세요?"

익숙하고 반가운 언어가 들려왔다. 그 여자도 한국인이었던 것이다.

"우와, 한국 분이세요? 반가워요!"

그녀의 이름은 현정. 현정이는 알고 보니 나와 동갑이었으며, 심지어 나처럼 1년 휴학을 한 상태라고 했다. 첫날 숙소에서 한국인을 만난 것도 신기한데 심지어 나이, 휴학을 한 것까지 겹치는 부분이 꽤 많아 더 신기했다. 같이 저녁을 해 먹자며 저녁 메뉴에 대해 얘기하고 있던 중 사람들이 하나둘씩 오기 시작했고 그곳에는 걸으면서 마주쳤던 커플도 있었는데, 알고 보니 그분들도 한국인이었다. 참 신기한 일이었다. 그곳에 있던 아시아인 전부가 한국인이라는 사실에 웃음이 나왔다. 여러 개의 1인용 침대가 늘어져 있던 그 방, 낯설지만 앞으로 계속해서 마주치게 될 사람들, 시끌벅적했던 그 방은 어느새 슬며시 들어오는 햇빛을 쬐며 낮잠을 자는 숨소리만이 들리게 되었다. 겨우 잠에서 깨 저녁을 하던 중에 또 다른 남자가 와서 인사를 했다. 민준 오빠는 퇴사를 하고 그 기간에 잠시 순례길을 걷고자 마음먹었다고 했다. 각기 다른 곳에서, 다른 일을 하다 어느 순간 같은 장소에 모이게 된 사람들. 현정이와 민준 오빠가 순례길을 떠올리면 가장 먼저 떠오를 사람들이 될 것이라는 걸, 당연히 이땐 알 수 없었다.

까미노 친구들

다음 날부터는 두 개의 발자국이 아닌 네 개의 발자국으로, 하나의 배낭이 아닌 두 개의 배낭을 메고 걷게 되었다. 현정이와 함께 걷기로 한 것이다. 전날 이른 아침에 보았던 바다를 다시 보고 싶은 마음에 우리는 제일 먼저 숙소를 나섰다. 밖은 정말 깜깜해서 앞이 잘 보이지 않았다. 둘이 걸어도 무서운

풀숲을 헤치며 앞으로 나아갔다.

"채연아, 뒤에 봐봐." 현정이가 내 뒤를 보며 말했다.

주황빛을 내뿜으며 조금씩 모습을 보이고 있던 태양. 희미한 빛 속에서 보이는 현정이의 표정에는 낯선 환경에 대한 두려움과 자신이 보고 있는 풍경에 대한 경이로움이 드러나 있었다. 나는 "와-" 탄성을 내지르며 자꾸만 모래 깊숙이 들어가는 발을 떼어 내며 바다로 달려갔다. 아침 바다가 이렇게 좋을 줄이야.

떠오르는 태양과 새벽 바다

그다음 날부터는 민준 오빠까지 셋이서 걷게 되었다. 안 그래도 낯선 상황 속에서 계속해서 더해지는 낯섦에 잘 적응할 수 있을지 조금 걱정이 되었다. 그런데 문제는 숙소 밖으로 나오자마자 쏟아지는 비였다. 판초우의를 가방

깊숙한 곳에서 꺼낸 다음 배낭까지 덮어야 했는데 쉽지 않았다. 자꾸만 배낭 윗부분까지만 씌워지고 전체까지 덮이지 않았다. 그때 민준 오빠가 와서 우의를 밑으로 당겨서 씌워 주었다. 후드득후드득 떨어지던 비는 어느새 내 안경을 모두 적실 정도로 내리고 있었다. 처음으로 하루 종일 누군가와 함께 걷는 일정이었고 그 길이 우리 셋에게 있어 행복했던 추억으로 남았으면 했다. 한국에 돌아가서 '그때 진짜 힘들었는데. 그런데 말이야, 다시 걷고 싶을 정도로 재밌었어'라고 생각하고 싶었다. 그래서 이야기가 끊이지 않게 계속해서 질문을 했다.

"오늘 비가 많이 오는데 기분이 어떠세요?"

이렇게 '인터뷰 놀이' 식으로 말이다. 지금 그때 찍었던 동영상들을 다시 보면 남부끄러워 보기 힘들 정도이지만.

비에 젖어 축축하고 눅눅해진 몸을 이끌고 겨우 알베르게에 도착하니 체크인을 기다리고 있던 많은 사람들 중에 페드로 일행이 있었다. 페드로는 첫날 알베르게에서 나에게 반갑게 인사하며 이름이 뭐냐고 물어봐 주었던 스페인 아저씨다. 페드로는 자기 아들, 그리고 몇 년 전 함께 걸었던 순례길에서 만난 러시아 아주머니인 안나를 데리고 포르투 길을 걷고 있었다. 아들과 함께 온 페드로도, 아버지와 함께 온 아들도, 낯선 이들과 함께 걷기로 한 러시아 아주머니도 모두가 대단해 보였다. 페드로는 우리가 들어오자 "올라!" 하며 반갑게 맞아 주었다.

그런데 그 알베르게의 시스템은 우리를 매우 지치게 만들었다. 보통은 체크인을 하면 혼자서 방으로 들어가기 마련인데, 무슨 이유 때문인지 듣지는 못했지만 그곳의 직원은 반드시 자기가 직접 동행해서 방을 안내해 주었다.

당연히 그 시간 동안은 체크인을 할 수 없었고, 그 덕에 체크인 시간만 한 시간은 기다리게 되었다. 안 그래도 빗속을 걷느라 기운이란 기운은 다 빠져나간 느낌이어서 무표정으로 멍하니 내 순서를 기다리고 있었다. 순서는 나이, 성별 상관없이 무조건 선착순이었다. 나보다 먼저 온 페드로 아저씨는 싱글벙글 웃으며 사람들과 얘기를 주고받았다. 도저히 웃음은 고사하고 말도 잘 나오지 않을 정도로 피곤한데 그는 눈이 마주칠 때마다 방긋방긋 웃으며 안부를 묻곤 했다. 눅눅한 분위기를 뽀송하게 밝혀 주는 페드로가 좋았다.

시간이 지날수록 알베르게에는 반가운 얼굴들이 늘어났다. 첫날 보았던 사람들을 둘째 날 숙소에서 또 보고, 둘째 날 보았던 사람들을 셋째 날 숙소에서 보고. 어색하기만 했던 사람들과 이제는 안부를 주고받기 시작했다. 특히 페드로 일행, 수다쟁이 러시아 아주머니들, 잭 니콜슨을 닮은 토마스 아저씨, 말 많고 까칠한 독일 언니가 가장 기억에 남는다. 숙소에 도착했을 때 이들을 보면 "올라!" 하고 반갑게 인사를 하는데, 그 인사는 마치 '오늘도 무사히 잘 걸어왔군요! 고생 많았어요'라고 서로를 위로해 주는 느낌이라 참 따뜻했다. 이 길 위에선 모두가 공평했고, 인내해야만 했다. 땀을 삘삘 흘리고 걸어와서 빨리 샤워를 하고 싶어도 자신의 순서를 기다려야 했고, 체크인은 남녀노소 상관없이 온 순서대로 이루어졌다. 그러나 그게 다는 아니었다. 양보와 배려는 그 길을 함께 하는 모두를 더 행복하게 만들어 주었다. 빨랫대를 자신의 빨래로 꽉 채우지

순례자들의 흔적

않고 다른 사람이 쓸 자리를 비워 놓는다거나, 더 피곤해 보이는 사람을 위해 자신이 2층을 쓰고 침대 1층을 양보한다거나, 부엌 식기를 너무 오래 사용하지 않는다거나, 아침에 일찍 나가는 사람은 다른 사람들이 깨지 않도록 불도 켜지 않고 조용히 나가야 한다거나. 자신이 감수할 불편함을 참고서라도 남을 위한 행동을 하는 것. 순례길은 마치 작은 세상과도 같았다.

든든한 화살표

이놈의 비는 적당히 올 줄을 몰랐다. 아침부터 내리기 시작하던 비는 오후가 되어서까지 멈추지 않았다. 우리가 숙소에 도착할 즈음에야 그치려나 싶었다. 말 수도 점점 없어졌다. 자박자박, 빗속을 걸어가는 발걸음 소리와 세상의 모든 사물과 부딪히는 빗소리만이 들려왔다. 그래도 풀 냄새 진한 초록의 나무들 사이로 지나가는 것이 좋았고, 다른 순례자들을 보며 '부엔까미노!'라고 인사하는 것도 좋았다. 하지만 모두가 나와 같지는 않은 것 같았다. 현정이는 순례길 첫날 조금 많이 걸은 탓에 다리가 아파서 앞으로는 빨리 걷지 못할 것이라고, 어쩌면 도중에 집에 갈지도 모른다고 농담 삼아 말하곤 했었다. 그 이후로 밤마다 현정이는 가끔씩 다리가 욱신거렸는지 힘들어하는 모습을 보이곤 했었다.

열심히 걷는 현정이

'각자 원하는 속도대로 갈 수 있도록 먼저 가고 싶은 사람은 먼저 가기로 해볼까? 하지만 현정이랑 끝까지 같이 걷고 싶기도 한데….'

어떤 선택을 해야 내 욕심대로 하는 것이 아닌 상대방이 원하는 대로 하는 것인지 알 수 없었다. 현정이에게 따로 가자고 말할까라는 생각도 했지만 그러면 서운해할지도 모를 일이었다. 그렇지만 무리해서 함께 걷는다면 현정이가 힘들어지지 않을까.

결국 나는 "현정아, 다리는 좀 괜찮아?"라는 어떠한 도움도 되지 않는 안부를 묻는 질문만 던진 채, 다음 날도 그다음 날도 함께 걸을 수밖에 없었다.

비에 젖은 몸과 마음은 순례길 자체를 즐기는 것이 아니라 빨리 숙소로 돌아가서 쉬고 싶게 만들고 있었다. 우리는 바다를 볼 수 있는 정식 순례길 코스가 아닌 고속도로를 따라서 걷기로 결정했다. 솔직히 말하면 그 결정이 마음에 들지는 않았다. 나는 이곳에 완주를 하러 온 것이 아니라 바다를 보러 온 것이었기 때문이다. 그러나 더 이상 혼자가 아니었기에 내 고집만 부릴 수는 없었다. 우리는 아무 말 없이 멀찍이 떨어져 묵묵히 걸었다. 주위엔 산도, 들도, 바다도, 사람도, 집도 아무것도 볼 것이 없었기에 앞만 보며 걸을 수밖에 없었다. 회의감이 들었다.

우울한 도로

'내가 지금 뭐하고 있는 거지? 정말 하나도 재미없어.'

주위를 아무리 둘러봐도 '부엔까미노'라고 인사할 사람이나 푸른 바다는 절대 볼 수 없는 길이었다. 오직 '도착'만을 위한 길이란 나에게 의미가 없는 길이었다. 어차피 어떻게든 도착할 텐데, 조금이라도 즐기면서 가면 좋을 텐데. 역시 나는 고속도로와는 맞지 않았다.

이어폰을 귀에 꽂고 도로 위를 정신없이 걷는데, 저 멀리 길을 막고 있는 무언가가 보였다. 가까이서 보니 자동차가 지나가지 못하게 막아 놓은 길이었다. 심란했다. 과연 이 길을 지날 수 있을까. 무슨 문제가 있어서 길을 막아 놓았을까. 그러나 구글 지도를 확인해 보니 이 길로 걷지 않는다면 꽤 많이 돌아가야 했다. 우리는 또다시 선택의 기로에 서게 되었다.

통행 금지

"누구 탓하지 않게 공평하게 투표로 하죠."

난감한 침묵을 뚫고 누군가 말했다.

설마 아예 걷지도 못할 길은 아닐 거라는 근거 없는 자신감이 생겼다. 아니, 그냥 힘들어서 더 걷고 싶지가 않았다. 만장일치로 우리는 모험을 해 보기로 했다. 통행 금지 표지판 사이로 비껴서 걸어가는 모습이 우스웠다. 말도 안 되는 일을 벌이는 어린아이 같은 모습에 웃다가, 갑자기 나타날 무언가에 대해 상상하며 농담도 하면서 걷는데, 역시나. 괜히 통행 금지가 아니었다. 큰 물웅덩이가 앞을 가로막고 있고, 옆은 끝이 날카로운 울타리로 둘러싸여 있었다. 당연한 결과였음에도 대책 없이 운이 좋기를 바라며 걸은 결과였다.

허탈함에, 다시 돌아가기 싫은 마음에 웅덩이 앞에서 몇분 동안 묘안을 생각해 보았지만 모두 불가능한 일이었다. 요행을 바랐던 우리는 더 큰 힘듦을 짊어지고 왔던 길을 한참이나 다시 걸어갔다. 결국에 이렇게 될 일이었던 것이다. 돌아가는 길에, 많은 생각이 들었다.

'한국에 돌아가서 같은 실수를 하게 될까?'

수많은 선택의 갈림길에서 남보다 앞서가고 싶은 마음에, 또는 아무런 계획 없이 운을 바라며 쉬운 길을 선택하고 싶어 하지는 않을까. 마치 오늘처럼 말이다.

'제발 부탁이야. 느려도, 힘들어도 부디 묵묵히 걸어가 줘. 내가 사랑하는 삶은 역시 속도보다는 방향이 우선시되는 삶이니 말이야.'

가장 많이 걸었던 이날, 우리는 마지막으로 또 한 번의 선택의 기로에 서게 되었다. 포르투갈에서 스페인으로 배를 타고 국경을 넘기만 하면 되는 상황이었는데 모두 최고로 지친 상태였으며 비는 얄밉도록 무자비하게 내리고 있었다. 어디서 배를 탈 수 있는지 정보를 얻기 위해 잠시 들어갔던 알베르게는 너무나 아늑했고, 반가운 토마스와 페드로가 있었다.

"페드로도 오늘은 이 숙소에서 쉰다는데, 우리도 많이 지쳤으니까 오늘은 여기에서 쉬고 내일 이동하는 것도 좋을 것 같아."

많이 지쳐 보이는 현정이의 얼굴.

날씨가 안 좋아 그곳에서 자고 다음 날 국경을 넘을 거라는 그들의 말을 듣자 갑자기 흔들리기 시작했다. 정답은 없었다. 그냥 우리가 하고 싶은 대로 하면 되는 상황이었다. 밝은 페드로와 또다시 같은 숙소에 머물게 되다니. 무척이나 반가운 마음이 들었다. 그러나 정말 힘들었고 당장 쉬고 싶은 마음도 들었지만 내일 더 많이 걷게 될 것을 생각하면 차라리 오늘 더 고생하는 편이 나왔다. 민준 오빠도 이왕이면 오늘 더 걷고 싶어 하는 것 같았다.

차가운 비를 맞다 따뜻한 공기를 맞아 다리는 점점 더 무거워지고 있었다. 날이 더 어두워지기 전에 얼른 선택을 해야 했다. 용기 내어 내 생각을 말했다.

"그런데 오늘 여기서 자면 내일 더 많이 걸어야 할 텐데. 나는 차라리 오늘 더 걷는 게 나을 것 같아."

조심스레 설득하듯 현정이를 보며 말했다. 현정이는 서운함 한 번 드러내지 않고 단번에 오케이를 했다. 물론 그 표정과 말투에서는 지친 기색이 너무나 역력했지만 말이다. 현정이를 두고 먼저 갈까라는 생각이 또 한 번 들었지만 현정이가 그러고 싶어 하는 기색을 전혀 보이지 않아 또 한 번 말을 삼켜야 했다. 어떻게 하는 것이 옳은 것일까?

셋이 함께 걷던 둘째 날이었나. 민준 오빠와 저녁때 초콜릿을 사러 가던 길이었다. 오빠는 우리보다 체력이 좋았기 때문에 분명 더 걸을 수 있음에도 아무 말 없이 우리의 속도에 맞춰 주고 있음을 알았다.

"오빠는 우리한테 속도 맞춰 주는 거 힘들지 않아요?"

내가 물었다.

"솔직히 더 걸을 수는 있는데, 지금처럼 걷는 것도 나쁘지는 않아."

정말 문제없다는 표정이라서 나는 할 말을 잃었다. 사실 찔렸다. 나는 아니었기 때문이다. 바다가 보이면 눈치 보지 않고 멈춰 서서 멍을 때리고, 조금 배고프더라도 돈을 아낄 수 있다면 싼 음식을 먹고 싶었다. 그러나 누군가와 함께 있을 때는 내가 원하는 것을 100% 이뤄 낼 수 없음에 점점 답답함을 느끼고 있었다. 시간이 흐를수록 이러한 감정은 쌓여 가고, 결국 이날 내 안의 무언가가 '더 이상 못 참겠어'라며 폭발하고 있었다.

다시 혼자가 되다

다시 혼자가 되다

용기 내어 일행들에게 말했다.

"우리 내일부터 며칠 동안은 다시 혼자 걸어 보는 거 어때요?"

아무하고도 상의 없이 나 혼자 생각해서 말한 것이었기에 그들의 당황할 얼굴이 그려져 조심스레 말할 수밖에 없었다. 그런데 의외의 대답이 돌아왔다.

"좋아요. 저도 안 그래도 그 말 하고 싶었어요."

나뿐 아니라 다른 사람들도 애초에 혼자서 순례길을 걸으러 온 것을 보면 혼자 다니는 것을 좋아하는 사람들일 텐데 다들 아침부터 밤까지 함께 있느라 혼자만의 시간을 충분히 누리지 못한 것이 힘들었을 것이다. 이해해 주어서 고마우면서도 그동안 말하고 싶어서 어떻게 참았을까, 안쓰러운 마음이 들었다. 이렇게 우리는 다시 각자 걷게 되었다.

해가 뜨기도 전에 길을 나선 현정이 다음으로 준비를 마치고 숙소 밖으로 나왔다. 밖은 아직 어두웠고, 비는 토독토독 내리고 있었다. 혼자 우의를 꺼내 배낭을 멘 상태에서 배낭까지 다 씌우려니 쉽지 않았다. 엉거주춤 여러 번 시도 끝에 우의를 배낭까지 겨우 씌우고 부지런히 걸어갔다. 오랜만에 혼자 걸으니 비로소 작은 어려움들이 느껴졌다. 우의 입는 것부터 길을 찾는 것까지. 얼마 걷지 않아 갈림길이 보였는데, 산으로 가는 길과 바다를 끼고 가는 길로 나뉘어져 있었고 앞서가던 사람들은 고민을 하다 대부분 바닷길을 선택했다. 한두 명의 사람들만이 산으로 가는 길을 택했는데, 화살표를 보니 산으로 표시가 되어 있기는 하지만 해가 뜨기 전이라 산길은 어두컴컴해 무서울 것 같아 바닷길을 택했다. 오랜만에 이른 시각에 나와서 혼자 걸으니 바다의 냄새와 소리, 모든 것이 더 진하고 깊게 느껴지는 것 같았다. 걷다 보니 조그만 가시가 달린 서로 엉켜 붙어 있는 줄기들이 내 다리를 따끔하게 스쳐 지나갔다.

'사람 지나다니는 길에 뭐 이런 게 있어.'

뒤를 보니 따라오던 사람들도 가시 때문에 곤란해 보이는 모습이었다. 그런데 그건 시작일 뿐이었다. 가시덩굴은 끝이 없었다. 알고 보니 내가 선택한 이 길은 가시밭길이었다. 처음엔 작았던 가시들이 점점 굵고 커져 다리를 사정없이 찔러 댔다. 너무 아파서 다시 돌아갈까 생각했지만 그렇게 하기에는 너무 많이 온 상태였고, 먼저 간 사람들이 다시 돌아오지 않은 걸 보니 분명 괜찮을 것 같았다. 얇지 않은 가시가 내 바지를 뚫고 다리를 찌르는 통에 속으로 온갖 욕을 해대며 걷던 와중에 뒤를 보니 민준 오빠가 오고 있었다. 가시밭길은 생각보다 오래 이어졌는데 그 끝에는 커다란 바위들이 가로막고 있었다. 10kg 배낭을 메고 저 바위들을 넘을 생각을 하니 아찔했다. 어느새 민준 오빠가 바로 뒤까지 와 있었다. 도저히 먼저 갈 자신이 없어 오빠에게 먼저 가면 뒤를 따라가겠다고 했다. 평소와 같은 덤덤한 얼굴을 하고 걸어가는 모습이 대단해 보이기만 했다. 비가 내리는 탓에 미끄러운 바위를 오르는 것이 무서웠는데, 성큼성큼 앞서가던 민준 오빠가 뒤를 돌아보더니 손을 내밀며 잡고 올라오라고 했다.

내가 먼저 이제부터는 각자 걷자고 말했기 때문에 어떻게든 혼자 힘으로 해결하고 싶었지만 도저히 그럴 수 없는 상황이었다. 계속해서 오빠가 먼저 몇 개의 바위를 넘어 올라가면 내가 그 뒤를 따라 올라갔다.

'결국에는 누군가의 도움을 받는구나.'

혼자 시작해 걷고 있었지만 혼자가 아니었다. 나를 도와주는 누군가의 손길을 받는 것이 민망하고 미안했지만 너무나 고마웠다.

"오빠, 도와줘서 정말 고마워요. 그럼 이따 숙소에서 봐요!"

무사히 부처님 고행길(?)을 지난 우리는 또다시 각자 길을 나섰다. 비는 점점 세차게 내리기 시작했다. 바닷길 옆을 그렇게 고생하면서 지나갔으면서도 평지 위에서 다시 바다를 둘러보니 아름답기 그지없었다.

아침 바다

귀에 이어폰을 꼽았다. 노래를 틀어놓고 부지런히 걷는데 아이러니하게도 은근히 신이 났다. 얼굴과 안경은 이미 물투성이에다 바지와 양말까지 물이 들어찼는데도 말이다. 우의 모자를 벗고 머리가 다 젖을 정도로 비를 맞으며 신이 나게 걷다가 소리를 지르고 싶어졌다. 바다가 보이는 도로 한복판에서 목이 아플 정도로 소리를 질렀다. 마음속에 뭉쳐 있던 작은 응어리가 풀어지는 것 같았다.

그날의 비는 정말 미쳤었다.

'현정이는 잘 오고 있나?' '민준 오빠도 잘 가고 있겠지?' 나도 모르게 일행들에 대한 걱정이 들어 조금 놀랄 수밖에 없었다. 안 그래도 속도가 조금 느린 현정이는 비 때문에 더 힘들어할 게 분명했다. 그래도 우리 셋 모두 포기하지 않고 만나기로 했던 숙소에서 다시 만날 수 있을 거라는 확신이 있었다.

까미노 친구들

축축한 러닝화에 신문을 잔뜩 구겨 넣고 샤워를 마쳤다. 다행히 현정이와 민준 오빠 모두 숙소에 잘 도착해 있었다. 저녁 시간이 조금 지나 공용공간이 시끌벅적해 나와 보니 페드로와 그의 아들, 안나, 말 많은 독일 언니가 있었는데 중년의 남자 둘이 자기들끼리 무슨 얘기를 하다 카메라를 설치했다. 그러고서는 순례길에 대한 인터뷰를 좀 하고 싶은데, 인터뷰해 보고 싶은 사람이 없냐며 사람들을 둘러보았다. 등 떠밀려 나간 사람은 독일 언니. 막상 질문이 들어오니 막힘없이 대답을 한다. 쑥스럽지만 추억이 될 것 같아 나도 하기로 했다. 의자에 앉아 페드로를 보니 조용히 웃으면서 나를 지켜보고 있었다.

"왜 까미노(순례길)를 하기로 마음먹었나요?"

간단한 자기소개 후 돌아오는 첫 질문이었다.

"바다를 보면서 실컷 걷고 싶었어요."

영어로 내 뜻이 잘 전해질까 염려하며 솔직하게 대답을 하기 시작했다.

"까미노를 한 마디로 정의 내린다면 무엇인가요?"

가장 고민이 되는 질문이었다. 아직까지 생각해 보지 못한 질문이었기에 대답하기가 어려웠다. 그러나 떠오르는 무언가가 있었다. 바로 '사람'이었다.

온전히 혼자 걷기로 마음먹고 발을 내디뎠던 길 위에서 까미노를 더 빛나게 만들어 주는 무언가를 발견했다. 누군가의 존재는 나에게 즐거움이 되기도, 피곤함이 되기도 했다. 한국에서도 혼자 다니는 것을 좋아하던 나는 혼자서도 충분히 인생을 즐겁게 누릴 수 있겠다는 확신이 있었다. 그런데 길 위에서 생각지도 못했던 크고 작은 어려움들과 부딪혔고, 그때마다 내 곁의 누군가가 도와주었다. 혹은 지친 상태로 숙소에 돌아와 물집을 터트리며 불평을 할라치면 나보다 더 아프고 힘들어하는 사람들이 곁에 있어 불평할 수 없었다. 아침에 바게트로 샌드위치를 만들어 먹으려 하면 누군가가 먹다 남긴 참치를 주어 더 맛있는 샌드위치를 먹을 수 있었고 피곤한 얼굴로 침대 위에 앉아 있으면 누군가의 웃음소리를 듣고 나도 괜히 힘이 나기도 했다.

사람은 생각보다 큰 힘을 발휘한다. 그 힘은 누군가를 절망에 빠뜨리기도, 어둠 속에서 끌어내 주기도 한다. 시간이 흐를수록 이들에게 받은 것이 너무나 많음이 느껴졌고, 그것은 부담으로 다가오는 것이 아니라 '베풀고 싶은 마음'으로 다가왔다. 내가 그들에게 받은 정, 수고로움을 감사한 마음으로 다른 이들에게도 돌려주고 싶은 마음이 들었다.

다른 사람들에게 있어서 까미노는 어떤 의미일까? 페드로, 안나, 민준오빠, 현정이에게 까미노는 어떤 의미일까? 다른 사람들의 이야기가 궁금해졌다.

페드로

길이 반도 안 남은 시점, 숙소에서 사람들과 함께 있는 시간을 늘리고 싶었다. 걷고 돌아오면 대부분은 같이 저녁을 해 먹었는데 그날은 맥주와 와인, 소시지, 치즈, 과자 등 간식을 많이 산 날이었다.

"페드로는 순례길 왜 걷기로 한 거예요?"

어쩔 수 없는 내 특유의 진지함으로 무장한 채 페드로에게 물어보았다.

"음, 많은 사람들은 나이가 들면 새로운 걸 안 하려고 해. 나는 집에 모여서 카드놀이나 하는 다른 사람들처럼 늙고 싶지 않아."

평소에 정말 유머러스한 페드로의 진지하고 진심 어린 답은 정말 멋있는 어른의 답변 그 자체였다.

나이가 들어도 계속해서 새로운 도전을 즐기는 것. 나이가 들어도 마음만은 주변의 많은 사람들보다도 젊었던 페드로. 나도 그처럼 늙어 가고 싶다.

함께 걷는 부부

끝이 아니야

마음까지 만져 주는 하늘과 바다

어느덧 순례길 마지막 날. 길 위에서 나와 같은 사람을 만나면 처음 본 사람인데도 애틋하고 응원하고 싶은 마음이 들었다.

또다시 혼자가 되어 언덕을 넘어가고 있었다. 비가 온 탓에 바닥은 질펵질펵했다. 배낭을 메고 내 앞에서 꽤 빠른 걸음으로 걸어가던 유럽 남자가 있었다. 어느새 내 걸음이 그의 걸음 옆에 서게 되었을 때 밝게 "부엔까미노!"라고 인사하며 지나가려 했다. 그분도 옅은 미소와 함께 "부엔까미노!"라고 인사해 주셨다. 그러더니 어디서 왔냐며, 이것저것 묻기 시작하셨는데 말투에서 온화함이 느껴졌다. 그분은 독일에서 온 교수님인데, 역사적인 것에 관심이 많아 보이셨다. 자기는 더 이상 빨리 걷기는 힘들다고 먼저 가고 싶으면 언제든지 먼저 가라며 배려하던 그는 길을 가다 햇살이 비치면 '따뜻하다', '날씨가 좋아져서 다행이다'라는 말을 했다.

한참 길을 걷다 나의 전공이 유아교육과라고 말하자, 자신도 아이를 좋아한다며 내 눈을 바라보며 환하게 웃으셨다. 골목에 들어서자 야외에서 당근 심기를 하고 있던 유치원생 아이들을 볼 수 있었다. 나 같으면 지나쳤을 텐데, 이 독일에서 온 분은 나를 데리고 그 유치원 앞으로 가서 아이들이 하고 있는 것에 귀여운 관심을 보이셨다.

사랑이 가득한 표정으로 아이들의 얼굴을 보는 그의 옆모습을 아직도 기억한다. 길 위에서 많은 사람들을 만났는데, 그 사람의 행동과 표정을 보면 길을 걷는 행위 자체를 즐기고 있는지, 그렇지 않고 목적지에 최대한 빨리 도달하고 싶은 마음이 큰지를 알 수 있었다. 독일에서 온 교수님은 길 위에서의 순간 자체를 사랑하는 사람인 것 같았다.

멀리서부터 아득히 바이올린 연주 소리가 들려왔다. 지도를 보지 않아도 성당이 코앞에 있다는 것을 알 수 있었다. 바이올린 소리는 점점 커지더니 어느새 성당이 눈앞에 드리워져 있었다. 산티아고 데 콤포스텔라 성당이 존재 자체로 13일 동안 수고했다고, 잘 왔다고 위로해 주고 환영해 주는 것 같았다. 성당의 정교함과 웅장함보다는 지금 내가 성당 앞에 서 있다는 것에 벅차올랐고, 감사했다. 어차피 이렇게 도착할 일인데, 성급하게 걷지 않고 재미있게 걸어서 참 다행이라고 생각했다.

성당 앞 광장에는 이미 도착한 후 바닥에 앉아 이야기를 나누는 사람들, 가만히 성당을 바라보는 사람들, 기념사진을 찍는 사람들, 길 위에서 만났던 사람들과 다시 만나 반갑게 인사를 나누는 사람들로 기쁨과 환희가 넘쳐흐르고 있었다. 페드로가 보고 싶었다. 페드로, 안나, 독일 언니, 브라질 할아버지, 이탈리아 친구들. 나의 길을, 그리고 서로의 길을 비춰 주던 사람들이었다.

그날 저녁은 현정이, 민준 오빠와 함께 왕새우 빠에야, 스테이크, 시원한 맥주 한 잔으로 정말 포식을 했다. 말하지 않아도 정이 들었음을 모두가 느끼고 있었다. 서로에 대해서도, 순례길에 대해서도.

이 길을 걸었던 13일의 시간 동안 하루하루가 넘어갈수록 전에도 분명 이 길을 걸었던 것 같은 기분이 들었다. 이유는 단순하지만 아주 중요한 것이었다. 화살표가 보이지 않을 때마다 느꼈던 불안함, 발에 잡힌 물집 때문에 겪는 고통, 끝없이 내리는 비에 대한 짜증, 매일 메고 걸어야 하는 무거운 배낭, 낯선 사람들에게서 아무 대가 없이 받는 호의. 이 모든 것은 과거에 한국에 있을 때부터 계속해서 겪어 왔던 것이었다. 한국에서의 나는 방향을 잃을 때면 걷잡을 수 없이 힘듦을 느끼고 옳은 방향이 무엇인지를 고민하기도 하고 사람에 지쳐 사람이 싫어질 때도 결국, 그가 있음에 감사함을 느꼈다. 마찬가지였다. 사실은 한국에서도 계속해서 순례길을 걷고 있었다. 나뿐만 아니라 우리 모두가 어제도, 오늘도 그 길을 걸어가고 있다.

산티아고 대성당

7

이집트

너무 많은 사기꾼

"택시? 택시?"

"노우."

단호하고 간결한 '노우'라는 두 글자가 처음엔 어색하기만 했다. 공항 밖을 나서자마자 호객행위를 하는 택시 기사들을 만날 수 있었다. 어제까지만 해도 순례길을 걷고 있었는데 오늘은 이집트 땅에 서 있다니. 하도 택시라는 단어를 듣다 보니 내 이름이 택시가 된 것 같았다. 버스 정류장 같지도 않은 공터에는 쓰레기가 나뒹굴고 냄새가 났다. 지나가는 사람에게 시내로 가는 버스는 몇 번인지 물었더니, 오늘은 이슬람교의 휴일이라 버스 운행을 안 한다고 했다. 절망적이었다. 아무리 이집트가 물가가 싸다고 해도 공항에서 시내까지 택시를 타고 가면 분명 돈이 많이 들 텐데. 인터넷에서 열심히 알아 간 정보에 따르면 이집트에는 사기꾼이 많았다. 특히 택시 사기꾼. 버스 운행을 안 한다던 아저씨가 계속 나를 쳐다보더니 다시 다가와 말을 걸었다.

"오늘은 버스 운행 안 해요. 그러니까 택시 탈 수밖에 없어요."

역시나. 호객행위를 하는 택시 기사님이시군요. 버스가 안 가면 걸어가겠다고 하니, 너무 먼 거리라며 택시를 타야 한다고 계속해서 설득하려 했다. 설득하면 할수록 이 사람은 거짓말쟁이라는 것에 대한 확신이 들었다. 차라리 솔직하게 말하고, 그냥 조금 싸게 해 준다며 택시를 타라고 했다면 나도 피곤한 상태였기에 생각을 해 봤을지도 모르는 일이었다. 그러나 거짓말을 했다는 것에 괘씸한 기분이 들어 절대 택시를 타지 않겠다고 다짐하고 있었다. 그때 마침 새로운 버스가 들어왔다. 버스 운행을 안 하기는 무슨.

무하마드와 뷰티풀

아무리 둘러봐도 신호등이 보이지 않았다. 아니 대체 어떻게 길을 건너라는 거지? 현지인들은 모두 자동차와 함께 길을 건너고 있었다. 딱히 주위를 열심히 살피는 것 같지도 않고, 발걸음을 재촉하지도 않은 채 말이다. 카이로에 왔으면 카이로의 법을 따라야 하는 법. 나도 얼른 적응해야 했다. 손에 땀을 쥐고 도로변 앞에서 좌우를 열심히 살폈지만 차가 쌩쌩 달리는 도로를 건너는 것은 절대 쉽지 않은 일이었다. 옆에 서 있던 현지인이 도로를 건너려고 발을 떼자 나도 그와 동시에 발을 떼고 그가 잠시 멈추면 나도 멈추고, 그가 다시 걷기 시작하면 나도 걸었다. 그렇게 하지 않으면 정말 차에 치여 죽을 것 같았기 때문이다!

숙소가 있는 골목으로 들어서니 문 앞에 한 가족이 앉아서 지키고 있었다. 어린 아들이 둘 있는 가정이었는데, 어린 아들은 내가 오니 쑥스러운 듯 옅은 미소를 띠며 쳐다보았다. 내가 이 숙소에 머물 사람이라는 것을 직감했는지 어린 소년의 아버지는 일어나서 숙소 앞까지 데려다주었다.

숙소에 들어서자 환하게 인사해 주던 그의 이름은 무하마드였다. 숙소 직원인 그는 친절하며 재미있는 사람이었다. 내가 간단한 이집트어 몇 개를 궁금해하자 그는 친절하게 알려 주기도 했다. 샤워를 마친 후 머리를 말리고 있었는데 할 말이 있는지 몇 번이나 서성이던 그가 말했다.

"남, 밥 같이 먹지 않을래?"

무하마드는 자기도 아직 점심을 먹지 않았다며 같이 시켜 먹자고 했다.

안 그래도 뭘 먹을지 몰랐는데 잘된 일이었다. 우리는 치킨과 난, 밥, 수프를 시키기로 했다. 한화로 대략 2,000원이 조금 넘는 값이었는데, 맛과 양은 정말 훌륭했다. 앞으로의 이집트 여행을 더 기대하게 만드는 맛이었다.

"여기서 몇 시부터 몇 시까지 일해?"

내가 물었다. 그는 하루의 절반은 영어를 가르치는 데에, 나머지는 숙소 직원으로 일하는 데에 쓰고 있었다. 투숙객들에게도 이렇게 친절하게 하는 사람이라면 좋은 선생님일 거라는 생각이 들었다.

다음 날은 오랜만에 푹 늦잠을 자느라 조식을 놓쳐 버렸다. 이미 낮 2시가 다 되어 가고 있었다. 푸석푸석한 얼굴로 좋은 아침이라고 인사하니 무하마드가 '레이지'라고 놀려 댔다.

"나 안 게을러! 단지 좀 피곤했을 뿐이야"라고 웃으며 대답하자, "그래도 넌 레이지야"라며 얄미운 표정으로 놀렸다.

준비를 마치고 공용공간으로 가니 직원 아주머니가 나를 보고 부엌으로 들어가셨다. 무하마드는 내가 조식을 걸러서 배가 고플 것 같아 그녀가 걱정했으며, 지금이라도 조식을 차려 준다고 말해 주었다. 세상에, 조식을 먹을 수 있는 시간이 한참 지났는데도 나를 위해 조식을 차려 주시겠다니. 정말 민망하고 감사한 일이었다. 간단한 빵과 과자와 주스였지만 그게 어딘가. 냉장고에서 뭔가를 꺼내는 그녀에게 말을 걸고 싶었다.

"이름이 어떻게 되시나요?"

그러나 그녀는 영어를 할 줄 몰랐고, 무하마드가 대신 답해 주었는데 그녀의 이름은 '뷰티풀'이라고 했다. 그러자 그녀는 큰 소리로 호쾌하게 웃었다.

"뷰티풀! 유 아 뷰티풀!"

나도 모르는 척 그녀를 뷰티풀이라고 불렀더니 그녀는 웃는 얼굴로 안아 주며 '너도 아름답다'고 말해 주었다. 기브 앤 테이크로 말해 주는 것 같긴 했지만, 나를 안아 주시던 그 품은 너무 푸근했다.

최악의 날

TV에서 들어 본 이슬람교의 예배 소리가 오디오를 통해 거리에 울려 퍼졌다. 식은땀이 났다. 의식이 끝날 때까지 멈춰 서 있지 않으면 경찰에 붙잡히려나? 눈치를 보며 주변을 살피니 천을 깔고 바닥에 엎드려 알라신에게 절을 하는 사람도 있지만 아무렇지 않게 걸어가는 사람들이 대부분이었다. 어쩌다 바닥에 무릎을 꿇은 사람들과 눈이 부딪쳤는데 그들은 나를 보며 아무 말없이 손짓을 했다. 이쪽 길로 가지 말고 돌아가라는 뜻이었다. 긴장하며 길을 돌아갔다.

숙소 밖으로 나가기 전에는 항상 마음의 준비를 해야만 했다. 밖으로 나가는 순간 이곳은 혼돈 그 자체였기 때문이다. 여행사 사람들과 어린아이들이 나를 보며 '니하오'라고 외치는 소리, 낯선 동양인을 신기한 듯 쳐다보는 눈길, 뻔한 속임수로 호객행위를 하는 택시 기사들, 바가지 씌우는 상인들과의 전쟁. 굳이 무언가를 하지 않고 길을 나서기만 해도 진이 빠져나감을 느꼈다. 그리고 시도 때도 없이 울려대는 클랙슨 소리까지 하루하루가 정신없음의 연속이었다. 하루하루가 모험을 하는 기분이었으며 설레고 긴장이 되었다.

모래바람이 도시를 덮친 것마냥 황토색의 누리끼리한 건물들이 즐비했다. 건물 벽은 이미 많이 갈라져 있거나 떨어져 나간 부분이 있는 곳이 많았다.

어두운 황토빛 건물이 즐비한 카이로

낯선 지역에 오면 그 지역의 재래시장에 가 보는 습관이 있었다. 카이로에서는 칸엘 카릴리라는 시장이 유명했는데, 정말 어마어마했다. 내가 생각했던 규모의 시장이 아니었다. 황토색 건물 유리 너머로는 공짜로 줘도 안 입을 것 같은 촌스러운 옷들이 진열되어 있었고, 거리에서는 양말, 액세서리, 생활용품 같은 자잘한 물건을 파는 상인들, 그 자리에서 구운 옥수수나 과일 주스를 파는 사람들까지. 축제인 것마냥 마구 몰려대던 사람들까지 정신이 하나도 없었다. 이집트 여자들이 머리에 하고 다니는 스카프가 눈길을 끌어 과감히 파란색의 스카프를 하나 사서 머리에 둘렀더니 그러고 다니는 동양인의 모습이 우스웠던지 이집트 여자아이 몇 명이 나를 보며 웃으며 지나가기도 했다.

칸 엘 카릴리 시장

그런데 갑자기 기분 나쁜 손길이 느껴졌다. 설마 하던 그 손은 다시 한번 내 엉덩이를 스쳤다. 화들짝 놀라 뒤를 보니 뻔뻔하게도 내 얼굴을 보며 웃고 있었다. 그러고는 '섹스 스타일이 뭐냐'고 물었다. 23년 살면서 한 번도 겪어 보지 못한 일이었다. 화를 내야 하나, 무거운 표정으로 정색하고 말을 해야 하나. 어떤 방법이 이 나쁜 놈을 사과하게 만드는 방법인지 몰랐다. 그를 똑바로 쳐다보며 말했다.

"나 경찰 부를 거야."

사실 진짜 부를 생각은 없었다. 단지 겁을 주고 사과를 받고 싶었을 뿐이었다.

"어디 한 번 해 봐."

그 자식은 뻔뻔한 낯짝으로 나를 당당하게 쳐다보았다.

"진짜 경찰 부를 수 있어. 근데 너 나한테 사과해야 되지 않아?"

너무도 당황스럽고 화가 났다. 주변 사람들이 힐끗힐끗 쳐다보며 지나갔다. 이곳에 도와줄 사람들은 아무도 없었다. 비참하게도 다시 아무 일도 없었다는 듯 숙소로 돌아가야 했다.

숙소로 돌아왔지만 안 좋은 기분이 가라앉지 않았다. 하지만 같은 방을 쓰는 미국인 친구와 저녁을 같이 먹기로 했기 때문에 또다시 나가야만 했다. 아무것도 모른 채 해맑은 얼굴로 그는 나가자고 했다.

그는 이곳에 온 지 벌써 몇 달이 지나가고 있었다. 길을 건너는 것도 현지인처럼 아주 여유롭고 능숙했다. 카이로가 왜 좋으냐고 물었더니 물론 혼잡하긴 하지만 다른 곳에서는 할 수 없는 경험을 해서 정말 흥미롭다고 했다. 그래, 다른 곳에서는 할 수 없는 경험을 나도 방금 했지. 그를 따라 들어선 식당은 '코샤리'라는 이집트 전통 음식이 전문인 유명한 식당이었다. 콩, 면, 마카로니 등을 섞어 그 위에 토마토소스를 뿌리고 섞어 먹는 이집트식 비빔밥이었는데 저렴한 값에 배도 부르고 맛도 있어서 그 이후로 혼자서도 종종 찾아가게 되었다. 식사를 마치고 숙소에 가는 줄 알았더니 그는 거기서 끝나지 않고 이곳저곳 구경을 시켜 주기 시작했다. 그의 눈빛은 이미 이집트와 사랑에 빠진 사람의 눈빛이었다. 늦은 시간이어도 사람들의 소리와 건물에서 나오는 빛에 활기를 띠는 카이로 시내를 구석구석 다니며 마치 가이드처럼 설명을 해 주더니 어느 주스 가게에 멈춰 섰다.

"여기는 내가 가장 좋아하는 주스 가게야. 사탕수수 주스가 가장 맛있어"라고 말했다.

그의 추천을 따라 마신 사탕수수 주스는 굉장히 단순한 단맛이었으며, 아주 시원했다.

"맛있는 음식들을 소개시켜 줘서 고마워. 가이드같아. 몇 달 만에 이집트 사람이 된 거 같네."

웃으며 내가 말했다. 그는 '노 프라블럼'이라며 다음에도 언제든 같이 밥을 먹고 싶을 때 얘기해 달라고 했다. 정말이지 이집트는 대체 무슨 매력으로 몇 달 동안 이 사람의 발을 묶어두었을까.

놀라운 피라미드, 그리고 친절한 사람들

탁한 공기를 마시며 타흐리르 광장에 위치한 지하철역으로 향했다. 역 안으로 들어서자마자 입구에는 경찰들이 앉아서 짐 검사를 하고 있었다. 공항에 있는 짐 수색대가 지하철역에도 있다는 것이 놀라웠다. 가방에 위험한 게 있는 것도 아닌데 외국인이라 괜히 트집잡힐까 봐 긴장이 되었다.

텁텁한 공기의 역 안. 피라미드를 보기 위해서는 기자역에서 내려야 했다. 지하철이 오기를 기다리는데 멀리 분홍색 표지판에 'ladies'라고 써 있는 것이 보였다. 오예! 여자 칸이 따로 있구나. 안 그래도 전날 있었던 기분 나쁜 일 때문에 더 주의해야겠다는 마음이 있었는데 정말 다행이었다. 서둘러 레이디 칸에 들어가니 퀴퀴한 땀 냄새가 코를 찔렀다.

그래도 여자 칸은 훨씬 널널했다. 나를 신기한 듯 바라보는 눈길들은 여전했지만. 그들의 눈에 내가 신기한 것처럼 내 눈에도 그들은 참 신기하고 재미있었다. 여자들 중 열에 아홉은 히잡을 두르고 있었는데, 그 형태도 다양했다. 화려한 색과 무늬의 히잡, 머리부터 발끝까지 뒤집어쓴 검은색의 히잡, 짧은 것과 긴 것. 그날 입을 옷과 조화를 이룰 히잡을 골라서 하는 것 같았다. 대부분의 이집트 여성들은 팔다리를 잘 드러내지 않았는데, 히잡을 안 한 여성들은 예외였다. 한국으로 치면 평범한 옷차림이었음에도 다른 사람들과 대비되어 비교적 과감해 보이기까지 했다.

기자역에 내리면 코앞에 피라미드가 있는 것이 아니라 여기서 버스를 타고 더 가야 했다. 버스 정류장을 나타내는 표시는 어디에도 보이지 않았다. 사람들이 많이 몰려 있는 곳이 정류장인 건 알겠는데 어떤 버스가 피라미드로 가는 버스인지는 알 수 없었다. 버스라기보다는 작은 승합차 두 대가 문을 열어 놓은 채 승객들을 기다리고 있었다. 목이 쉬도록 경쟁하듯 승객을 불러 모으는 아저씨들 중 한 분에게 다가갔다.

"피라미드 가요?"

다짜고짜 묻는 아주 단순한 질문이었지만 급할 땐 이런 게 직빵이다.

"오케이 오케이!"

아저씨는 버스에 타라고 손짓하며 다른 승객들을 불러 모으기 위해 계속해서 뭐라고 외쳤다.

좁디좁은 미니버스 안에는 사람들이 가득했다. '익스큐즈미'를 연발하며 자리를 비집고 앉았다. 피라미드를 향해 달리는 버스 창밖을 보며 잠깐 이야기를 나눈 옆자리의 여자아이는 아프리카 수단에서 온 아이였다. 방탄소년단을 좋아한다며 한국인인 나를 보며 반가워하던 아이. 여행을 다니면서 나에게 먼저 말을 걸어 준 대부분의 여학생들은 대부분 방탄소년단 팬이었다. 한 번도 본 적은 없지만 매번 말동무를 만들어 준 방탄소년단에게 고마웠다.

좁디좁은 미니버스

그런데 갑자기 승객들이 비명을 질렀다. 무슨 일인가 싶어 두리번거리니 내 앞에 앉아 계셨던 아저씨 머리로 차창 밖에서 누군가 빨간 액체가 든 물풍선을 던진 것이었다. 머리숱이 거의 없으셨던 아저씨의 머리는 정체 모를 붉은 액체로 흠뻑 젖어서 어깨 위로 액체가 뚝뚝 떨어지고 있었다. 다른 승객에게 닦을 만한 것을 건네받아 머리와 옷을 닦으시는 모습이 안쓰러웠다. 아까 승객을 끌어모으던 아저씨는 걸레를 꺼내 차에 튄 액체를 대충 쓱쓱 닦아 냈다. 그런데 가장 신기했던 건 액체 묻은 아저씨도, 기사 아저씨도, 다른 승객들도 누구 하나 짜증을 내지 않고 오히려 어이없다는 듯 웃음 띤 얼굴로 태연하게 행동했다는 것이었다.

갑갑했던 버스에서 내리니 먼지 구덩이 같은 카이로의 공기도 시원하게 느껴졌다. 고개를 돌리니 저 멀리 끝이 뾰족한 황토빛의 무언가가 보이기 시작했다. 피라미드였다. 가슴이 두근대기 시작했다. 세계 7대 불가사의 중 하나인 피라미드가 지금 당장 눈앞에 있다는 것에 말할 수 없이 설레기 시작했다. 무작정 피라미드를 향해 걷다가 길거리에서 오렌지주스를 파는 아저씨를 보았다.

"3파운드에 해 주세요!"

덤탱이를 당하지 않기 위해 최대한 능숙한 척 뻔뻔하게 외쳤다.

시원한 오렌지주스를 한 잔 받아 쭉 들이켰다. 무더운 이집트의 태양 아래에서 마시는 오렌지주스는 꿀맛이었다. 아저씨를 향해 엄지를 내밀며 "베리굿, 베리굿!"이라고 하자 아저씨는 한 잔 더 마시라며 내 컵을 달라고 했다. 공짜로 주시는 거 아니면 안 먹는다고 너스레를 떨자, 걱정 말라며 유리컵을 주황빛 오렌지즙으로 꽉꽉 채워 돌려주셨다. 엄마와 여동생과 함께 온 초등학생 정도로 보이는 여자아이가 나를 빤히 쳐다보았다. "헬로우"라고 인사하자 수줍어하는 아이의 모습이 참 귀여웠다. 갑자기 주스 파는 아저씨께서 내 핸드폰으로 다 같이 사진을 찍자고 하시길래 찍었는데 어차피 사진은 받지 못할 텐데 왜 찍자고 하는 건지 궁금했다. 그렇지만 그때의 사진들만 보면 아직도 웃음이 나온다.

서비스로 한 잔 더 주신 인심 좋은 아저씨

세계 최대의 관광 명소이긴 한가 보다. 매표소를 찾아 헤매는 나를 가만두질 않고 자연스레 다가오며 호객행위하는 사람들이 한둘이 아니었다. 이집트에서는 어쩔 수 없이 무례해져야만 하는 순간들이 너무나 많았고, 처음에는 괜히 기분까지 안 좋아지곤 했었다. 아무리 찾아도 보이지 않는 매표소 때문에 어쩔 수 없이 길을 알려 주겠다는 사람의 뒤를 따라가야 했다.

"피라미드는 모래 위에 있어서 말을 반드시 타야만 해"라며 그가 나를 안내한 곳은 매표소가 아니라 말들이 쉬고 있던 작은 공터.

그러면 그렇지, 노우! 한 마디 던지고 또다시 속아 넘어간 자신에게 짜증을 내며 올라갔다.

세월의 흔적이 가득해 이리 깨지고 저리 깨진 바위들이 차곡차곡 쌓여 마치 높은 언덕 같았다. 정말 피라미드였다. 어릴 때부터 나에게 이집트는 신비, 모험의 나라였다. 파라오, 미라, 스핑크스, 벽화 이 모든 것들은 이집트에 대한 호기심을 끌기에 충분했다. 무시할 수 없는 아주 오래된 세월의 흔적들.

어디서도 비슷한 형태조차 볼 수 없는 이집트 고유의 문화.

카이로의 북적이고 정신없는 도로와 먼지 구덩이 같은 오염된 공기도 이 거대한 문명 앞에서는 아무것도 아니었다. 피라미드를 이루는 바위 하나하나가 모두 내 키보다 컸었는데, 생각보다 훨씬 높은 그 높이에 다시 한번 감탄했다. 나중에 들은 바로는 총 3개의 피라미드 중 가장 높은 쿠푸 왕의 피라미드로 프랑스 둘레에 성벽을 세울 정도라고 했다.

팔짱 낀 고대 이집트의 연인

세 개의 피라미드는 서로 조금 떨어져 있었는데, 사막에 있다 보니 모래 위를 걸어 이동하는 것이 쉽지 않았다. 그래서 낙타를 타고 이동하기로 했다. 흥정에 앞서 최소한 반은 깎겠다고 다짐하며 낙타몰이꾼에게 다가갔다.

"낙타 한 번 타는데 얼마예요?"

"100파운드! 내 낙타 튼튼하고 좋아."

당연히 터무니없는 가격이었다.

"안 돼요. 10파운드에 타고 싶어요."

낙타몰이꾼이 매몰차게 거절하자 나는 뒤도 안 돌아보고 돌아섰다. 그러자 그는 20파운드에 태워 주겠다고 했다. 한국에서는 한 번도 해 본 적 없던 흥정을 뻔뻔하게 해내고 있는 모습에 슬며시 웃음이 나왔다. 낙타에 올라타는데 앞다리부터 펴고 뒷다리를 피느라 몸이 뒤로 기우뚱하는 것이 아주 느낌이 이상했다. 이 낙타를 타고 사막을 실컷 누비고 싶었다. 파울로 코엘료의 소설《연금술사》에 나오는 주인공 산티아고처럼.

낙타 타고 피라미드 한 바퀴

숙소로 돌아가는 버스는 다행히 쉽게 잡을 수 있었다. 미니버스 안은 이번에도 역시나 사람들로 북적거렸다. 작은 승합차여서 바깥쪽에 탄 사람은 안쪽에 탄 사람들이 내릴 때마다 의자를 접고 함께 내렸다가 다시 타야 했지만 이들에게 이런 것쯤은 일상이었다. 버스 안에서 일어나는 일들을 바라보는 것도 참 재미있었는데, 뒤에 탄 사람들은 운전수에게 손이 닿지 않아 앞 사람의 어깨를 톡톡 치며 돈을 전달해 준다. 그러면 앞에 탄 사람들은 아무렇지 않게 몇 번이고 다른 사람들의 돈을 전달해 준다. 우리나라에서는 볼 수 없는 풍경. 아주 일상적인 모습이지만 우리와 방식이 다르다는 점이 참 재밌었다. 문제는 운전수가 가끔은 어느 정류장에 왔는지 말해 주지 않고 그냥 내려 준다는 점. 현지인들은 문제가 없겠지만 외국인에게는 아주 곤란한 일이었다. 지도를 확인해 보니 벌써 사닷역 근처였다. 은근히 긴장이 되어서 땀이 흐르고 있었다.

"사당역이 어딘지 아세요?"

앞좌석에 탄 내 또래의 남자에게 다짜고짜 물어보았다.

"저도 거기에서 내리는데 같이 내리면 되겠네요."

천사의 음성이었다.

겨우 그와 함께 버스에서 내리긴 했는데 사당역이 보이지 않았다. 그가 말했다.

"사당역은 여기서 5분 정도 걸어가야 해요. 내가 데려다줄게요."

이집트에 온 첫날이라면 몇 번이고 고맙다며 아무 생각 없이 따라갔을 나였지만 이제는 아니었다. 이상한 곳으로 데려갈 수도 있고, 데려다주고 돈을 달라고 할 것 같았다. 괜찮다며 몇 번이나 사양했지만 남자는 걱정 말라며 앞장서서 걷기 시작했다. 잠깐의 고민 끝에 돈을 달라고 하면 '노'를 외치고 곧장 역 안으로 뛰어 들어가야겠다고 다짐했다. 그러나 역 앞에 도착하자 남자는 웃으며 쿨하게 잘 가라고 인사하며 다시 왔던 길을 되돌아갔다. 그는 지하철을 타지도 않을 거면서 정말 순수한 마음으로 역 앞에 데려다주려고 했던 것이다. 너무 부끄럽고 민망한 마음이 들었다.

몇명의 사기 치는 이집션들 때문에 이집트에 대한 이미지가 엉망이던 찰나에, 가끔가다 느끼게 되는 놀라울 정도의 호의는 나를 감동시켰다. '그래, 사기꾼이 조금 많기는 해도 다 사람 사는 곳이긴 하지.' 조금 억울하긴 하지만 몇 조각의 따뜻한 기억들은 무수히 많은 기분 나쁜 기억의 조각들을 녹아 없어지게 하는 힘이 분명히 있었다.

연예인 체험을 하다

신과의 고귀한 만남 후 다시 밖으로

과거 전쟁 당시 방어를 위해 세운 성벽, 시타델을 보기 위해 길을 나섰다. 웬만하면 걸어가는 나였지만 물가 싼 이집트에서 첫 릭샤를 도전해 보고 싶었다. 타자마자 "시타델, 5파운드 잇츠 오케이?"를 외쳤는데 애매한 표정으로 반응하는 릭샤꾼. 그때 내렸어야 했는데. 그는 시타델이 뭔지 못 알아들었는지 계속 왔던 자리를 빙빙 돌았다. 시타델을 모르는지, 5파운드에 가는 것이 확실히 맞는지 계속 물어보았지만 그는 영어를 못하는 것 같았다. 10분째 동네를 빙빙 돌던 그는 갑자기 속도를 늦추더니 뒤를 돌아서 호주머니에서 지폐 더미를 꺼내 보여 주었다. 그러고는 음흉한 표정으로 200파운드를 나에게 내밀었다. 이건 또 무슨 상황인가 싶었다.

"나한테 돈을 왜 주려는 건데요?"

뭔가 안 좋은 느낌이 들었다.

그 나쁜 놈은 갑자기 손을 들어 내 가슴에 손가락을 슬쩍 대려고 했다. 칸엘 카릴리 시장에서 있던 일이 떠올라 소름이 돋고 몸이 굳었다. 당장 차를 세우라고 했지만 그는 세우려 하지 않았다.

"당장 세우라고!"

잔뜩 화가 난 채 소리를 지르자 눈치를 보며 멈춘 그는 나를 쳐다보았다. 씩씩거리며 릭샤에서 내리려고 하자 갑자기 팔목을 꽉 잡고 놓아주려 하지 않았다. 아무리 힘을 써서 빼 보려 해도 생각보다 성인 남자의 힘은 너무나 셌다. 그를 노려보며 핸드폰을 꺼내 전화로 신고하는 척을 했다. 내가 알고 있는 한국의 모든 나쁜 욕이란 욕은 다 하면서 신고하는 척을 했다. 그랬더니 그는 팔목을 놔주고 쌩- 하니 도망가 버렸다. 절대 겪고 싶지 않았던 일을 이집트에서 며칠 만에 또 겪고 말았다. 분명히 좋은 사람들도 많았지만 이집트는 그동안 내가 여행을 다녔던 나라들 중에서 가장 조심해야 할 나라임은 분명했다.

다른 릭샤를 잡아타서 도착한 시타델 입구에는 견학을 왔는지, 회색 셔츠의 교복을 입은 초등학생들이 선생님을 따라 이동하고 있었다.

스마트폰에 미처 담기지 못하는 아름다움 (무하마드 알리 사원)

그날 카이로에 있는 초등학교와 중학교에서 단체로 시타델 견학을 가려고 정해 놓았나 싶을 정도로 아이들이 정말 많이 있었다. 그중에서 특히 초등학생들은 나를 신기한 듯 쳐다보며 장난스레 헬로우, 헬로우라고 인사를 했다. 무하마드 알리 사원으로 들어가려 하는데, 조금 전부터 뒤에서 계속 따라오던 꼬마 몇 명이 무리에서 이탈하고 나에게 사진을 찍자고 했다. 귀여운 아이들과 사진을 몇 장 찍고 있으니 어디선가 스무 명 정도 되는 초등학생들이 너도나도 사진을 찍자며 몰려들기 시작했다. 기분이 이상했다. 나는 예쁘지도 않고 유명한 사람도 아닌 그냥 평범한 사람일 뿐인데. 괜히 민망했지만 아이들이 너무 신나게 너도나도 핸드폰을 들이밀며 사진을 찍자고 하는 모습이 사랑스러워서 차마 싫다고 말할 수는 없었다.

Egyption girls

"웰컴 투 이집트!"라고 외치던 그 꼬마아이들. 난생처음 해 보는 민망한 경험이었지만 낯선 타지에서 아이들에게서 받는 순수한 그 관심이 나쁘지는 않았다. 그러나 그것이 끝이 아니었다. 사원 안으로 들어가자 이번엔 여자아이들의 관심을 받기 시작했다. 한 명 한 명과 사진을 찍다 나중에는 담임 선생님이 와서 나와 함께 단체 사진을 찍어 주고 가셨다. 이때 찍은 사진들 속 아이들의 호기심 어린 예쁜 얼굴들을 보면 기분이 좋아지고 만다.

올드 카이로에서 만난 수상한 사람

숙소에서 만났던 사람의 추천으로 올드 카이로에 가 보기로 했다. 올드 카이로에는 아기 예수와 성모 마리아가 박해를 피해 피난했던 교회, '공중교회'라고 불리는 곳, 동굴 교회 등 아주 오래전 기독교가 박해를 받았을 때 국가의 눈을 피해 예배를 드렸던 교회들이 모여 있는 곳이었다. 종교에 큰 관심이 있던 건 아니었으나 미국인 남자의 강력한 추천으로 올드 카이로에 가 보기로 결정했다. 지하철을 타고 내리자마자 보이는 풍경은 이곳이 누가 봐도 '올드' 카이로임을 말해 주고 있었다. 벽이 다 뜯겨져 나갈 것 같은 어두운 황토색 건물들이 늘어서 있고 길가도 매우 더러웠다. 큰 감흥 없이 교회 안으로 들어가서 내부 구조가 어떻게 생겼는지 정도만 둘러보고 나왔다. 역시 내 마음과 관계없이 누군가의 추천만 받고 일정을 잡는 건 어리석은 짓인가? 관심이 없다 보니 재미도 없어졌다. 아기 예수와 성모 마리아가 피난했던 교회만 둘러보고 가려 하던 찰나, 맞은편에는 기념품을 파는 숍이 모여 있었다. 성당이나 교회를 찍은 사진 엽서를 팔고 있는 가게도 있고, 목걸이나 반지 같은 액세서리를 파는 가게도 있었다. 가게에서 남자 주인이 나와 나에게 들어오라며 손짓을 했다. 호객행위는 이제 정말 지겨웠다. 언짢은 듯 웃으며 가게 앞을 지나치려 했을 때였다.

"한국인이세요? 한국어 좀 가르쳐 주세요!"

그는 덧붙여 말했다.

"한국인 관광객들이 많이 오는데 한국어를 몰라요. 간단한 인사말 정도만 알려 주고 가세요."

잠깐의 고민 끝에 이 정도는 괜찮겠지, 하는 마음으로 가게 안으로 들어갔다. 그는 노트와 볼펜을 가져다주며 기억을 못 할 것 같으니 적어 달라고 했다.

"안녕하세요. 올드 카이로에 오신 것을 환영합니다."

소리 내어 한국어와 영어 발음을 한 자 한 자 또박또박 적어 주었다. 한국인 관광객들에게 사용할 모습을 상상하니 괜히 뿌듯해졌다.

"자, 다 됐어요! 저는 이만 가 볼게요."

마저 둘러볼 교회들이 남아 있었기에 서둘러 일어났다.

"너무 고마워서 차라도 한 잔 드리고 싶은데. 한 잔 마시고 가요!"

괜찮다며 계속 사양했지만 주인은 계속해서 마시고 가라며 나를 붙잡았다.

듬뿍 탄 홍차를 내오며 그는 나에 대해 이것저것 물어보았다. 나이가 어떻게 되는지, 남자친구는 있는지, 가족 관계가 어떻게 되는지, 한국에서 하는 일은 무엇인지. 이집트 사람들은 외국인에 대한 관심이 정말 많은 것 같았다. 어느 나라를 가도 나에게 이런 호기심을 보이는 사람들이 이렇게까지 많지는 않았다. 그는 특히 한국의 남자와 여자의 연애 관계에 대해서 궁금해했다. 이집트의 남녀 관계에 대한 그의 얘기를 들어보면 그러한 부분에서 보수적이라고만 생각했던 우리나라가 생각보다 개방적인 나라처럼 느껴졌다.

고마워서 선물을 주고 싶다며 그는 책상 서랍에서 엽서를 한 장 꺼내 건네주었다. 오래되었는지 먼지가 잔뜩 낀 엽서에는 정체 모를 이집트 병사의 모습이 그려져 있었다. 한국어 인사말 몇 가지 알려 준 게 다인데, 그게 정말 고마운 일이었나 보다. 그는 자기가 향이 좋은 오일을 가지고 있다며 작은 병에 담긴 오일도 주려고 했으나, 미안하고 부담스러운 마음에 받지 않으려 하자 잠시 고민하더니 자기를 따라 들어오라고 했다. 뒷문을 열었더니 창고 같은 곳이 있었다. 그는 오일을 자기 손에 살짝 떨어트리고는 내 팔에 대고 문지르기 시작했다. 그는 고마운 마음을 나타내는 것이었겠지만, 그러나 나에게는 창고 안에서 바르는 상황이 이상하다고 느껴졌다. 화장실을 가야겠다는 핑계로 일어서니 그는 가게 안에도 화장실이 있다고 방금 전 들어갔던 창고 문을 열어 주었다. '설마 밖에서 문을 잠가 버리는 건 아니겠지.' 갖가지 불안한 생각이 들었다.

급격히 피로감을 느껴 이젠 정말 가겠다고 말하며 인사를 했다. 그는 아쉬운 듯 바라보더니 자신이 나를 기억할 수 있도록 내가 가진 물건을 하나 주고 가라고 말했다. 이곳에서 나가려면 빨리 주고 떠나는 수밖에 없었다. 가방 속을 뒤졌지만 줄 만한 것은 아무것도 보이지 않았다. 빗, 새 화장품, 거울, 지갑, 휴대폰이 전부였다. 그나마 안 쓰는 물건인 새 화장품을 건네자 곤란해하더니 어머니에게 전달해 드리겠다고 말했다.

"이제 어디 가?"

"아기 예수가 피난했던 교회 가려고!"

"지금 시간이면 이미 문 닫았지."

웃음을 띠며 그가 말했다. 아쉬운 마음으로 가게 밖으로 나가니 뒤를 쫓아오며 하는 말.

"나중에 또 와!"

바하리야 사막 투어

"헬로우!"

아침 6시. 평소였으면 세상모르고 자고 있을 시간이었지만 오늘은 바하리야 사막 투어를 하는 날이었다. 한국에서 여행사를 통해 예약을 하면 비쌀 거라는 말에 아무 대책 없이 카이로에 왔는데, 무하마드에게 물어보니 다행히 숙소와 연결된 곳을 통해 예약을 할 수 있었다. 꿈에 그리던 사막을 만나게 되는 날이었다.

나를 데리러 온 작은 승용차 뒷좌석에는 체구가 작은 동양인 여자가 이미 타고 기다리고 있었다. 정말 오랜만에 동양인을, 그것도 내 또래의 여자 동양인을 보게 되어서 나도 모르게 절로 웃음이 나왔다. 그녀는 대만에서 왔으며, 영어 이름은 '조이'라고 했다. 조이. 하루 동안 나와 함께 사막에서 시간을 보낼 첫 친구였다.

사막을 달리는 오프로드카와 나

점점 세상이 밝아지고 있었다. 그사이에 조금 더 큰 차로 옮겨 타게 되었는데, 그 차 안에는 어머니, 아버지, 아들로 구성된 이집트 가족이 먼저 타 있었다. 수줍은 듯 미소를 건네는 가족들 사이로 인사를 하고 뒷자리에 자리를 잡았다. 달리면 달릴수록 사람들과 차로 그렇게나 붐비던 거리는 조용해지고 대신 황무지 같은 누런 땅이 드넓게 펼쳐지고 있었다. 사막에 온 것이 실감 나기 시작한 순간이었다. 앞좌석에 탄 이집트 아주머니가 이름 모를 작은 과일을 하나 주셨다. 감사한 마음에 뭔가 드리고 싶었지만 바보같이 간식을 아무것도 싸 오지 않은 상태였다. 그런데 이 이집트 가족은 사막 투어를 한다고 하기에는 가지고 있는 짐이 굉장히 적어 보였다. 그렇다면 이 사람들은 어디로 가는 걸까? 사막은 생각보다 훨씬 멀리 있었다. 구글 지도를 확인해 보니 이미 카이로를 벗어나 점점 아래로 달려가고 있었다. 다행히 중간에 작은 휴게소에 들렀다. 외국인이라 그런지 한 봉지에 300원밖에 안 하는 과자를 700원에 팔고 있었다. 자리로 돌아와 이집트 가족들에게도 과자를 나누어 주었다. 초코맛 과자를 건네니 수줍게 웃으며 "슈크란"(고마워요)이라고 하는 아이.

차로 이동한 지 5시간째. 점점 집들이 나타나기 시작했다. 사막 근처에도 집을 짓고 살아가는 사람들. 창문을 반쯤 열고 휙휙 지나가는 동네 사람들의 모습을 보았다. 이런 곳에서는 아무리 자주 몸을 씻고 옷을 갈아입어도 모래와 먼지가 뒤섞인 바람 때문에 금방 더러워질 것 같았다. 그래서 그런지 이 동네 사람들이 입고 있는 옷은 꾀죄죄했고 얼굴도 제대로 씻지 않은 듯 얼룩져 있으며 머리도 아무렇게나 헝클어져 있는 사람들이 많았다. 와이파이는 고사하고 물도 제대로 나올 것 같지 않은 이곳에서 아무렇지 않게 적응해서 살아가는 사람들의 모습이 참 소박하고 재미있었다. 우리와 함께 차에 탔던 이집트 가족은 이곳에 사는 사람들이었나 보다. 그들은 사막에 도착하기 전에 이 동네에서 내려 유유히 집으로 돌아갔다.

이번 사막 투어에 함께할 사람들은 모두 6명이었다. 어머니, 아들, 딸이 함께 온 이집트 가족과 인도인 아저씨, 조이, 그리고 나. 생각보다 아주 적은 인원이었다. 어색하게 인사를 나눈 후 '오프로드 트래블'이라고 적혀 있는 승합차에 올랐다. 승합차는 제각기 다른 나라에서 온 우리들과 각자가 가져온 짐, 사막에 대한 설렘을 싣고 출발했다.

이름 모를 신나는 이집트 노래가 흘러나오는 오디오. 아직은 서로 어색한 사이이기 때문에 차 안은 아주 조용했다. 그나마 흘러나오는 흥겨운 노래 소리가 차 안을 채워 주었다. 언제 다시 도심으로 돌아가나 싶을 정도로 차는 사막 아주 깊은 곳으로 점점 달려가고 있었다. 굳이 사막에서 무언가를 하지 않아도 차를 타고 금빛 모래 위를 달릴 때만큼은 휘날리는 바람에 속이 뻥 뚫리는 듯했다. 가이드인 무하마드가 차를 멈춰 세웠다. 새까만 돌들이 가득 쌓여 있는 '흑사막'이었다. 사막은 가지각색의 모습을 품고 있었다. 흑사막부터 시작해서 흰색과 옥색이 섞인 보석같은 돌들이 모래 위에 가득 박혀 있는 백사막도 있었다. 사진과 동영상 찍는 것을 좋아하는 조이는 카메라를 꺼내 진지한 표정으로 주변 풍경을 담고 있었다. 그러더니 나에게 카메라를 넘겨주며 사진을 찍어달라고 했다. 일행이 있으니 좋은 점은 서로 사진을 찍어 줄 수 있다는 점이었다. 그런데 인도인 아저씨는 자신과 비슷한 나이대의 분이 없어서 그런지 사진을 찍어 달라는 말을 못하고 계시는 것 같았다. 그에게 다가가 여쭤보았다.

"괜찮으시면 사진 찍어 드릴까요?"

"저야 좋죠. 고마워요."

아저씨는 카메라를 넘겨주더니 모래 언덕 위로 열심히 올라가 멋쩍은 듯 웃음 지으며 포즈를 잡기 시작하셨다.

다시 우리의 '오프로드카'를 타고 이동하기 시작했다. 신나는 노래가 그리워지던 찰나 오디오에서 익숙한 노래가 나오기 시작했다.

"아이 러브 디스 송!"

너무 신이 난 나머지 나도 모르게 외쳐 버렸다. 노래를 따라 부르고 싶었지만 차 안은 서로 얘기를 주고받는 이집트 가족을 제외하고는 너무나 조용했다.

"우리도 이 노래 진짜 좋아해!"

그때 이집트 언니가 아이같이 들뜬 표정으로 말했다.

내가 먼저 노래를 따라 부르기 시작했다.

"데스파시토~" 한때 정말 인기가 많았던 멕시코 노래였다. 가이드인 무하마드가 볼륨을 높여 주었다. 맨 뒷좌석에 앉은 이집트 남매도 흥에 겨운 듯 노래를 따라 부르기 시작했다. 조수석에 탄 인도인 아저씨와 조이는 노래를 부르기에는 조금 민망했는지 창밖으로 쉴 새 없이 지나가는 사막의 풍경을 조용히 바라보고 있었다. 그래도 노래 한 곡에 분위기가 조금 밝아진 것 같아 다행이었다.

높은 모래 언덕에 차를 정차한 무하마드는 이곳에서 샌딩보드를 탈 거라고 말해 주었다. 와우! 샌딩보드라니! 사막에서 반드시 하고 싶었던 것들 중 한 가지였다. 높은 모래 언덕 맨 꼭대기에 서니 무섭다는 느낌보다는 얼른 보드를 타고 신나게 내려가고 싶다는 마음뿐이었다. 무하마드가 건네준 파란색 보드 위에 올라타 손잡이를 꽉 쥐었다. 요 근래 중 가장 떨리는 순간이었다. 무하마드가 내 보드를 무심하게 툭 민 순간 좌우로 뒤뚱뒤뚱 넘어질 듯하더니 거침없이 내달리기 시작했다. 눈썰매처럼 굉장히 부드럽고 빠르게 내려갈 수 있어서 정말 신기할 따름이었다. 무더운 사막 한복판에서 바람을 가르고 모래를 맞으며 있는 힘껏 환호성을 내질렀다. 출발할 때부터 뒤뚱뒤뚱하더니 결국은 모래 바닥 위에서 나뒹굴게 되어서 모양은 조금 빠지게 되었지만 말이다.

다시 모래 언덕 위로 힘겹게 올라오니 이번엔 이집트인 오빠가 탈 차례를 하고 있었다. 그는 어디서 본 게 있는지 다른 사람들과 달리 서서 타는 것을 시도해 보려 하고 있었다. 과연 끝까지 넘어지지 않고 잘 탈 수 있을지 너무 궁금했다. 그의 표정은 새로운 도전에 한껏 흥분된 표정이었다. 모두가 그를 지켜보았다. 마침내 무하마드가 그가 탄 보드를 살짝 밀어 주자 허리를 굽힌 채로 모래 위를 잘 내려가더니 결국엔 중간에 보드에서 넘어져 몸은 온통 모래투성이가 되고 말았다. 몸은 언덕 중간에 내팽개쳐지고 말았는데 보드는 저 멀리까지 미끄러져 내려가서 다시 보드를 가지러 달려 내려가는 모습이 우스워 모두들 아주 큰 소리로 웃게 되었다.

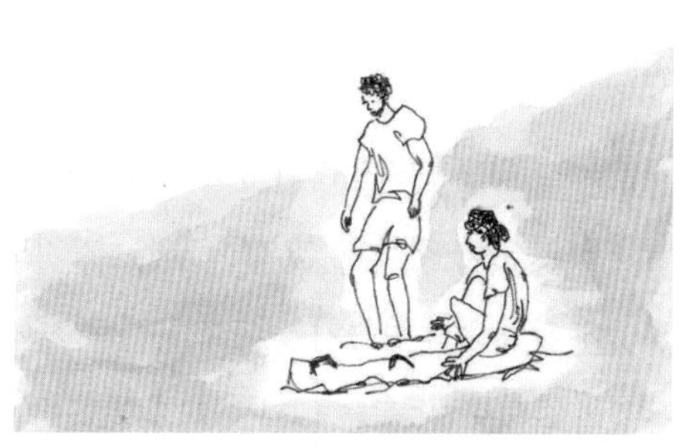

I am gonna take a sand board

어느새 황토빛 물결의 모래더미 저 너머로 해가 조금씩 몸을 숨기고 있었다. 해가 질 것 같지 않던 사막도 저녁을 맞이할 준비를 하고 있었다. 하루 종일 우리를 싣고 사막을 달리던 오프로드카가 드디어 오늘 밤 머물 곳에 멈춰섰다. 말 그대로 사막 한복판이었다. 사막은 밤에 그렇게나 춥다던데, 겉옷을 하나밖에 가져오지 않은 것이 마음에 걸렸다. 그러는 사이 무하마드는 오프로드카 위로 올라가서 텐트, 침낭, 취사도구 등을 꺼내서 내려오고 있었다.

그가 저녁거리를 만들고 있는 동안 우리는 불이 활활 타오르는 장작더미 근처로 가서 몸을 녹였다. 낮에는 그렇게 덥더니, 몇 시간 만에 이렇게 선선해지다니 참 신기한 일이었다. 다행히 바들바들 떨 정도로 추운 날씨가 아니라 초가을 저녁에 부는 가볍고 시원한 바람이 부는 날이었다. 이집트인 언니가 물었다.

"한국에서 무슨 일 해?"

동안이라 아직 나처럼 학생일 거라 생각했던 그녀는 이미 대학을 졸업하고 일을 하고 있는 직장인이었다. 그녀는 자기도 어린아이들을 정말 사랑한다며 무엇에 관해 공부하는지 신나게 묻기 시작했다. 얘기를 하던 중에 그녀의 남동생이 나타났다. 둘은 내가 이제껏 보았던 남매들 중 가장 보기 좋은 남매였다. 사이가 어찌나 좋던지, 서로 어깨동무를 하고 다정하게 말하고 행동하는 모습이 정말 보기 좋았다. 남동생은 누나와 함께 둘이서 브라질로 봉사 활동을 하러 갔었는데, 그때의 기억이 정말 좋게 남아 있다고 했다. 갑자기 봉사 활동을 하러 갔을 때의 재미있는 추억이 생각났는지 자기들끼리 이야기하기 시작한 남매는 배려 깊게도 우리가 알아들을 수 있도록 이집트어가 아닌 영어로 말을 이어 갔다. 덕분에 이들의 소중한 경험을 나도 공유 받을 수 있었다. 마음이 따뜻한 남매였다.

맛있는 냄새가 나기 시작했다. 텐트 안에서 무하마드는 묵묵히 저녁을 만들고 있었다. 하루 종일 우리를 가이드 하는데다 텐트를 펴고 밥까지 지으니 많이 지쳤는지, 그는 아무 말 없이 묵묵히 국을 젓고 있었다. 낮에는 우리에게 그렇게 장난을 많이 치던 무하마드가 조신하게 국을 젓고 있는 모습이 뭔가 너무 귀여웠다. 그에게 엄지 척을 해 보이며 말했다.

"유 아 베스트 가이드!"

그는 정말 만능 가이드였다.

무하마드가 저녁을 만들 동안 우리는 텐트 안에 들어와 이야기를 마저 나누었다. 이집트인 오빠는 전에 인도로 유학을 다녀왔다고 했는데, 그때 이후로 관심이 많이 생겼는지 인도인 아저씨께 이것저것 묻기 시작했다. 인도는 아주 넓어서 북쪽과 남쪽의 사람들이 사용하는 언어가 다르고, 음식, 문화도 모두 다르다고 하는 점이 신기하긴 했지만 이때까지만 해도 인도에 그렇게 큰 관심은 없었기에 귀 기울여 듣지는 않았다. 그때 조이가 아저씨께 여쭤보았다.

"인도는 많이 위험하지 않나요?"

인터넷상에서 인도에 관한 좋지 않은 소식들을 쉽게 접할 수 있었기에 나도 많이 궁금한 내용이었다. 그러나 아저씨께서 기분이 좋지는 않으실 것 같아 걱정이 되었다. 아저씨는 고민도 하지 않고 바로 대답하셨다.

"물론 그런 일이 일어나. 그렇지만 인도는 엄청나게 큰 나라이고, 인구도 14억이나 돼. 그렇기 때문에 그런 일들이 일어난다고 해서 인도 전체를 위험한 나라라고 볼 수는 없다고 생각해."

아저씨 말에는 충분히 일리가 있었다. 그렇지만 인도에 관한 좋은 이야기보다 안 좋은 뉴스를 많이 들어와서 직접 가 보지 않고는 와닿지 않을 거라는 생각이 들었다.

이집트 언니가 재미있는 게임을 하자며 제안했다. 처음 들어보는 게임이었지만 룰은 아주 간단했다. 누군가 "헬로우"라고 하면 다음 사람은 "니하오", 그다음 사람은 "안녕하세요"라고 하는 것이다. 같은 뜻의 단어나 문장을 각기 다른 나라 언어로 말을 하는 것이다. 이집트인 오빠는 스페인어를 공부하고 있다며 스페인어로 대답을 하기 시작했는데 한 번도 들어보지 못한 다양한 인사말들을 듣는 것이 참 신기했다.

무하마드가 저녁이 다 되었다고 일러 주자 배고픈 우리는 모두 일사분란하게 앞 접시와 수저, 음식을 나르기 시작했다. 그가 정성껏 차려 준 저녁밥은 생각보다 아주 맛있었다. 오랜만에 먹는 쌀과, 콩이 들어간 짭짤한 수프, 야채볶음, 후식으로 먹을 고구마와 바나나, 그리고 달달한 홍차까지. 든든한 저녁 식사를 마치고 나니 언니는 아쉽게도 자신의 가족들은 오늘 다른 곳에서 자기로 되어 있다고 했다. 아마도 어머니가 계셔서 텐트가 아닌 더 좋은 숙소로 배려하기 위해 그런 것 같았다. 같이 사막에서 하루 자고 다음 날 일출을 보고 가면 좋았을 텐데. 아쉬운 마음에 몇 번이나 사진을 찍고 나중에 연락할 SNS 아이디를 각자의 메모장에 적어 주었다. 지금 헤어지면 이제 다시는 볼 수 없다는 사실을 알았기에 더더욱 아쉬워서 진한 포옹을 나누었다. 그녀는 단언컨대 내가 만난 이집트 사람 중 가장 따뜻하고 아름다운 사람이었다.

그들이 떠난 이곳에는 이제 인도인 아저씨와 조이, 나와 무하마드만이 남아 있었다. 시끌벅적하던 사막이 고요해졌다. 잠깐 사이에 정이 많이 들었는지 벌써부터 보고 싶었다. 무하마드는 텐트 안에서 자도 되고, 아니면 날씨가 좋으니까 밖에서 자도 된다고 했다. 날이 좋아 모래 위에 매트리스를 깔고 누우니 또 다른 세상이 펼쳐지고 있었다. 너무 아름답고 빛나는, 카메라에는 절대 담을 수 없는 광경이었다. 흰색의 스카프처럼 길고 아름답게 늘어져 있는 은하수는 태어나서 처음 본 모습이었다. 우리 집은 조금 높은 지대에 있어서 별을 아주 많이 볼 수 있는데, 비교가 되지 않을 정도로 많은 별들이 촘촘히 박혀 빛나고 있었다. 별이 쏟아질 것 같다는 표현이 딱 들어맞는 광경이었다. 달 없이 저 별들만으로도 충분히 어두운 사막을 환히 비출 수 있을 것 같다는 생각이 들었다.

무하마드가 자신의 핸드폰을 이리 돌리고 저리 돌리길래 뭘 하나 지켜보니 별자리를 찾는 어플을 하늘에 대보고 있는 중이었다. 호기심이 생겨 한 번 해보아도 되냐고 물어보니 그는 흔쾌히 핸드폰을 건네주었다. 정말로 별자리를 찾을 수 있었다. 그것도 아주 많이! 이 순간에 아주 감사한 마음이 들었다. 사막에서 쏟아질 것 같은 별들을 바라보며 잠에 들다니. 일주일 동안 이집트에 머물면서 있었던 일들이 떠올랐다. 무례한 사람들 때문에 지치는 순간도 많았지만 그동안 여행을 하며 받아 본 적 없는 넘치는 정을 느끼게 해 주는 곳이었다. '어떻게 낯선 사람에게 이렇게까지 관심을 가지고 친절을 베풀 수 있을까?'라고 느낄 때가 이곳에서는 자주 일어났다. 이집트는 애증의 나라였다. 내일 모레면 이곳을 떠날 생각에 괜시리 뭉클해졌다.

8

요르단

우연히 한국인 아저씨를 만나다

요르단의 수도인 암만에 도착했다. 공항버스는 현지인들과 동양인 아저씨 한 명, 그리고 나를 태운 채 도심으로 출발했다. 기사님은 역시나 어디에서 내리는지 알려 주지 않았다. 현지인들은 다들 적당한 곳에서 알아서 내리기 시작했다. 앞에 탄 동양인 아저씨께서 기사님께 시내 가장 근처에서 내리려면 언제 내려야 하는지 물어보셨다. 그러자 기사님은 "시내 근처에서 내려주면 되죠? 도착하면 말해 줄게요"라고 하셨다. 언제 내려야 할지 고민하며 초조히 뒷좌석에 앉아 있는데, 기사님이 나에게도 어디서 내리는지 물어보기 시작하셨다. 사전에 공항버스를 타고 숙소 근처로 가려면 어디에서 내려야 하는지 미리 알아두기는 했으나 아저씨와 소통이 잘되지 않아 서로 답답해하던 찰나였다.

"한국분이세요?" 그때 익숙한 한국어가 들렸다. 앞에 앉은 동양인 아저씨는 한국인이셨던 것이다. 너무 반가운 나머지 아저씨 옆 좌석에 가서 앉으며 어디서 내려야 할지 모르겠다고 하자 아저씨는 나에게 어느 숙소에서 머무는지 물어보셨다. 그런데 우연히도 우리는 같은 숙소를 예약해 놓은 처지였다. 우연히 만난 한국인과 심지어 같은 숙소에 머물게 되다니. 정말 신기한 일이었다. 결국 나는 아저씨와 같은 곳에서 내리게 되었다.

우리가 버스에서 내리는 모습을 지켜보던 택시기사는 우릴 보더니 시내까지 내려 준다며 다짜고짜 짐을 달라고 했다. 아저씨는 곧장 흥정에 들어가기 시작하셨다.

"2디나르에 태워 줄 거예요?"

아저씨는 이미 요르단 여행을 하신 적이 있기 때문에 이곳의 물가는 대강 아신다고 하셨다. 웬일인지 택시기사는 순순히 알겠다고 하며 짐을 건네받아 트렁크에 싣기 시작했다. 아저씨는 못 믿겠는지 차에 타자마자 2디나르가 맞는지 재차 확인하기 시작했다. 그러자 택시 기사는 뻔뻔스럽게 대답했다.

"노우, 각자 2디나르!"

말도 안 되는 대답에 나와 아저씨는 하하하 웃어버리고 말았다. 정말 어이없는 일이었다. 택시비를 인당 매기는 곳이 어디 있어. 이미 택시를 타서 어쩔 수 없는 일이었지만 이곳에서도 이집트처럼 긴장을 놓지 말아야겠다는 생각이 들었다.

이발소에서 머리 자르기

여행을 하면서 점점 안 좋아지고 있는 피부처럼 머리카락도 개털이 되어가고 있었다. 숙소 직원에게 근처에 괜찮은 미용실이 있는지 물어보았으나, 요르단의 물가는 생각보다 저렴하지 않았다. 잠시 자리에 앉아 고민을 했다. 숙소는 2층에 있었는데, 1층에 깔끔한 내부의 작은 이발소가 있기는 했었다.

어차피 예쁘게 자를 것도 아니고 그냥 깔끔하게 다듬기만 하면 만족이었다.

"이발소 좀 다녀올게요!"라고 하자 숙소 직원이 놀라며 정말 그곳에 갈 거냐고 말렸다. 그래도 처음 해 보는 것이 또 하나 는다는 생각에 설레는 마음으로 계단을 신나게 내려갔다.

이발소 안에 있던 세 명의 남자는 내가 들어오자 아무래도 조금 당황한 눈치였다. 그러나 곧바로 "웰컴"이라며 안으로 들어오라고 했다. 생각지도 못한 손님의 등장에 작은 이발소는 금세 분주해지기 시작했다. 소통이 어려울 것 같아 미리 준비해 온 이전의 내 머리 사진을 보여 주며 이렇게만 해 달라고 부탁했더니 문제없다며 자신 있게 가위와 빗을 꺼내 들었다. 머리를 자르는 그의 손길은 굉장히 신중했다. 다른 사람들은 재미있는 구경거리가 생긴 듯 아예 내 뒤에까지 와서 머리 자르는 것을 지켜보았다. 그러고는 이발사에게 어디를 어떻게 잘라야 하는지 조언을 하기도 했다. 결과물은? 하하. 처참했다. 머리의 길이는 정말 제각각이었다. 뒤에 있던 아저씨들 중 한 분이 말했다.

"머리 모양이 말갈기 같네요."

딱 들어맞는 비유에 나도 모르게 큰 소리로 웃고 말았다. 정말 제각각 층이 진 머리는 말의 갈기처럼 보였다. 싼값을 지불한 대신 말갈기처럼 생긴 머리를 얻고 말았다.

물담배하는 아저씨들의 초상화

안 그래도 말갈기 같은 머리에 이발사 아저씨가 미끄덩한 젤을 잔뜩 바른

덕에 그날은 하루 종일 두꺼운 후드티 모자를 뒤집어쓰고 다니는 수밖에 없었다. 다행히 암만은 고지대에 위치해서 그런지 무더웠던 이집트와는 비교도 안 되게 선선한 날들이 이어졌다. 암만은 지형의 생김새가 독특했다. 경사진 길이 많았는데 주위를 둘러보면 재미있게도 건물이 뒤로 한층 한층 쌓여 있는 것처럼 돌무더기 벽에 다닥다닥 달라붙어 있는 것처럼 보였다. 사실 중동은 위험하고 여자들은 히잡을 머리에 두르고 다니며 거리는 깔끔하지 못하다는 인상을 가지고 있었다. 다른 중동 지방은 가 보지 않아서 모르겠지만 적어도 요르단만은 정말 깔끔했다. 거리를 지나다니는 많은 차들은 우리나라보다 클랙슨을 울리지 않는 것 같았다. 그리고 무엇보다 가장 좋았던 점은, 외국인에 대한 관심을 보여 주는 것이었다. 장사꾼들은 나 같은 외국인을 보면 꼭 "웰컴!"이라며 인사해 주었는데, 무엇보다 손님을 끌어들이기 위해 끈질기게 따라오는 사람이 거의 없어서 좋았다.

암만에서는 약 일주일을 머물기로 했다. 그런데 문제는 생각보다 이곳에서 볼 것이 크게 없는 것이었다. 시장도 이미 몇 번씩 돌아본 터였다. 아무 생각 없이 이끌리는 대로 정처 없이 걷기로 했다. 누군가 2층 테라스에 나와 시샤(물담배)를 하고 있는 것을 보았다. 시샤를 피우고 계시는 아저씨 몇 분과 서빙을 하는 젊은 남자 직원이 있었다. 그들은 내가 들어가니 조금 당황한 눈빛으로 쳐다보더니 메뉴판을 가져다주었다. 초콜릿 시럽이 들어간 바나나주스를 마시며 이집트에서 찍었던 사진들을 그리기로 했다. 그림은 여행을 하다가 심심할 때, 좋았던 기억을 특별하게 간직하고 싶을 때 최고의 수단이 되어주었다. 두께가 각기 다른 검정 볼펜 세트와 손바닥만 한 크기의 드로잉 노트를 꺼내 주스 옆에 올려놓고 천천히 선을 그어나갔다. 그림이 궁금했는지 서빙을 하던 직원이 내 옆을 지나갈 때마다 흘깃 쳐다보고 지나가곤 했다. 나중에는 아예 옆에 서서 그림 그리는 것을 구경했다. 피라미드 앞에서 찍은 사진을 거의 다 그렸을 즈음, 요르단에 와서 아직 그림을 한 장도 그리지 않은 것이 생각이 났다. 사진을 보며 그리는 것은 편하긴 하지만 바로 눈앞에 펼쳐지는 상황을 그리는 것은 훨씬 생동감 있는 매력이 있었다. 마침 건너편에 앉아서 시샤를 피우고 계시는 아저씨가 눈에 들어왔다. 시샤는 우리나라에서는 보기 힘든 것이었기에, 그 모습이 더 매력적으로 다가왔다. 곧바로 아저씨에게 다가가 공손히 여쭤보았다.

"안녕하세요. 실례가 안 된다면 제가 아저씨의 모습을 그려 드려도 될까요?"

다행히 아저씨는 흔쾌히 승낙을 해 주셨다. 그림을 그리려고 펜을 들자 어색했는지 시샤 피우던 것을 멈추신 채 웃으며 나를 가만히 응시하고 계셨다. 조금씩 움직여도 괜찮다고 말씀드리자 미소 띤 얼굴로 다시 시샤를 피우시기 시작했다. 완성된 그림을 보여 드리자 "베리 굿"이라며 좋아하시던 모습. 마음이 뿌듯해졌다. 내 그림에 계속 관심을

물담배 하는 아저씨 1

물담배 하는 아저씨 2

카페 직원

갖던 직원이 갑자기 장난기 어린 목소리로 자기도 그려 달라고 하더니 곧바로 의자를 끌고 와 자리를 잡고 앉았다. 그러고는 머리를 뒤로 넘기며 정돈을 하고 웃으며 바라보았다. 완성된 그림을 그에게 보여 주니 주변에 있던 다른 손님들도 그림에 관심을 갖기 시작했다. 그들 중 한 손님이 나에게 말했다.

"나도 그려 줄 수 있겠나?"

그림을 모두 그리고 나가려는데 카페 사장님께서 내가 마신 바나나주스의 값을 깎아 주겠다고 하시길래 놀라며 이유를 물었더니 손님들이 즐거워해서 깎아 주는 거라고 덧붙여 말씀하셨다. 그림 덕에 돈을 아낄 수 있었다니. 정말 의미있는 경험이었다.

페트라

요르단은 페트라를 이용한 관광 산업으로 먹고사는 것이 분명했다. 여행을 하면서 들렀던 관광지 중 역대급으로 입장료가 비싼 곳이었으나 요르단에서 페트라를 안 보고 갈 수는 없었다. 사진상으로 미리 보았던 페트라는 굉장히 웅장하고 멋진 곳이었다. 아주 알차게 돌아다녀야겠다는 각오로 페트라 입구로 들어섰다. 역시나 호객꾼들이 말을 걸기 시작했다.

"낙타 안 타요? 여기 되게 넓어요. 낙타 타요!"

낙타 몰이꾼이었다. 그는 무시하고 앞만 보며 걷는 내 옆에 붙어 계속 말을 걸었다.

"저는 아직 젊어서 끝까지 걸어갈 수 있어요."

능청스럽게 대꾸했더니 그는 자연스레 다른 사람들에게 말을 걸기 시작했다.

페트라. 이곳은 입구부터 압도시켰다. 마치 바위로 만들어진 깊은 골짜기 속에 갇힌 기분이 들었다. 붉은색과 옅은 갈색, 누런색이 미묘하게 섞인 거대하고 우락부락한 바위 절벽들이 길게 이어지고 있었고 중간중간 좁게 파여 있는 수로는 이곳이 사람의 손길이 닿은 곳이라는 것을 확신하게 해 주었다.

바위로 둘러싸인 길

페트라 신전

페트라는 '바위'라는 뜻이다. 왜 그런가 하면, 기원전 6세기 나바테아인들이 바위를 깎아 마을을 건설했기 때문이다. 도구도, 기술도 무엇 하나 충분치 않았을 그 시대에 이러한 문화유산을 만든 그들이 새삼 대단하게 느껴졌다. 골짜기처럼 좁고 길게 이어진 바위 절벽은 굽이굽이 계속해서 이어졌다. 바위에 가려져 좁혀진 시야로 무언가가 보이기 시작했다. 많은 사람들이 서서 사진을 찍고 있는 모습이 보였다.

어느새인가 모습을 드러낸 그것은 바로 '신전'이었다. 너무나 놀란 나머지 그 자리에 멈춰 서서 그 웅장한 자태를 지켜볼 수밖에 없었다. 두 눈으로 보고도 믿을 수 없었다. 도대체 그 옛날에 어떻게 매끈한 돌기둥을 만들고, 섬세한 무늬를 새겨넣어 신전을 만들 수 있었을까? 바보 같은 생각이지만 이것을 발굴한 사람이 페트라가 만들어진 시기를 착각한 것은 아니었을까? 세계 7대 불가사의 중 하나인 것이 확실했다. 피라미드를 보고 느낀 감정과는 조금 다른 감정이었다. 피라미드를 보았을 때는 '대단하다'는 느낌이었지만, 페트라는 '믿을 수 없다'는 느낌이었다. 정말 경이로웠다.

사막 한복판에 위치해서인지 무더움 그 자체였다. 햇볕을 피할 곳도 마땅치 않았다. 조금 높은 지대에 올라가서 바람을 쐬며 쉬기로 했다. 계단을 올라가 자리를 잡고 앉았다. 한 번도 앉지 않고 몇 시간 계속 걷기만 하다 보니 배가 고파졌다. 관광지라 음식이 많이 비쌀 것 같아 아침에 미리 만들어 온 참치 샌드위치를 꺼냈다. 샌드위치를 물고 밑을 바라보니 수많은 사람들과 낙타들이 미니어처처럼 보였다. 정말 많은 사람들이 있었다. 물건을 사고파는 사람, 가만히 서서 구경을 하는 사람, 식당에 들어가 차를 마시는 사람, 낙타를 탄 사람. 그 옛날 나바테아인들이 건설해 놓은 이 도시는 아주 오랜 세월 동안 사람들의 눈에 띄지 않은 채 숨어 있었다가 다시 활기를 띠기 시작했다. 과거의 문화유산에 머물러 있는 것이 아니라 또다시 사람이 사는 마을이 되고 있었다. 그리고 그 속에 나도 포함되어 있다는 사실은 고대의 사람들과 교감하는 기분이 들게 만들었다.

페트라는 아주 넓어서 하루 만에 가장 깊숙한 곳까지 들어가 보기는 힘들었다. 그런데 처음에는 평지였던 이곳이 점점 오르막길로 변하기 시작했다. 숨을 헉헉대며 주위를 둘러보니 등산 스틱을 손에 꼭 쥔 채 올라가고 있는 사람들이 눈에 띄었다. 본격적인 등산의 시작이었다. 올라가는 길은 꽤나 험했다. 굴곡진 바위들이 경사를 이루며 높이 더 높이 이어지고 있었는데 어떤 사람은 발을 헛디뎠는지 피가 꽤 흘러 주변 사람들의 부축을 받고 있었다. 그러나 길이 마냥 힘들기만 하진 않았던 이유는 곳곳에 볼거리가 충분했기 때문이다. 올라가다 숨을 돌리려 잠시 뒤를 돌아보면 웅장했던 바위 마을이 작게 보이고 있었다. 그리고 또 다른 바위 절벽들과 푸른 나무가 주위를 둘러싸고 있었다. 관광객들에게 시원한 음료수나 달달한 홍차를 파는 사람들도 있었다. 정말 그 옛날 활기찼던 마을이 재현되고 있는 기분이 들었다. 어느새 목적지에 다다랐다. 사람들은 여기까지 올라온 것을 자축하듯이 기념사진을 찍고 신나는 노래를 틀어놓으며 춤을 추기 시작했다. 이럴 때는 혼자 온 것이 조금 외로워지곤 했다. 그런데 그들 중 누군가가 "위 메이드 잇!"(우리가 해냈어!)라고 말했다. 문득 가슴 깊이 떠오르는 것이 있었다. 산티아고 순례길이었다. 그때의 나는 누군가와 함께 '위 메이드 잇'이라고 말하며 서로를 부둥켜안으며 축하해 주곤 했었다. 누군가와 함께 걸었던 그 길이 그리워지는 순간이었다.

사해와 요르단 사람들

요르단은 이집트와 마찬가지로 대중교통을 이용하는 것이 많이 불편했다. 버스 번호나 노선이 구글 지도에 나오지 않는 것은 이제 당연한 일이 되었다. 그러나 한국의 위대하신 블로거 분들의 힘은 대단했다. 그분들 덕에 그나마 사해까지 갈 수 있는 방법을 찾아낼 수 있었다. 사실 훨씬 더 확실한 방법이 있긴 하다. 바로 현지인들에게 물어보는 것이다. 소금기가 가득해 생물이 살 수 없고 몸이 둥둥 뜨는 그곳. 사해에 가기 위해 평소보다 일찍 숙소를 나섰다. 바닷가 근처에 음식을 팔지 않는다는 말을 듣고 점심을 싸가기로 했다. 간단하게 먹을 수 있는 케밥을 시켜 놓고, 점원에게 물어보았다.

"한 가지 여쭤봐도 될까요? 사해에 가려고 하는데요. 남부터미널까지 어떻게 갈 수 있나요?"

블로그를 통해 알게 된 정보들을 토대로 여쭈어보기 시작했다. 사해를 영어로 'dead sea'라고 설명했는데, 아저씨는 그게 무엇인지 모르시는 눈치였다. 바로 아랍어 번역기를 이용해 번역해서 보여 드렸더니 단박에 이해하신 아저씨는 남부터미널까지 가는 버스는 이 가게 건너편에서 타면 된다고 말씀해 주셨다. 역시나 요르단도 이집트처럼 버스 정류장에 관한 어떠한 표시도 되어 있지 않았다. 나의 불안한 표정을 읽은 아저씨는 곧바로 펜을 들고 종이에 '남부터미널'과 '사해'를 아랍어로 빠르게 적더니 종이를 건네주시며 버스는 바로 뒤에 보이는 건너편에서 타야 한다고 당부하셨다. 아저씨가 주신 이 종이는 제대로 효과가 있었다. 남부터미널에 내려서 사해로 가는 버스를 찾아야 했는데, 요르단 사람들은 'dead sea'라고 말하면 아무도 알아듣지 못했으나 종이에 써 있는 아랍어를 보여 주면 바로 알아차리곤 했다. 누군가에게는 작은 친절이었지만 나에게는 아주 큰 도움이 된 셈이었다.

버스 안에는 나처럼 수영 가방을 들고 있는 사람들도 있었고 큰 짐을 들고 탄 아주머니들도 보였다. 버스는 암만에서 점점 남쪽을 향해 달려가고 있었다. 사해는 이스라엘과 요르단 사이에 있는 바다인데 요르단은 이스라엘보다 사해까지 가는 길도 쉽지 않고 해변가를 잘 정비해 놓지도 않았다고 한다. 그래도 상관없었다. 정말 몸이 뜰지 너무나 궁금한 나머지 마음속은 한껏 설렘으로 가득 차 있었다.

드디어 창밖으로 푸른 바다가 보이기 시작했다. '와 아, 내가 보고 있는 저 바다가 정말 사해구나!' 바다를 끼고 꽤 달린 것 같은데도 버스가 멈추지 않아 지도를 살펴보니 벌써 사해의 절반 정도까지 와 있었다. 거침없이 지나치는 바다의 모습에 점점 바다가 사라져 가는 느낌이 들었다. 슬슬 불안해지기 시작했다. 아무도 내릴 기미를 보이지 않았다. 다들 사해에 가는 줄 알았는데, 그게 아니었던 것이다. 사해는 이 버스의 종착지가 아닌 경유지일 뿐이었다. 곧바로 옆 좌석의 아저씨께 물어보기 시작했다. 그러나 아저씨는 내 말을 알아듣기 힘들어 하시더니 뒷좌석에 앉아 있는 다른 아저씨에게 대신 말을 전해 주셨다. 아저씨는 안타까운 표정을 지으며 주변 사람들에게 상황을 설명하기 시작했다. 이야기를 들은 다른 사람들도 안타까운 표정을 지으며 나를 쳐다보았다. 후회스러운 마음이 들었다. 아까 버스가 중간까지 왔을 때 기사님에게 얘기를 했었어야 했는데. 누구 하나 날 챙겨 줄 사람 없는 낯선 곳에서 너무나 방심한 탓이었다.

기사님께서는 수영을 하려면 아까 내렸어야 했다며 다시 사해로 돌아가려면 반대편에서 오는 버스를 잡아타야 한다고 말씀하셨다. 그러나 고속도로 한복판에서 버스가 언제 올지는 알 수 없는 상황이었다. 수영을 하기 위해 챙겨 온 점심, 물, 옷가지들, 그리고 설렘. 이 모든 것들을 두고 다시 암만으로 돌아갈 수는 없었다. 초조함을 싣고 달리던 버스. 그런데 멀리서 몇분 만에 다른 버스가 오고 있는 것이 보였다. 정말 다행이었다! 기사님께서는 반대편에서 달려오는 버스 기사님께 사정을 잘 전달해 주시더니, 이 버스로 갈아타면 된다고 말씀해 주셨다. 비로소 웃음이 나올 수 있었다. 누군지도 모르는 낯선 외국인에게 도움을 준 요르단 사람들에게 너무나도 감사하는 마음이 들었다. "땡큐 쏘머치! 슈크란!"이라고 외치며 겨우 다시 사해로 돌아갈 수 있게 되었다. 새로 바뀌 타게 된 버스의 기사님께서는 버스비를 받으려고도 하지 않으셨다. 아마도 아주 나중에 타서 그러셨으리라. 수영 한 번 하겠다고 사해로 가는 길에 이렇게 많은 사람들의 도움을 받게 될 줄은 상상도 하지 못했다.

한편 사해의 모래는 좀 이상했다. 엄청나게 딱딱했다. 조심스레 물속으로 발을 뻗었다. 소금기 가득한 물은 정말 미끄러웠다. 조심스레 한 발 한 발 물속으로 들어가 허리까지 물이 차올랐을 즈음, 소심하게 몸을 뉘었다. 신기하게도 정말 몸이 가라앉지 않았다! 점심시간이 지나 가방에서 과일을 꺼냈다. 유럽에서 놀러 온 듯한 가족들도 있었는데, 어머니로 보이는 분은 물속에 들어가지 않고 있었다. 나눠 먹을 생각으로 그분에게 다가가 과일을 건네드렸다. 다가가니 조금 놀란 눈치셨지만 금세 밝게 웃으시며 고맙다고 하며 과일을 받으셨다. 과일과 케밥을 먹고 다시 물속으로 들어갔다. 얼굴을 담그면 무척이나 따갑기 때문에 물 위에 둥둥 뜨는 것 말고는 할 수 있는 게 없었지만 그것만으로도 충분했다. 늦게 온 탓에 그 사이 해는 벌써 지고 있었다.

사해에서 다시 암만으로 돌아가는 방법에는 두 가지가 있었다. 첫 번째는 택시를 타는 것과 두 번째는 히치하이킹. 택시를 타기에는 돈이 부족했으므로 나에게 선택지는 히치하이킹 하나였다. 처음 시도하는 히치하이킹이었다. 요르단에서는 잘 통한다고 들은 말 하나만 믿고 무작정 고속도로로 나갔다. 고속도로 위에 멈춰 서서 최대한 불쌍한 표정을 지으며 엄지손가락을 들어 보이면 끝이었다. 그러나 엄지손가락이 올라가지 않았다. 너무 부끄러웠다. '내가 무슨 히치하이킹이야… 그래도 해야만 해.' 걸음을 멈추고 소심하게 엄지손가락을 올렸다. 듣던 대로 요르단에서 히치하이킹은 정말 쉬운 일이었다. 손을 든 지 단 몇초 만에 차 한 대가 내 앞에 멈춰 섰다. 소심하지만 새로운 도전이 감사하게도 성공한 것이다.

암만에서의 마지막 날

어느덧 요르단에서의 마지막 날이 다가왔다. 마지막 날인 만큼 아무것도 계획하지 않고 천천히 걸으며 동네 구경이나 할 참이었다. 시내와 시장은 이미 하도 많이 돌아다닌 터였다. 물건을 사고파는 사람들의 목소리, 자동차가 지나다니는 소리 들을 벗어나 일주일 동안 머물렀던 암만 시내 전체를 마음에 담고 싶었다.

시장 뒤편에는 경사가 가파른 언덕길이 나 있었다. 주택가처럼 보이는 안쪽으로 조금만 더 들어가면 재미있고 친숙한 모습들이 있을 것 같았다. 가파른 언덕으로 오르고 오르다 보니 어느새 시타델과 마주하는 높이에 서 있게 되었다. 시타델은 요르단의 주요 유적지 중 하나인데 경사져서 올라가기도 힘든 곳이고 별로 관심도 없어서 가지 않았던 곳이었다. 그런데 반대편 언덕으로 올라와서 시타델을 마주보고 있다니. 멀리 조그맣게 보이는 관광객들이 옹기종기 모여 사진을 찍고 있었다. 밑으로는 매일 스치듯 지나쳤던 많은 상점들과 시장, 그리고 모스크 사원이 보였다. 내일이면 모두 안녕이었다.

요르단 골목길 탐방!

딱히 할 것이 없어 지루했던 날들도 있었고 길을 찾지 못해 헤매던 날들도 있었다. 그러나 공원에 앉아 있으면 관심을 가지고 먼저 말을 걸어주던 사람들, 어제 갔던 식당인데도 찾지 못해 헤매고 있으면 일하던 것을 멈추고서 식당 앞까지 데려다주던 사람들. 요르단의 대중교통은 정말 불편하고 솔직히 나에게 도시 자체도 그다지 매력적으로 다가오지도 않았다. 그러나 시간이 흘러도 마음속에 오래 남는 이유는 하나, 사람 때문이었다.

좁게 나 있는 다른 골목길을 걸어가 보기로 했다. 골목길로 들어서니 시내에서 본 건물들보다 더 오래돼 보이는 주택들이 이리저리 깔려 있었다.

누런 빛깔에, 벽지가 이리 뜯기고 저리 뜯긴 집들. 골목 귀퉁이에 모여 놀고 있는 꼬마들의 목소리가 들려왔다. "헬로우!" 자기를 봐 달라는 듯 계속해서 외치는, 이제 막 변성기를 지나려 하는 아이들의 걸걸하고 귀여운 목소리. 이쪽은 관광객들이 전혀 드나들지 않는 곳이니 그럴 수밖에 없을 것 같았다. 내가 신기했는지 그중 한 아이가 계속 쫓아왔다.

"헬로우!"

아이는 당당하게 인사를 건넸다. 한국에서 왔다는 말에 아이는 자기가 태권도를 좋아한다며 팔을 앞으로 쭉 뻗으며 가벼운 태권도 시범을 보여 주었다. 정말 귀여운 아이였다. 내가 만약 어렸을 때 동네 골목길을 걷다가, 낯선 외국인을 보았다면 어떤 기분이 들었을까? 어린아이들에게 있어서 외국인이란 어쩌면 연예인 비슷한 존재일지도 모른다는 생각이 들었다. 다른 골목으로 들어가 또다시 경사진 언덕을 올라가 보았는데, 그 위에서 더 넓고 아름다운 암만을 볼 수 있었다. 멀리서 계단을 올라오는 초등학교 2학년 정도 되어 보이는 여자아이 두 명이 보이길래 귀여워서 인사를 건넸다. 어린 애들을 보면 괜히 말도 걸고 싶고 건들고 싶고 장난도 치고 싶은 건 어쩔 수 없는 것 같다. 크고 동그란 눈을 크게 뜬 채 장난기 어린 표정으로 다가오는 아이들. 그 중 활발해 보이는 아이 한 명이 나의 왼쪽 팔에 걸려 있는 팔찌들을 보더니 다짜고짜 덥석 가져가려는 시늉을 했다. 가위바위보 해서 이기면 주겠다고 하자 아이들은 조금 고민하더니 내 제안을 받아들였다.

"가위 바위 보!"

물론 아이들은 가위바위보라는 말을 몰랐지만 주먹, 가위, 보자기의 손동작은 모두 알고 있었다. 역시 가위바위보는 만국 공통의 게임이었다. 삼세판 끝에 결과는 꼬마의 승! 어쩔 수 없이 팔찌를 하나 빼서 주어야 했다. 골목을 돌아보길 잘했다는 생각이 들었다. 관광지에서 벗어나 조금만 골목으로 들어가 보면 볼 수 있는 일상적인 풍경은 항상 잊지 못할 깜짝 선물을 주었다.

9

아르메니아

매력적인 아르메니아

아르메니아는 이번 여행을 통해 처음으로 알게 된 나라였다. 지도를 보며 고민을 하다가 요르단에서 그리 멀지 않은 곳에 물 좋고 공기 좋은 나라가 있다고 하길래 온 것이었다. 그리고 아르메니아는 전체 인구수가 우리나라의 경상도 인구수보다도 적다는 사실에 놀라지 않을 수 없었다. 이렇게 사람이 적은 나라는 대체 어떻게 돌아가고 있는지 궁금했다. 이곳 사람들은 또 어떻게 살아가고 있을까.

이곳에서는 큰 버스보다 작은 버스를 훨씬 많이 볼 수 있었는데 이 미니버스는 '마슈로카'라고 불렸다. 작은 마슈로카에는 항상 사람들이 꽉 차 있는데 워낙에 좁아서 서로 옷깃을 부대끼며 앉거나 심지어는 목이 꺾인 채 서서 가야 할 때도 있다. 버스를 타고 예레반 중심으로 나왔다. 아르메니아에서는 신비한 분위기가 느껴졌다. 분명히 거리를 장식하고 있는 건물들과 가로등, 마켓들을 보면 유럽 분위기가 물씬 느껴지는데 사람들의 외모는 신기하게도 중동 지역의 느낌이 났다. 중동과 유럽을 섞은 느낌이랄까. 오랜만에 느껴보는 유럽의 분위기와 쌀쌀한 날씨, 사그락사그락 낙엽 밟는 소리가 정말 반갑게 느껴졌다.

또한 아르메니아는 최초로 기독교를 국교로 승인한 나라이기도 했다. 이곳의 교회는 유럽과는 생김새가 완전히 달랐다. 유럽의 교회나 성당은 무늬가 굉장히 정교했다면 아르메니아는 단순하면서도 큼직큼직하고 기본 도형들이 합쳐진 모양 같았다. 교회로 들어가는 길 옆에는 깔끔하게 정돈되어 있는 나무들이 일렬로 줄을 지어 서 있었다. 평일 저녁에도 꽤 많은 사람들이 교회로 향하고 있었다. 오랜만에 들어가 보는 교회라 은근히 떨렸다.

빼꼼하고 문을 열고 들어가니 입구 바로 옆에는 작은 양초를 파는 사람이 있었다. 양초를 파시던 아주머니는 내 얼굴을 보더니 한 번에 한국인인 걸 맞히셨다. 중국인이냐는 말을 하도 많이 들어서 신기한 마음에 어떻게 아셨냐고 여쭤보니, 한국, 중국, 일본인의 얼굴 특징을 구분할 줄 안다고 하시며 얼굴 모양을 손가락으로 대충 만들어 보이셨다. 아주머니와 몇 마디를 나누다 양초를 사고 조용히 교회 안으로 들어가 보았다. 높은 천장과 내부에서 뿜는 아늑한 불빛은 경건한 분위기를 자아내고 있었다. 조용히 맨 뒤에 있는 의자에 앉았다. 예수의 모습을 조용히 바라보고 있는 사람, 머리에 천을 쓰고 기도를 하는 사람, 옆 사람과 조용히 얘기를 주고받는 사람. 마음이 천천히 차분해지고 있었다. 교회에 나가지 않은 지는 벌써 몇 년째지만 그저 그곳에 가만히 앉아 있는 것만으로 고요의 물결이 마음속에서 잔잔히 흐르고 있음이 느껴졌다.

한참을 앉아 가만히 예수의 모습을 바라보다 밖으로 나왔다. 교회 바로 옆에는 작은 건물이 하나 더 있었다. 그곳은 미리 사둔 양초에 불을 붙이고 기도를 드리는 곳이었다. 조금 전에 아주머니에게서 산 양초 2개를 꺼냈다. 사람들을 둘러보니 양초를 꽂고 모두 조용히 기도를 드리는 모습이었다. 모두 어떤 이야기들을 신에게 풀어내고 있을지 궁금했다. 꺼낸 양초를 옆에 있는 불이 붙은 양초에 갖다 대었다. 내 초에도 조금씩 주홍빛 불이 피어나고 있었다. 온통 주홍빛으로 물든 주변이 참 아름다웠다. 어색하지만 두 손을 모아 하나의 초는 나를 위해, 나머지 하나는 내 주변 사람들을 위해 기도를 드렸다. 신께서 내 기도를 받아 주실까.

명품 가방 도난 사건

내가 묵은 숙소에는 장기 투숙객들이 꽤 있었다. 모두 아르메니아라는 나라와 사랑에 빠진 사람들이었다. 하긴, 물가 저렴하지, 음식 맛있지, 공기 좋지. 조금 심심한 것만 빼면 정말 완벽한 곳이었다. 방에는 나를 포함해서 총 4명이 머물고 있었다. 나, 아르메니아 할머니, 이란에서 온 마리아, 그리고 중국에서 온 언니. 아르메니아 할머니는 영어를 전혀 못 하시는 분이었다. 아침마다 숙소를 나서기 전에 공용주방에서 따뜻한 홍차를 한 잔 마실 때면 맞은편 테이블에서는 할머니께서 커피를 마시곤 하셨다. 할머니를 보니 괜히 우리 할머니가 생각이 나서 전날 시장에서 사 온 과일이나 빵 같은 것들을 나눠 드리려고 하면 이가 좋지 않아 잘 못 드신다고 하시면서 가만히 웃기만 하셨다.

이란에서 온 언니, 마리아. 마리아는 숙소에 들어오면 바로 침대 속으로 들어가 커튼을 치고 웬만해서는 나오지 않았다. 주방에서 마주칠 때도 마리아는 주로 통화를 하며 시간을 보내고 있어서 대화를 하기가 힘들었다. 그리고 중국에서 온 언니. 항상 누군가와 통화를 하거나 노트북으로 작업을 하는 모습이 정말 바빠 보였다. 아르메니아에 온 지 둘째 날, 저녁을 먹고 간식거리를 사서 주방으로 갔다. 주방에는 이미 인도 사람 셋이서 야채가 들어간 오믈렛과 와인으로 간단히 저녁을 해결하고 있었다. 나를 본 그들 중 한 명이 먼저 말을 걸었다.

"같이 와인 한 잔 마실래요?" 나는 사실 와인을 좋아하지 않는다. 전에 순례길을 걸을 때 포르투갈의 숙소에서 처음으로 마신 적이 있었는데, 포도가 들어가서 달 줄 알았는데 전혀 그렇지 않고 쓴맛이 강해 마음에 들지 않았었다. 그러나 아르메니아 와인은 나의 생각을 완전히 뒤엎어 버렸다. 세상에, 이게 바로 내가 찾던 와인이었다! 설탕과 포도를 얼마나 잔뜩 넣고 숙성을 시켰는지 모르겠지만 정말, 진짜로, 최고로 맛있었다! 원래 나는 단맛을 정말 좋아한다. 여행을 하기 전에는 집에서 매일 하루에 초코바 하나씩은 꼭 먹었을 정도로. 알고 보니 아르메니아는 와인으로 매우 유명한 나라였다. 술만 마시면 고질병처럼 얼굴이 빨개지는 덕에 이날도 역시 걷잡을 수 없이 볼이 울긋불긋해지고 있었다.

그때 이란에서 온 소흐랍이라고 소개하던 사람이 말을 걸었다. 내가 한국에서 왔다는 사실을 알게 된 그는 조금 놀란 눈치였다. 가끔 한국에서 왔다고 하면 북한에서 온 줄 알고 놀라는 외국인들을 종종 보았는데, 그런 경우는 아닌 것 같았다. 아르메니아 와인에 대해서 감탄을 늘어놓고 있는 나를 보더니 자기가 질 좋은 와인만 파는 와인숍을 알고 있다며 괜찮다면 내일 함께 가자고 말했다. 이미 아르메니아 와인에 대해 극도로 호기심이 생긴 상태였기에 곧장 내일 저녁에 숙소 로비에서 만나자고 약속을 잡았다. 그때 누군가 주방 문을 열고 들어왔다. 이 숙소의 관리인인 것 같았는데, 표정이 어딘가 불안해 보였다.

"혹시 침대 위 좀 확인해 봐도 될까요?" 무슨 일인가 싶어 여쭈어보았더니 중국인 언니의 명품백이 사라졌다는 말을 전해 주었다. 평소에 표정 하나 없이 조용히 지내던 중국인 언니가 얼굴이 붉으락푸르락한 채 초조한 듯 서 있었다. "혹시 내 가방 못 봤어요?" 이야기를 들어보니 심지어 그 명품백 안에는 꽤 큰 액수의 돈도 함께 들어 있었다고 했다. 나와 소흐랍은 방 이곳저곳을 뒤져 보기 시작했다. 침대 매트리스 밑도 확인하고, 다른 사람들의 침대 위도 모두 확인해 보았지만 가방은 보이지 않았다. 언니가 불안한 표정으로 말했다.

"아마 누군가가 내 배낭을 뒤져서 그 안에 있던 가방을 훔쳐간 것 같아요."

알고 보니 언니는 명품백을 큰 배낭 안에 넣어놓고 거의 꺼내 보지도 않았으며, 심지어는 바로 어제 저녁에 배낭 안에 잘 있는 것을 확인했다고 했다. 현실적으로 누군가가 명품백을 훔쳐간 것이 훨씬 가능한 상황이라고 생각했다. 그러나 언니와 나를 제외한 다른 사람들의 의견은 모두 달랐다.

"일단 울지 마세요. 운다고 달라지는 건 없어요. 확실한 건 이 중에서 가방을 훔쳐 갈 사람은 아무도 없어요."

소흐랍은 애초에 누군가가 가방을 훔쳐 갔을 거라는 가능성을 아예 배제해 놓고 있었다. 아르메니아 할머니, 인도 사람들, 관리인 아저씨. 모두가 소흐랍과 같은 의견이었다. 잘 생각해 보면 우리가 머물고 있는 이 숙소의 모든 방은 문이 항상 열려 있다. 그렇기 때문에 남자들도 충분히 여자 방에 들어와서 물건을 가져갈 가능성도 무시할 수 없었다. 용기를 내어 관리인 아저씨에게 모두에게 양해를 구하고, 가방을 확인할 수는 없겠냐는 제안을 했다. 단, 우리가 가방을 직접 열어서 확인하면 기분이 나쁠 수도 있으므로 가방의 주인이 직접 열어보고 우리는 뒤에서 지켜보기만 하는 조건으로 말이다. 그러나 한 치의 고민도 없이 아저씨는 제안을 거절하셨다. 저녁 시간에 벌어진 이 소동은 새벽까지 이어지게 되었다. 언니는 울면서 답답해하다가 우리더러 먼저 자라고 하더니 1층 숙소 로비로 내려가 누군가와 통화를 하기 시작했다.

새벽 2시. 아직 가방을 찾지 못한 언니 때문에 방 불을 끄기가 애매해져 환한 상태로 잠에 들 수밖에 없었다. 고요함을 비집고 들려오는 낯선 목소리. 경찰이었다. 하지만 숙소에 감시카메라 같은 것은 아무것도 없었다. 우리 방에 머무는 여자들 중 누군가가 의심을 받았지만 심증만 있을 뿐이었다. 밖에서 중얼거리는 소리들이 희미하게 들려왔다.

다음 날 아침, 어떻게 되었냐고 언니에게 물어보았다. 언니는 반은 포기한 듯한 얼굴을 하고 있었다. 내가 해 줄 수 있는 말은 "힘내요"라는 말뿐이었다.

아르메니아에 온 지 겨우 이틀밖에 안 되었는데 숙소에서 이런 일이 생기고 말았다. 숙소에는 왠지 모를 긴장감이 감돌았다. 가방의 행방은 어떻게 된 것일까. 아직도 풀리지 않은 미스터리로 남아 있을 뿐이다.

여행 권태기

종이에 세반 호수를 담는 아저씨

같은 방 사람들이 하나둘씩 이불 밖으로 나와 씻고 옷을 갈아입고 나가는 소리에 슬슬 잠이 깨기 시작했다. 아침에 눈을 뜨고 이불 밖으로 나가기가 싫었다. 예레반은 나에게 굉장히 지루한 도시였다. 서울의 높고 번쩍번쩍한 빌딩, 화려한 편집숍에 너무 익숙해졌는지 이곳에서의 초침은 매우 느리게 흘러가는 것 같았다. 억지로 준비를 하고 밖으로 나오면, 식당에는 친구끼리 혹은 가족이나 연인끼리 마주 보고 이야기를 나누며 음식을 먹는 사람들로 차 있었다. 공원에 가도 나처럼 혼자 멍청히 앉아 있는 사람은 없었다. 햇살이나 쬐면 기분이 좋아질까 싶어서 공원에 앉아 있었다.

멀리서 아이들 목소리가 들려왔다. 발표회를 했는지, 깔끔한 복장을 한 아이들이 부모님 손을 잡고 한 손에는 꽃다발을 들고 기념촬영을 하고 있었다. 이보다 더 평화롭고 안정적인 모습은 없었다. '나도 한국에 가면 내 가족, 친구들이 있는데.' 어머니, 아버지, 동생, 친구들이 너무나 그리웠다. 속이 든든하고 건강한 한식, 아늑하고 내가 좋아하는 것들로 꾸며진 내 방까지 모두. 아무리 맛있는 음식을 먹고 여유를 부려도 허한 마음이 채워지지 않을 정도로 이곳에서의 일상이 지루하게만 느껴졌다. 문득 떠올리고 싶지 않았지만 떠오르는 한 가지 단어가 있었다.

아르메니아의 아름다운 세반 호수

여행 권태기.

두 달 전에 런던에서 지은이에게 했던 질문을 나에게도 해 보았다. '그래서, 이제 한국에 가고 싶다는 얘기야?' 이상하게도 마음속에서는 '아니'라는 답변이 돌아올 뿐이었다. 내가 느끼는 모든 감정, 내가 맞닥뜨린 상황 이 모든 것들을 대부분 혼자서 감당해야 하는 것에 지쳐 가고 있었지만 이대로 한국에 돌아가기에는 아쉬움이 컸다. 적어도 예산이 남아 있는 한, 돌아가지 않고 이곳에서 후회 없이 즐기고 가야겠다는 생각이 들었다. 돌아가기 전까지 더 부지런히 그림을 그려야겠다고 다짐했다.

한국을 좋아하는 소흐랍과 와인

소흐랍과 했던 저녁 약속이 떠올랐다. 말도 많이 안 해 본 사람과 막상 둘이 만나려니 조금은 어색한 기분이 들었다. 소흐랍은 나를 볼 때마다 와인숍을 소개시켜 준다며 들떠 있었다.

그는 숙소 로비에서 벌써 기다리고 있었다. 숙소 밖으로 나오니 거리에는 가로등 불빛이 거리를 수놓고 있었다. 소흐랍은 나에게 궁금한 것이 많았다. 아니, 정확히 말하면 우리나라, '한국'에 대해서 호기심이 많은 아이였다. 알고 보니 케이팝, 여자 아이돌들에 관심을 갖게 되면서 한국을 좋아하게 된 사람이었다.

"한국에는 왜 그렇게 예쁜 여자들이 많은 거야?"

소흐랍은 이 첫 질문을 시작으로 계속해서 한국에 대해 이것저것 물어보기 시작했다.

"한국에 성형을 하는 여자들이 많다는 것을 알고 있어. 그런데 한국의 여자들은 왜 그렇게 성형을 많이 해?"

여행을 하면서 만났던 많은 사람들은 한국과 일본, 그중에서도 한국이 성형을 아주 많이 하는 나라라는 것에 대해 궁금해하고 신기해했다. 이렇게까지 많은 사람들이 한국이 성형을 많이 하는 나라라는 것을 알고 있고, 또한 반대로 외국에서는 성형을 하는 사람들이 우리나라보다 훨씬 적다는 이야기를 듣고 놀라지 않을 수 없었다.

소흐랍은 태극기의 중간에 그려진 파랑이 의미하는 '음'과 빨강이 의미하는 '양'에 대해서도 호기심을 갖고 있었다. 그는 처음 만나는 한국인에게 한국에 대해 이야기하는 것이 제대로 신이 났는지, 쉴 새 없이 질문을 하고 자신의 의견을 얘기했다. 그는 한국과 아르메니아는 음과 양이 조화로운 나라이기 때문에 살기 좋은 나라라는 말을 덧붙였다. 그래서 아르메니아에서 충분히 즐겁고 여유로운 생활을 하고 있다고 했다. 한국에 대한 이야기를 하면 할수록 소흐랍이 자신의 조국인 이란에 대해 어떻게 생각하는지 궁금해졌다.

"소흐랍, 그런데 이란은 언제 돌아갈 계획이야?"

"안 돌아갈 거야."

소흐랍은 아르메니아를 이란보다 더 사랑하고 있었다. 신나게 이야기를 하던 그의 표정에 행복의 기운이 사라지고 있음이 느껴졌다. 이유를 들어보니, 그가 생각하기에 이란은 음과 양이 조화롭지 못하고 양이 너무 센 나라라고 했다.

"가족들은 보고 싶지 않아?"

알고 보니 소흐랍은 부모님께서 이혼을 하셔서 어머니와 함께 살지 않고 있다고 했다. 형제는 보고 싶지만, 부모님은 그다지 보고 싶지 않다는 말을 했다. 돌아갈 곳, 돌아가고 싶은 곳이 없다는 것이 얼마나 슬픈 일인지 그의 마음을 조금은 가늠할 수 있었다.

이란과 한국에 대한 이야기로 쉴 새 없이 떠들다가, 어느새 작은 와인 가게 앞에 도착했다. 고급지고 세련된 분위기보다는 시골 동네에 가면 볼 수 있을 것 같은 소박한 분위기의 가게였다. 4명이 들어가면 꽉 찰 정도로 좁은 가게 안으로 들어서니 나무로 된 중간이 불룩하게 튀어나온 통들이 놓여 있었다. 와인에 대해 잘 아는 것이 없어서 소흐랍에게 어떤 와인이 맛있는지 물어보았다. 그는 이미 이 가게의 단골이 되어 올 때마다 1리터씩 와인을 사 가는 훌륭한 손님이었다. 단맛을 좋아하는 나에게 '스위트 와인'을 골라준 소흐랍은 주인아저씨께 시음해 볼 수 있도록 작은 잔을 부탁했다. 아저씨는 나무통에 연결되어 있는 조그만 호스를 통해 보랏빛 물을 잔에 쪼르르르 따라 건네주셨다. 살짝 한 모금을 마신 순간, 이곳이 무릉도원이요 지상 낙원이었다. 며칠 전 숙소에서 인도 친구들에게 받아먹었던 와인보다 훨씬 달고 풍미가 깊은 맛이었다. 그 맛에 반해 단숨에 와인을 구입해 밖으로 나왔다.

주상절리와 아저씨

아르메니아에서 가장 보고 싶었던 모습은 바로 교회였다. 기독교를 국교로 승인한 나라의 교회는 어떤 모습일까. 한국에서는 교회에 다니지 않았지만 며칠 전 예레반 시내에 있던 교회를 방문한 기억이 참 좋게 남아 있었다. 고요하고, 평화로운. 무엇보다 근교에 있는 교회들은 하나같이 아름다운 자연 속에 위치해 있어서 더욱 끌렸다.

십자가에 못 박힌 그리스도 예수를 찌른 로마 병사의 창이 보관되어 있는 게하르트 수도원. 평일 낮에도 순례객들의 발걸음이 이어졌다. 사람 냄새 가득 풍기는 마슈로카에 타니 이미 자리를 잡고 앉아 있는 현지인들이 많이 있었다. 좋은 날씨에 소풍을 가는 듯 그들의 얼굴엔 웃음과 설렘이 만연했다. 마슈로카는 예레반 도심에서 수도원이 있는 마을로 40여 분을 부지런히 달려갔다.

마슈로카는 차도 몇대 지나가지 않는 시골 동네에서 멈췄다. 여기서부터는 택시를 타고 들어가야만 했다. 아르메니아도 이집트처럼 미터기를 달지 않은 택시기사들이 많았기 때문에 마음을 굳게 먹고 한곳에 모여 이야기를 나누고 있는 택시기사들 쪽으로 걸어갔다. 그들은 곧바로 다가와 호객행위를 하기 시작했다.

"게하르트? 가르니?"

기사들은 나의 목적을 꿰뚫고 있었다. 이곳에 온 외국인들의 목적은 이것뿐일 테니.

"3,000드람에 게하르트 수도원에서 가르니 신전까지 태워 주실 수 있어요?"

예상 외로 아저씨는 단박에 요청을 승낙했다. 그제야 긴장을 풀고 가벼운 마음으로 아저씨를 따라 오래된 듯한 차에 탑승했다. 오랜만에 승용차를 타고 달리니 드라이브를 하는 듯한 기분이 들었다. 창문을 열고 얼굴을 살짝 내밀었다. 시원한 바람이 얼굴을 간지럽혔다.

수도원은 정말 높은 곳에 위치하고 있었다. 깎아지른 듯이 위풍당당히 자리를 지키고 있는 대자연을 병풍 삼아 굳건히 서 있었다. 계곡의 바위를 깎아서 만들어서 그런 것인지 더욱 대담하고 단단해 보였다. 원뿔 모자를 쓴 듯한 모양의 게하르트 수도원. 생각보다 관광객이 많지 않아 내부는 고요했고, 그 때문에 신비로운 느낌이 들었다. 어두침침하게 뚫려 있는 곳을 지나 내부로 들어가 보니 구멍이 나 있는 천장으로 빛이 틈새를 비집고 쏟아지고 있었다. 그곳에 가만히 서서 빛을 느끼고, 어둠 속 반들반들한 바위를 만져 보았다. 수도원이 주는 평화로움과 신성함이 마음속을 잔잔하게 어루만져 주는 것 같았다.

입구에서 바라 본 게하르트 수도원

가르니 신전은 그리스의 파르테논 신전을 모방한, 아르메니아에 있는 유일한 그리스 양식의 건물이다. 그러나 이미 유럽에서 신전을 실컷 보았던 나는 가르니 신전보다도 그 뒤에 위치한 주상절리를 보고 싶은 마음이 훨씬 컸다. 가르니 신전 앞에서 관광객들에게 표를 확인하는 관리인 아저씨께 주상절리까지 가는 방법을 여쭈어보았더니, 택시 타고 가는 것이 아니냐며 조금 놀라는 눈치셨다. 잠시 고민을 하더니 바로 뒤에 위치한 좁은 오솔길을 가리키셨다.

주상절리까지는 1시간 이내면 갈 수 있는 길지 않은 거리지만 생각보다 길은 험했다. 어떠한 표시도 되어 있지 않았기 때문에 구글 지도가 가리키는 방향으로 쭉쭉 걸어 나갔다. 목줄을 하지 않은 큰 개가 으르렁거리던 작은 집을 지나고 나니 이번에는 얕은 계곡이 흐르는 좁은 길이 나타났다. 높은 지대라 추위에 아직 미처 녹지 못한 흰 눈이 바위 위에 조금씩 쌓여 있었다. 흰 신발이 더러워지지 않기를 바라며 한 발 한 발 조심스레 돌 위로 발을 얹었다. 눈에 미끄러져 발을 헛디딘 나머지 신발 한 짝이 흠뻑 젖고 말았다. 굽이진 절벽을 계속해서 오르다 보니 멀리서 독특하게 생긴 형체가 보였다. 가까이 갈수록 그 형체는 또렷해졌다. 사각기둥 모양의 징그러울 정도로 수많은 기둥들이 아슬아슬하게 절벽에 매달려 있었다. 그토록 보고 싶었던 주상절리였다. 학창 시절, 수업 시간에 주상절리에 대해 수업을 들었을 때는 아무런 관심이 없었는데 막상 눈앞에 기괴할 정도로 많은 기둥이 매달려 있는 모습을 보니 그동안 왜 관심이 없었나 싶을 정도였다. 주상절리 밑에 가서 위를 올려다보니 당장이라도 이마 위로 툭 하고 떨어진다면 그대로 즉사하겠다는 생각이 들었다. 어떻게 절벽에 이 많은 돌기둥이 생긴 걸까.

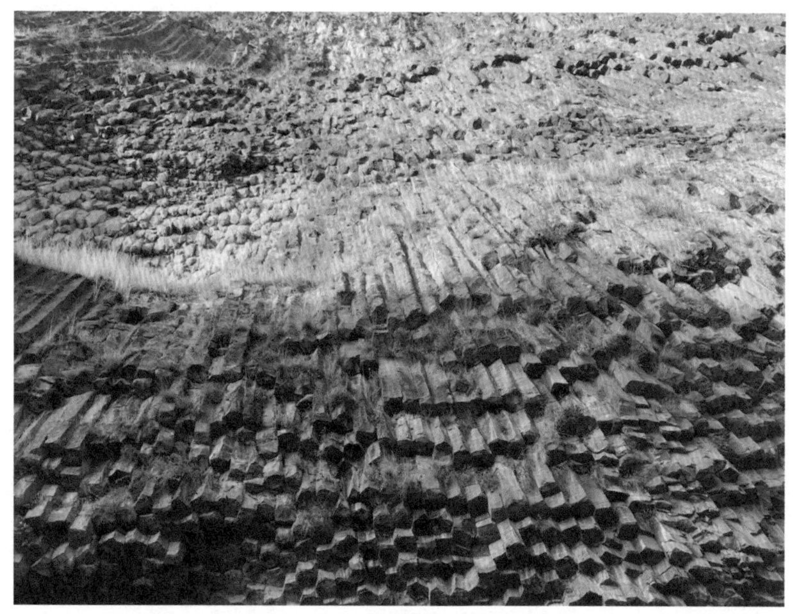

주상절리

다시 산 밖으로 나가는 길도 순탄치 않겠지. 돌아가는 승용차들을 보며 정말이지 히치하이킹이라도 하고 싶은 심정이었다. 돌아가는 길목에서 경찰복을 입은 아저씨 두 명이 서 계셔서 반갑게 인사를 했다.

"바레브!"

나를 바라보던 호기심 어린 눈들은 어느새 반가움과 정겨움으로 바뀌고 있었다. 미소 띤 얼굴로 똑같이 '바레브'라고 인사해 주던 아저씨들. 돌아가는 길이 한 곳밖에 없는지 여쭤보기 위해 다가갔다. 영어는 잘 통하지 않았지만 보디랭귀지로 뜻은 어느 정도 전달된 것 같았다. 인상 좋은 한 아저씨께서 자기를 따라오라고 하셨다. 얕은 계곡 위로 놓인 돌 위를 성큼성큼 지나는 아저씨 뒤를 졸졸 쫓아가다, 아저씨께서 손가락으로 가리킨 곳을 보니 말들이 풀을 뜯고 있었다. 예레반에서 40분 떨어진 마을에 이런 곳이 있다는 게 놀라울 따름이었다.

포도 씻어 주시는 아저씨

아저씨는 울타리를 열더니 들어오라며 손짓을 하셨다. 가까이에서 말을 보며 신기해하는 모습을 본 아저씨는 내 휴대폰을 잠시 달라며 사진을 몇 장 찍어 주시기까지 하셨다. 아저씨는 이 동네의 은퇴한 경찰이신데 일대를 관리하시는 것 같았다. 풀숲 사이로 들어가 보니 작고 오래된 쉼터가 있었다. 아저씨는 해가 지고 있어서 밖은 꽤 쌀쌀했기 때문에 몸을 좀 녹이고 가자고 하시면서 히터를 틀고 뒤통수가 튀어나온 옛날 TV의 전원을 켜셨다. 다시 밖으로 나오니 주상절리를 지날 때마다 사진을 찍으라며 잠시 멈춰서 주셨다. 그런데 지금 걷고 있는 길이 산 밖으로 나가는 길이 아니라 점점 안쪽으로 들어가는 길이라는 것을 깨달았다. 순간 아저씨에 대한 경계심이 들었다. 번역기를 돌려 "저는 산 밖으로 나가서 예레반으로 돌아가는 버스를 타야 해요"라고 말했으나 아저씨는 "오케이, 오케이"라는 말을 반복할 뿐이었다. 그러고는 아무렇지 않게 넝쿨을 헤치고 앙상한 포도나무에서 포도를 한 송이 따와 물에 씻어서 먹으라고 권해 주셨다.

'혹시, 가이드를 해 준 조건으로 돈을 요구하는 건 아닐까?' 별별 생각이 다 들던 와중에 아저씨는 길목에서 만난 소를 앞세우며 다시 왔던 길을 되돌아가기 시작했다. '그래, 만약 아저씨가 돈을 요구하면 현금이 없다고 해야겠다.'라고 마음속으로 되뇌며, 돌아가는 길은 반대로 내가 앞장서서 부지런히 걷기 시작했다. 그러나 산 밖으로 나가는 길목에 다다르자, 아저씨는 쿨하게 "Bye!"라고 인사하시고는 다른 아저씨들과 함께 이야기를 나누러 자리를 뜨셨다. 아저씨는 정말 순수한 마음으로 내가 이곳을 떠나기 전에 아르메니아의 주상절리를 비롯해 자연경관을 구경시켜 주고 정을 나누어 주신 것이다. 부끄러운 마음이 들었다. 아르메니아의 정은 놀라울 정도였다.

마리아와의 이야기

원래 머물던 사람들은 떠나고 새로운 사람들이 우리 방에 들어오기 시작했다. 그중에는 조지아에서 온 '티나'도 있었다. 티나는 말이 많고, 목소리가 크며 통통 튀는 사람이었다. 티나와 며칠 만에 금방 친해져 숙소 주방에서 저녁을 먹으며 대화를 하고 있었다. 대부분 아르메니아에 관한 것이었다. 아르메니아 사람들, 이 숙소, 음식들. 누군가 주방 문을 열고 통화를 하며 들어왔다. 마리아였다. 가볍게 눈인사를 하고 마리아는 우리를 등지고 앉아 간단하게 저녁을 차려 먹고 있었다. 티나는 조지아를 극찬하면서 아르메니아보다 물가도 싸고 음식도 맛있으며 '바투미'라는 도시는 정말 살기 좋고 아름다운 항구도시라며 칭찬을 늘어놓았다. 그녀는 숙소에 머물고 있는 인도 사람들을 별로 좋아하지 않는다고 했다. 그녀의 말에 따르면 인도 사람들은 시끄럽고, 매너가 없다고 했다. 그러나 내가 보기에는 티나야말로 이 숙소에서 가장 시끄러운 사람임이 분명했다.

우리의 이야기에 흥미가 생겼는지, 마리아가 다가와 말을 걸었다. 그러고는 조지아에 가 보지 못했지만 정말 가 보고 싶다며 티나의 말을 주의 깊게

듣기 시작했다. 마리아가 이렇게나 말을 많이 하는 사람인 줄은 전혀 몰랐기 때문에, 어안이 벙벙한 채로 가만히 앉아 두 사람의 이야기를 잠자코 듣고 있을 수밖에 없었다.

다음 날 저녁, 숙소에 들어가기에는 조금 이른 시간이어서 그림도 그릴 겸 카페로 들어갔다. 따뜻한 차를 마시며 그림을 그리고 있는데, 누군가 창밖을 톡톡 두드리는 소리가 났다. 고개를 돌려보니, 마리아가 반갑다는 표정을 지으며 서 있었다.

"마리아!"

예상치 못하게 마리아를 만나서 반갑고 놀라운 마음이었다. 마리아는 바람이 뚫고 들어올 수 없도록 모자를 쓰고 목도리로 꽁꽁 싸매고 있었다. 퇴근하고 숙소로 돌아가던 길에 나와 우연히 마주친 것이었다. 티나가 없이 둘이서만 이야기를 나누려니 조금은 어색한 기분이 들었는데, 마리아가 이란 사람이라는 것이 생각났다.

"마리아, 이란에는 언제 돌아갈 계획이에요?"

마리아도 소흐랍과 같은 대답을 했다. 이란으로 돌아가고 싶지 않다고 했다. 큰 도시일수록 덜하지만 아직 몇몇 마을에서는 종교적인 이유로 거리에서 여자와 남자가 함께 걸어 다니면 사람들이 좋지 않게 볼 수 있다는 충격적인 말을 했다. 한 번도 가 보지 못한 나라, 이란. 이들의 이야기를 들으면 들을수록 이란이라는 나라는 또 어떠한 매력이 있을지 궁금해졌다.

친절한 아르메니아 아저씨

평소처럼 현지인들에게 물어가며 힘겹게 버스를 잡아탔다. 코르 비랍은 아르메니아가 기독교를 국교로 승인하도록 만들었다고도 말할 수 있는 성 그레고리가 당시 왕에 의해 갇혀 있던 수도원이다. 사실 코르 비랍 자체보다도 그 뒤를 흐르듯 넓게 퍼져 둘러싸고 있는 아라라트산이 너무나 보고 싶었다. 아라라트산은 노아의 방주가 닿은 산으로 알려져 있으며 아르메니아인들의 자부심이었으나, 지금은 터키의 땅이 되어 버린 가슴 아픈 산이었다. 신성한 의미를 담고 있는 그 눈부신 설산을 눈에 담고 싶어 무작정 간식거리를 몇 가지 챙겨 마슈로카를 탔다. 마슈로카에서 내려서 코르 비랍까지 가는 길은 차도이고 양쪽에는 밭이 드넓게 펼쳐져 있었다. 간혹가다 자전거를 타고 작은 오솔길 사이로 들어가는 사람들을 보면 이곳의 여유로움이 느껴져 부러운 마음마저 들었다. 차도 한복판에 가만히 서서 양쪽으로 뻗어나가는 밭과 나무, 풀을 뜯어먹는 소들, 멀리서 자전거 페달을 열심히 밟으며 나아가는 사람들을 바라보았다. 은은한 매력이 느껴지는 시골에는 도심에서는 맛볼 수 없는 재미가 길 곳곳에 깃들어 있었다.

코르 비랍 수도원은 게하르트 수도원과 비슷한 모습이었다. 그런데 아쉽게도 아라라트산이 구름에 가려 보이지 않았다. 날씨가 흐린 탓이었다. 눈을 부릅뜨고 구름에 가려진 아라라트산을 찾아보려 애썼지만 소용없는 일이었다.

예레반으로 다시 돌아가는 마슈로카는 하루에 4대 정도가 있었다. 왔던 길을 다시 돌아와 도로에 서서 마슈로카를 기다리고 있었다. 승합차 한 대가 내 앞에 멈춰 섰다. 그동안 탔었던 마슈로카와 조금 다르게 생긴 탓에 긴가민가했지만, 그 차는 계속 가만히 멈춰 서 있었다. 문을 열고 차 안으로 들어가니 승객은 아무도 없었다. 알고 보니 마슈로카가 아닌 일반 승합차였으며, 히치하이킹을 하려고 하지도 않았는데 나를 태워 주기 위해 선뜻 멈춰 서신 것이었다. 아저씨의 친절하고 따뜻한 마음씨에 무척이나 감동을 받아 감사하다고 몇 번이나 인사를 드려도 그 마음이 모두 전해지기는 역부족이었다. 그때 아저씨께서 중간에 차를 멈춰 세우고 제과점에 들어가 비닐봉지에 담긴 소시지빵을 들고 다시 돌아오셨다. 그러고는 미안한 마음에 한사코 거절을 해도, 봉투에서 소시지빵을 꺼내 건네주셨다. 아르메니아 사람들은 왜 이렇게도 친절한 것인가. 이곳에서 나는 의심이 갈 정도로 친절하고 마음 따뜻한 사람들을 정말 많이 만났다. 도움을 요청할 때 선뜻 손길을 내밀던 사람들, 도움을 요청하지 않아도 도움을 주던 사람들. 이들의 따뜻한 마음을 아무 의심 없이 받지 못해서 미안한 마음이 들 때도 참 많았다. 너무나 순수하고 따뜻한 마음씨를 가진 사람들이 많은 나라여서 마음 한편에 오래도록 자리를 남겨두고 싶었다.

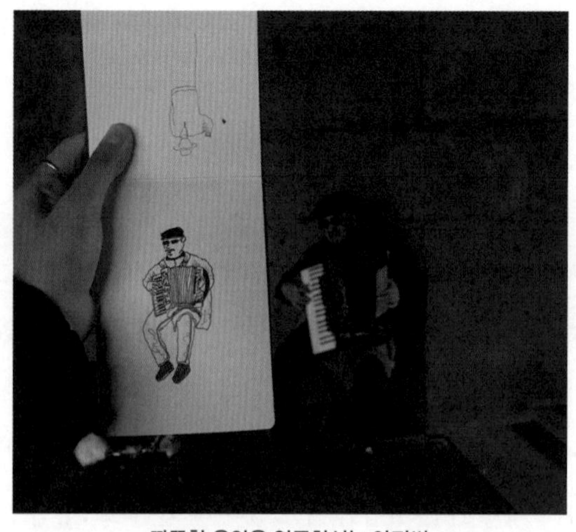

따뜻한 음악을 연주하시는 아저씨

조지아

트빌리시의 매력

아르메니아에서 버스를 타고 6시간을 달려 트빌리시에 도착했다. 숙소에 도착해 지친 몸을 이끌고 방으로 들어갔다. 밤늦게 도착한 탓에 자는 사람들에게 방해가 될까 봐 조금 걱정스런 마음이 들었다. 그런데 방 안에는 아무도 없었다. 딱 한 사람의 짐만 침대 위에 널브러져 있고 그 외에 다른 사람들의 짐은 전혀 보이지 않았다. 아싸! 운이 좋았다. 제일 구석진 침대 아래층을 고른 후 짐을 정리하고 트빌리시에서의 기분 좋은 첫날을 보냈다.

'자유의 광장'이라고 불리는 이곳은 트빌리시의 번화가 중 번화가였다. 자유광장역에 도착하자 물밀듯이 쏟아져 내리는 사람들. 그들 틈에 끼어 나도 쏟아져 내리듯 밖으로 나왔다. 역에서 나와 모퉁이를 돈지 얼마 지나지 않아 고소하고 짭조름한 냄새가 코를 자극했다. 아저씨께서 빨간색 기계를 길가에 세워 놓고 팝콘을 팔고 계셨다. 날씨가 쌀쌀해서 먹으면서 돌아다니기에는 손이 시릴 것 같았지만, 그 냄새는 도저히 지나칠 수 없을 정도로 고소했다. 갓 튀겨져 나올 팝콘을 기다리고 있으니 어느새 내 옆으로 엄마 손을 잡고 잔뜩 기대하는 눈빛으로 팝콘 기계를 바라보는 꼬마 아이가 서 있었다.

짭조름한 팝콘을 입에 넣으며 길을 걷는데, 바로 옆 차도에 지나다니는 차가 단 한 대도 없었다. 차도는 사람들이 점령한 것처럼 보행자들로 가득 차 있었다. 호기심이 생겨 사람들이 몰려 있는 쪽으로 발을 뗐다. 앞으로 가면 갈수록 많은 인파 탓에 움직이기가 힘들었고, 그 안에서 동양인은 나뿐인 것 같아서 괜히 민망한 기분이 들었다. 그들은 큰 건물 앞에 다 같이 모여 시위를 하고 있었다. 조지아의 국기를 한 손에 들고, 누군가 마이크에 대고 뭐라고 외치면 그곳에 있는 모든 이들이 그 말을 따라 외쳤다. 누군가는 마치 축제의 현장에 온 것처럼 스마트폰을 기다란 막대기에 테이프로 칭칭 감아 현장의 모습을 동영상으로 담고, 또 누군가는 나무에 기대 팝콘을 먹으며 이러한 모습을 지켜보고 있었다. 겨우 혼란 속을 비집고 한산한 거리로 나오니 텐트를 치고 시위를 하는 사람들의 모습도 보였다.

트빌리시는 크게 뉴 트빌리시와 올드 트빌리시로 나뉜다. 뉴 트빌리시는 대학교나 세련된 매장들로 가득하고 올드 트빌리시는 여행자들을 위한 구역이라고 할 수 있다. 먼저 뉴 트빌리시를 돌아보기로 했다. 오랜만에 느껴보는 사람들의 북적거림에 이상하게도 신이 났다. 어느새 여행 권태기는 벗어난 것인지, 마음속은 지루함 대신 설렘으로 가득 차고 있었다. 메인거리 자체는 서울의 명동과 크게 다를 것이 없었다. 무작정 앞으로, 앞으로 걷다가 문득 시선을 돌린 곳에는 노란 은행나무 잎이 길 위에 사뿐히 내려앉고 있었다. 이번 골목길은 나에게 또 어떤 선물을 줄까. 호기심과 설렘을 안고 가이드북에는 나오지 않는 곳으로 발걸음을 옮겼다. 골목길을 오르고 오르다 보면 점점 현지인들이 사는 작은 동네로 들어가게 된다. 돌로 만들어진 듯한 건물들과 '우리 집'을 상징하는 듯 개성 넘치는 곱고 진한 색의 대문들. 건너편에서 장바구니를 든 아주머니가 슈퍼마켓 앞을 지나치려다 멈춰 선다. 먹음직하게 진열되어 있는 과일들 중 가장 잘나 보이는 것들을 골라 가게 안으로 들어간다. 문이 따로 없고 두꺼운 비닐로 문을 만들어 놓은 그 가게 안으로 나도 들어갔다. 4평 남짓한 작은 가게 안은 정말 따뜻했다. 작지만 과자, 쿠키, 생활용품, 일회용품, 그리고 한국 과자까지 없는 것이 없었다. 설탕이 가득 들어간 봉지 커피를 하나 달라고 했더니, 종이컵에 커피 가루를 붓고 미리 데워 놓은 뜨거운 물을 부어 주셨다. 모두가 아는 맛있는 맛, 정말 달고 단순한 맛이었다.

골목에서 마주친 과일 고르는 아주머니

커피를 들고 밖으로 나와 또다시 예쁜 나무와 집이 보이는 골목길로 들어섰다. 하늘을 닮은 푸른색 지붕의 가게 앞에서 할머니가 활짝 열린 창문을 사이에 두고 주인아주머니와 이야기를 나누고 있었다. 무슨 이야기를 그렇게 열심히 나누시는지 궁금하기만 하다.

할머니의 수다

니카의 집에 초대받다

주인아저씨는 항상 저녁때 사무실 문을 잠가 놓고 자기 전에 히터를 반드시 꺼 달라고 부탁하고는 다음 날 아침에 다시 숙소로 돌아오셨다. 저녁을 먹고 숙소로 돌아오자 아저씨는 기다렸다는 듯 사무실에서 나오셨다. 아저씨께서 웃음 띤 얼굴로 오늘 방에 새로운 룸메이트가 왔는데 성격이 아주 좋은 사람이라며 칭찬을 하시고는 평소처럼 자신의 집으로 돌아갔다. 몇 시간 후 부엌 유리창 너머로 누군가 지나가는 것이 보였다. 새 룸메이트였다. 주인아저씨 말씀대로 얼굴에서부터 풍기는 인상이 매우 푸근하고 넉넉해 보이셨다. 그러나 아저씨는 영어를 한마디도 하시지 못했기 때문에 우리는 번역기를 이용해서 대화를 해야만 했다.

방으로 돌아와 서로의 핸드폰으로 대화를 나누었다. 그는 폴란드에서 왔으며, 이름은 빅터였다. 빅터는 배낭에서 비닐에 포장되어 있는 캔맥주 세트에서 2개를 풀어내 소시지와 함께 건네주었다. 그러더니 또다시 핸드폰으로 열심히 무언가를 적더니 나에게 보여 주었다. 조지아에 살고 있는 친구에게 선물로 주기 위해 폴란드에서 맥주를 챙겨 왔다고 했다. 얼마나 친한 친구인 걸까? 그는 친구 이야기를 하나둘씩 해 주기 시작했다. 침묵 속에서 몇 번이나 서로의 핸드폰을 보여 주며 대화 아닌 대화를 하는 것도 나름 재미가 있었다. 그런데 빅터가 잠시 무언가를 고민하는 듯하더니 다시 핸드폰으로 열심히 적어 내려가기 시작했다. 내일 아침에 조지아의 시골에 있는 그의 친구를 보러 갈 건데, 나도 함께 가지 않겠느냐는 내용이었다. 현지인의 집에 가 볼 수 있다니. 정말 쉽게 접하지 못할 기회였다. 그러나 오늘 처음 본 사람이기 때문에 아직 신뢰도 쌓이지 않은 상태에서 따라가는 것은 무모한 결정인 것 같기도 했다. 그리고 그 친구도 내가 있으면 불편해할 것 같았다. 빅터에게 그 친구가 나를 불편해할 것 같다는 생각을 전했더니, 그는 전혀 그렇게 생각하지 않을 것이라고 안심시켰다. 고민 끝에 어차피 하루뿐이고 다시 오지 않을 기회라고 생각해 다음 날 아침 같은 방향이라서 빅터를 태워 주겠다고 하셨던 주인아저씨의 차에 함께 올라타게 되었다.

출발 전, 빵과 마실 것을 사 왔다. 계획하지 않았던 낯선 곳에서 하루를 보내게 될 줄이야. 한 시간을 넘게 달리니 어느새 트빌리시의 예쁜 색감과 북적이는 사람들 대신, 아름다운 자연만이 눈앞에 펼쳐져 있었다. 산을 몇 시간이

나 오르고 작은 마을을 아무리 많이 지나쳐도 우리의 목적지는 나오지 않았다. 주인아저씨가 차를 마을 안쪽으로 몰았다. 창밖으로 보이는 마을 풍경은 시골에 계시는 우리 할머니 댁의 모습과 흡사했다. 젊은 사람들은 거의 보이지 않고 노인분들이나 어린아이들이 한적한 거리를 걸어가고 있었다. 명절에 오랜만에 만나는 친척의 집에 들어가는 기분으로 대문 안으로 발을 뗀 순간 귀여운 강아지들이 우리를 반겨 주었다. 강아지들은 오랜만에 본 빅터가 반가웠는지 꼬리를 살랑살랑 흔들며 그에게 안겼다.

큰 은행나무로 둘러싸인 2층으로 되어 있는 정말 아늑한 집이었다. 집 문을 열고 나오면 바로 앞에 창고 같은 것이 있었는데, 와인 저장고였는지 우리가 오자 그곳에 들어가서 와인을 한 병 떠서 잔에 따라 권해 주셨다. 구운 호두와 캐러멜, 적당히 달콤한 보랏빛 와인. "디디 마들로바!" '정말 감사합니다'라는 뜻의 조지아어이다. 간단한 인사말은 현지어로 하는 것이 서로에게 좋은 것 같아 자주 사용하곤 했다. 한국에 놀러 온 외국인이 '땡큐'라는 말보다 '감사합니다'라는 말을 했을 때 괜히 기분이 더 좋은 것과 마찬가지인 것 같다. 그때 누군가가 대문을 열고 들어왔다. 빅터의 친구였다. 빅터를 보자마자 반가워하며 격하게 서로 포옹을 하는 모습이 마치 삼촌과 조카의 모습 같았다. 나와 눈이 마주치자 그는 어색하게 악수를 권했다.

니카가 우리를 이끈 식당은 어두운 갈색 가구와 적당히 밝은 조명으로 꾸며져 있는 분위기 있는 레스토랑이었다. 니카는 돼지고기, 치즈를 넣고 구운 버섯, 그리고 갖가지 치즈와 빵, 레드 와인을 시켰다. 재료는 비슷하지만 요리를 하는 방식은 나라마다 매우 다르니 익숙한 재료인데도 낯선 맛을 내는 것이 신기했다. 점점 치즈를 곁들여 와인을 마시는 것도 익숙해지고 있었다. 빅터는 니카와 러시아어로 대화를 했는데 대화를 하다가도 내가 지루해할 것이 걱정되었는지 자주 핸드폰으로 번역기를 돌려 나에게 보여 주고는 했다. 내용은 이러했다.

'남, 걱정하지 마. 내가 너를 잘 챙겨 줄게. 먹고 싶지 않은 음식이 있거나 말하고 싶은 것이 있으면 언제든지 말해 줘. 조지아 사람들은 정말 친절하고 오픈 마인드야. 걱정 말고 편히 있어도 돼.'

조금 부담스럽지만 고마운 말이었다. 그리운 친구를 보러 오는 길에 나와 함께 가기로 결정을 하고, 지금 이 순간에도 계속해서 신경을 써주는 마음이. 빅터와 니카는 정말로 삼촌과 조카처럼 장난을 치며 웃다가도 한순간 진지한 얼굴로 이야기를 주고받기도 했는데, 무슨 내용인지 궁금했다. 마침 내 마음을 알아차렸는지 빅터가 번역을 해 주었는데, 니카가 얼마 전 조지아에서 개인적인 일로 이탈리아 여자를 만났었는데 며칠 동안 그 여자를 만나면서 마음이 생겼으나 결국 용기 내어 고백하지 못하고 그녀를 이탈리아로 떠나보내게 되었다는 내용이었다. 빅터는 니카에게 왜 진작 그 얘기를 자신에게 하지 않았는지 나무라고 있는 것 같았다.

레스토랑에서 긴 식사를 하고 어디로 가나, 했더니 이번에는 다른 레스토랑으로 차를 돌렸다. 마치 레스토랑 투어를 하는 기분이었다. 오랜만에 친구를 만났으니 와인을 많이 마시고 싶어 하는 것 같았다. 창가 자리로 나가니 동네 할아버지들이 모임을 하고 있는지 열 명이 조금 안 되는 사람들이 와인과 음식을 즐기고 있었다. 니카는 할아버지들과 포옹하며 반갑게 인사를 나누었다. 역시 좁은 동네라 그런지 모두가 서로를 알고 있는 눈치였다. 저녁을 먹고 배가 불러 수저를 내려놓을 때 즈음 니카와 빅터는 벌써 와인을 몇 병째 해치우고 있었다. 점점 눈이 풀려가는 빅터를 불안한 눈빛으로 쳐다보았다. 그때 바깥에서 익숙하고 흥겨운 노래 소리가 들려왔다. 설마, 하고 귀를 기울여 보니 방탄소년단의 노래가 흘러나오고 있었다! 어떻게 된 일인가 싶어 니카에게 물어보았더니 나를 위해 레스토랑 직원에게 특별히 요청한 것이었다.

신나 있는 나를 본 옆 테이블에 앉아 계시던 할아버지가 같이 춤을 추지 않겠느냐고 물어보셨다. 생전 처음 받아보는 춤 권유에 어쩔 줄 몰라하는데, 니카는 한번 추고 오라고 말했다. 어색하고 정말 나가기 싫었지만 무안해하실 것 같아 쭈뼛쭈뼛 할아버지 손을 잡고 레스토랑 정중앙으로 나갔다. 그런데 할아버지가 하는 대로 유럽식 춤을 출수록 아무리 생각해도 방탄소년단의 'DNA'에 맞추어 손을 맞잡고 마주 보며 왔다리갔다리 하는 춤은 영 내 취향이 아니었다.

결국 흥이 폭발해 버린 나는 매너는 조금 없는 행동일지 몰라도 제자리에서 방방 뛰기 시작했다. 그러고는 기둥 주위를 뛰어다니며 빙빙 돌면서 춤을 추었다. 처음에는 당황스러워하시던 할아버지가 내 뒤를 따라다니며 뛰어다니기 시작하셨다. 우리를 본 손님들과 웨이터는 배꼽을 잡고 웃으며 흔치 않은 풍경을 잊지 않기 위해 핸드폰을 들어 저마다 사진과 동영상을 찍기 시작했다. 땀이 날 정도로 춤을 춘 후 자리에 돌아와 앉으면서 '나도 참 미쳤다'라는 생각에 헛웃음이 나왔다.

택시를 타고 집으로 돌아가나 했는데, 니카는 와인을 잔뜩 마신 채로 운전을 했다. 정말 불안하기 짝이 없었다. Sia의 'Snowman'을 고요한 밤거리가 가득 차도록 크게 틀어놓고 집으로 달리기 시작했다. 어이가 없는 것은 빅터도 그런 니카를 말리지 않았다. 아니, 빅터는 이미 와인에 절어 니카를 말릴 수도 없는 상태였다.

내가 잠을 잤던 방은 2층에 있었는데 2층은 보온이 전혀 되지 않아 매우 추워서 아침이 되자 니카의 부모님이 계시는 거실로 내려가야 했다. 따뜻하고 아늑한 공기가 감도는 거실로 들어서니 니카의 어머니가 계셨다. 티를 내지는 않으셨지만 분명히 나를 불편해하실 거라는 생각이 들었다. 하루 동안 좋은 음식과 잠자리를 제공해 주신 것에 조금이라도 보답해 드리고 싶었다. 마침 유리창 틈새에 끼인 먼지를 걸레로 닦으려 하는 모습을 보고, 나에게 맡겨달라고 말씀드렸다. 한참을 괜찮다며 사양하셨지만 나의 끈질긴 부탁에 어쩔 수 없이 걸레를 넘겨주셨다. 먼지가 나가고 빛이 들어오도록 유리창 문을 활짝 열고 부지런히 닦기 시작했다. 밖으로 나가 유리창 반대편을 열심히 닦고 있는데 이제 일어났는지 졸린 눈을 비비며 빅터가 내려오고 있었다.

창문을 모두 닦고 나서 또 집안일을 돕겠다고 나서자, 웃으며 빨랫감들을 건네주시며 2층에 너는 곳이 있다고 말해 주셨다. 빨랫감이 들어 있는 바구니를 들고 2층으로 올라갔는데 우리 집에서는 실패한 포도 농사가 이 집에서는 잘 되고 있는지 포도나무 가지가 서로 얽히고 얽혀 그늘을 만들고 있었다. 구김이 가지 않게 탁탁 소리를 내며 옷을 털어 긴 끈을 하나씩 채워갔다. 밑을 보니 오래되어 의자 스펀지가 드러날 정도로 낡아빠진 트럭 안에 고양이가 빛을 온몸으로 받으며 낮잠을 즐기고 있었다. 사실 빅터를 따라 오기로 결정했던 이유는 이런 소소한 시골의 모습을 구경하는 것뿐이었다. 그러나 내가 한 가지 간과한 사실이 있었다. 빅터와 니카는 워낙 오랜만에 만난 사이이다 보니 할 이야기도 많고 또 그 과정에서 술이 빠질 수는 없었을 것이다. 그리고 나는 그 사이에서 로봇처럼 끼어 있을 수밖에 없었다. 말도 잘 통하지 않으니 그럴 수밖에.

거실로 내려온 나에게 빅터가 청천벽력 같은 말을 했다.

"하루만 더 있다 가는 건 어때?"

솔직히 말하면 어느 정도는 예상한 일이었다. 나 같아도 아쉬운 마음에 최소 며칠은 머물다 갈 것 같았다. 출발하기 전에 말해 줬다면 안 따라 왔을 텐데. 그러나 알겠다고 하는 수밖에 없었다. 나는 단지 그를 따라 온 사람이기 때문이며 빅터의 마음을 조금은 이해할 수 있기 때문이다.

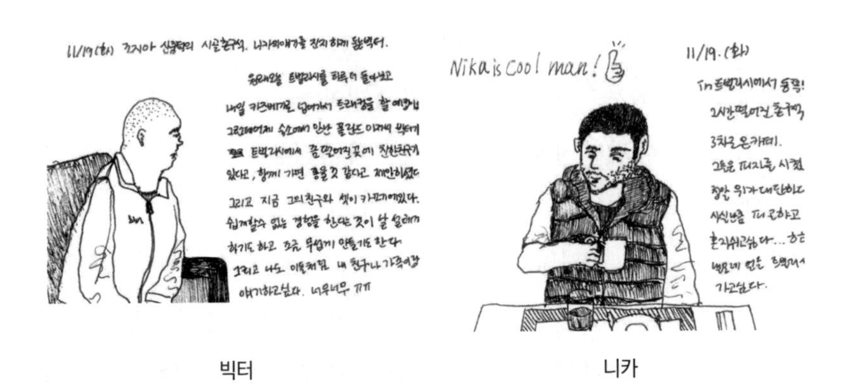

빅터 니카

역시나 이날도 레스토랑 투어를 했다. 어제 들렀던 레스토랑에 들어가 니카는 레드와인과 더불어 화이트와인까지 시켰다. 니카와 빅터가 와인을 마시며 열심히 얘기를 하는 동안 조용히 돼지고기와 치즈를 집어 먹었다. 빅터가 나를 신경 써 주며 자주 번역기를 돌려서 자기들끼리 무슨 이야기를 하고 있는지 알려 주고, 지루하지는 않는지 계속해서 물어봐 주었지만 그 어느 것도 눈에 들어오지 않았다. 이들처럼 누군가와 대화다운 대화를 하고 싶어서 답답해 미칠 것 같았다. 번역기를 이용한 대화에도 슬슬 한계점이 보이고 있었다.

낮부터 거나하게 취한 니카와 빅터는 그날 하루 동안에만 레스토랑에 총 3번을 들렀다. 나는 그저 그들을 따라 이리저리 움직이고 먹고 마시기만 할 뿐이었다.

마침내 둘째 날 아침이 왔다. 트빌리시로 돌아갈 생각에 잔뜩 설레어 있었는데, 창밖으로는 먹구름 사이로 비가 쏟아붓고 있었다. 예감이 좋지 않았다. 술이 덜 깨어 소파에 누워 있는 니카를 옆에 두고 빅터가 말했다.

“우리 하루만 더 있다 가지 않을래?”

아쉬운 마음은 충분히 이해할 수 있었지만 계속 말을 바꾸는 그가 조금은 원망스러웠다. 이제는 집에 돌아가고 싶다고 솔직하게 말을 하자, 빅터는 조금 당황한 눈치였다.

“오늘은 진짜 와인 많이 안 마실게. 걱정하지 말고 나를 믿어 줘.”

굽히지 않고 마슈로카를 타야 하는 곳과 시간만 말해 주면 혼자 돌아가겠다고 하니 그럴 수는 없다며 그는 나와 함께 트빌리시로 돌아가는 마슈로카에 몸을 실었다.

니카의 아버지는 와인 저장고로 들어가 직접 만드신 와인을 페트병에 가득 담아 주셨다. 그러고는 빗속에서 마슈로카가 떠날 때까지 우리를 배웅해 주셨다. 빅터의 뒤에 앉아 가만히 창밖을 바라보았다. 비가 내려 뿌얘진 창을 옷깃으로 조심스레 닦아 밖을 보았다. 이곳에서 이틀을 보냈다는 것이 믿기지 않았다. 오기 힘든 곳이니 아마 이번이 마지막이겠지.

사랑스러운 올드 트빌리시

트빌리시의 진정한 매력은 올드 트빌리시에 있었다. 자유 광장에서 조금만 걸어가면 여행자들이 머무는 숙소와 유명한 온천 목욕탕이 밀집되어 있고, 그 주변을 중심으로 기념품숍, 바, 고급 레스토랑이 밀집해 있었다. 아직 11월이지만 벌써부터 거리에는 크리스마스 분위기가 흐르고 있었다. 몇몇 가게

들은 크리스마스트리에 전구도 달고 초록과 빨강의 장신구로 꾸며 놓고 지나다니는 사람들의 눈길을 끌었다. 그러나 금세 메인거리에 질려 버린 나는 언제나처럼 딴 길로 새 버리고 말았다. 골목길은 케이블카를 타러갈 수 있는 언덕으로 이어져 있었는데 가는 길은 재미가 쏠쏠했다. 오래되어 방치된 마을을 다시 개조한 듯 낡은 건물에 파스텔톤의 색을 입히고 진분홍, 주홍색 꽃들이 심어져 있는 작은 화분을 테라스에 걸어 놓은 모양새가 꼭 엽서 속 그림처럼 보였다.

영화 〈브리짓 존스의 일기〉의 한 장면

여행자 거리답게 아기자기하고 분위기 있는 카페들도 많았는데, 주홍빛 작은 전구들이 길게 둘러져 있는 가게가 눈에 들어 왔다. 쌀쌀한 날씨에도 상큼한 사과주스가 마시고 싶어 사과주스와 티라미수 작은 조각을 주문했다. 티

예쁜 옷 입은 오래된 집들

라미수를 한 입 떠 입안에 넣으니 보드랍고 달콤한 크림이 입안을 감돌았다. 이보다 여유로울 수는 없었다. 이 시간을 놓치고 싶지 않아 가방에서 얼른 드로잉북과 펜을 꺼냈다. 추운 날씨에 어울리는 따뜻하고 낭만적인 영화의 장면이 그리고 싶어져 내가 사랑하는 영화, 〈브리짓 존스의 일기〉 속 장면들을 뒤져보기 시작했다.

벽돌이 반구 모양으로 둥글게 쌓여 있는 온천의 지붕 위로 뜨거운 김이 수분을 가득 머금은 구름처럼 뿜어져 나오고 있었다. 워낙 온천으로 유명해서 각각의 온천에는 번호도 정해져 있었다. 내가 가려고 찾는 곳은 'No. 5'였다. 이곳은 신기하게도 남자는 대중탕이 있지만 여자는 비싼 프라이빗 탕 밖에 없었다. 그러다 우연히 No. 5에서 저렴하게 온천물 샤워를 즐길 수 있다는 말을 들어 이곳으로 오기로 한 것이었다. 앞에서 석류주스를 파는 아주머니들을 지나 목욕탕 안으로 들어갔다.

"감마르조바. 원 퍼블릭 플리즈."

우리나라 목욕탕의 1/3 가격이라니. 정말 싼 금액이었다. 습하고 따뜻한 공기가 감도는 탕 밖 탈의실에는 아주머니들이 모여서 홍차를 즐기고 있었다. 나를 본 한 아주머니가 다가와서 손으로 팔을 문지르는 시늉을 했다. 때를 밀지 않겠느냐는 것이었다. 어후, 아무리 그래도 외국에서 때까지 미는 건 아직 민망한 일이었다. 안 한다는 말을 듣고 아쉬운 표정을 지으며 돌아서는 아주머니. 목욕탕에 온 것은 정말 오랜만이었다. 원래 김이 모락모락 나는 뜨끈한 물속에 몸이 빨개질 때까지 앉아 있는 것을 즐겼는데, 시간이 흐를수록 귀찮아서 엄마가 목욕탕을 가자고 할 때마다 거절하곤 했었다. 오랜만에 낯선 사람들 앞에서 나의 맨몸을 보여 주는 것이 조금 민망해서 괜히 다른 사람들이 먼저 탕 속으로 들어가기를 바라면서 느릿느릿 옷을 벗었다.

저녁 시간이라 그런지 목욕탕은 아주머니들과 엄마 손을 붙잡고 나온 아이들로 차 있었다. 구석 자리의 샤워기 앞으로 가 쭈뼛쭈뼛 온수가 나오는 버튼을 눌렀는데, 물이 뜨거워도 너무 뜨거웠다. 몸이 데일 것만 같아 찬물이 나오도록 조절하고 싶었지만 계속해서 뜨거운 물만 나올 뿐이었다. 샤워기와 혼자 씨름하고 있는 나를 보더니 옆에서 느긋하게 뜨거운 물을 즐기던 아주머니께서 손을 내밀어 온도를 조절해 주셨다. 그러고는 온천물은 양치하기에는 좋지 않으니까 수돗물을 이용하라며 맞은편의 작은 수도꼭지를 가리키셨다. 고마운 마음과 동시에 외국인과 알몸으로 대화를 하니 약간 민망한 기분이 드는 것 또한 어쩔 수 없었다.

목욕을 마치고 밖으로 나와 옷을 갈아입다 보니 탈의실 맞은편에 작은 방이 있다는 것을 알았다. 그 방 안에는 거울과 크림, 빗이 놓여 있었는데 머리카락 한 올 나오지 않도록 깔끔하게 위로 올려 묶은 머리를 한 꼬마가 어머니의 머리를 공들여 묶어 주고 있는 아주머니의 손길을 바라보고 있었다. 어머니가 나를 보지 못하는 위치에서, 아이에게 "헬로우"라며 작게 인사를 했더니 아이는 별난 외국인이라는 듯 웃으며 어머니를 툭툭 치며 나를 보라고 한다.

언덕 위에서 본 트빌리시의 밤은 반짝반짝 빛나고 있었다. 밑에 있을 땐 이렇게 빛이 많이 있는 줄 몰랐는데. 물이 흐르고, 그 앞에 있는 성벽에서는 빛이 흘러나와 성벽을 밤에도 아름답게 보이도록 밝게 물들이고 있었다. 낮에 보았던 정교하고 웅장한 교회가 멀리서 찬란한 황금빛을 두르고 있었다.

조지아에서의 시간은 아주 느리고, 평온하게 흐르고 있었다. 평범한 것에서 점점 지루함이 아닌 즐거움을 느끼고 낯선 사람들과 대화를 하는 시간들이 값지게 느껴지기만 했다.

벌써 11월에 접어들었다. 원래 계획했던 귀국 날짜가 다가오고 있었다. 그러나 이대로 한국에 돌아가기에는 아쉬운 마음이 들었다. 이곳에서의 나는 감사할 정도로 자유롭고 행복한데, 한국에서도 이렇게 살아갈 수 있을지 두려운 마음이 들었다. 여행을 싫어하는 사람은 없다. 공항에서 마주치는 사람들의 얼굴은 설렘으로 가득하기만 하다. 일상으로 돌아가는 것이 지루하고 힘든 일이어야만 할까? 여행지가 아닌 일터나 학교, 내 방으로 돌아가는 발걸음이 또 다른 설렘으로 두근댈 수는 없는 걸까?

유럽의 국가들과 이집트, 요르단, 아르메니아, 조지아를 여행하고 포르투갈에서 스페인까지 순례길을 걸으면서 내가 가장 큰 기쁨을 느낀 순간들에는 묘하게 공통점이 있었다. 따뜻한 햇살을 즐길 때, 맛있는 음식을 먹을 때, 내 그림을 보고 미소를 띠는 사람들의 표정을 볼 때. 모두 민망할 정도로 아주 사소한 것들이었다. 그리고 한국의 내가 있는 장소에서도 거의 매일 누려 왔던 것들이기도 하다. 여행은 서둘러 째깍째깍 달려가는 한국에서의 시간 속에서 미처 잊고 살아가던 감사한 일들을 다시 떠올릴 수 있도록 도와주는 수단이기도 하다. 어디에 있는지는 중요하지 않다. 지금 누리고 있는 시공간 속에서도 충분히 기쁨을 누릴 수 있다. 그리고 그 기쁨을 알아가는 것은 정말 소중하고 감사한 일이다.

여행은 여행, 일상은 일상. 이분법적으로 구분하는 것도 괜찮은 방법이다. 그러나 한 가지 분명한 사실은 우리의 삶에서 여행을 하는 시간보다 그렇지 않는 시간이 훨씬 길다는 것이다. 그러니까 지금 있는 바로 그 장소에서 곁에 있는 사람들과 누리고 있는 시간을 바라보는 자세를 바꾼다면 일상도 여행 못지않게 찬란하게 빛나지 않을까.

소소한 행복, 지하상가의 저렴하고 맛있는 빵들

숙소에서 만난 당찬 한국인 언니와 이란 아저씨

11월 말이면 트래킹을 하기에는 많이 춥다는 말에 카즈베기로 이동하는 계획을 전면 취소했다. 계획했던 트래킹이 취소되면서 트빌리시에 머물게 된 기간이 길어져 새로운 숙소로 이동하기로 했다.

겉옷을 두 개씩 겹쳐 입지 않으면 견디기 힘든 날이었다. 숙소 대문을 열고 들어가자 차가운 바깥 공기에 대비되는 공기 때문에 안경에 허연 김이 서렸다. 배낭을 메고 들어오는 나를 보고서 로비에서 위스키를 마시고 있는 남자가 인사를 했다.

"오늘 왔나 보네요. 전 무하마드예요. 이름이 뭐예요?"

이란에서 온 사람이었는데, 처음 보는 나에게 위스키를 권하던 그는 숙소에서 만난 사람들과 꽤 친해진 것 같았다. 바로 전에 머물렀던 숙소와 분위기가 전혀 딴판이었다. 대부분의 사람들이 방에서 커튼을 치고 핸드폰을 하며 혼자만의 시간을 보내고 있는 것이 아니라 모두 로비, 주방에 나와서 음식과 술을 먹으며 편한 자세로 이야기를 나누고 있었다. 마치 이곳에서 만난 사이가 아니라 이전부터 오랫동안 알고 지낸 사이처럼. 싫지만은 않은 낯선 분위기 속에서 사람들을 지나 방으로 들어왔다. 기분 좋은 북적거림이었다.

친절했던 무하마드

숙소 하나 이동했다고 쉬고 싶은 마음에 첫날은 침대 위에서 혼자 시간을 보내기로 마음먹었다. 사실 밖에서 화기애애하게 들려오는 사람들의 목소리와 웃음소리에 나가고 싶은 마음이 피어오르고 있었지만 먼저 다가가는 것이 조금 부끄럽게 느껴졌다. 생각해 보면 여행지에서 만났던 많은 인연들은 내가 먼저 다가가서 알게 된 경우보다 상대방이 먼저 다가온 경우가 더 많았다. 누군가 방문을 열고 들어와서 작은 목소리로 속닥거리며 침대 주변을 돌아다니기 시작했다. 누구를 찾고 있는 것 같았다. 목소리는 내 앞에서 멈췄다. 침대의 커튼을 조심스레 열어 말을 건 사람은 낮에 주방에서 보았던 한국인 언니였다.

"같이 와인 드실래요?"

지금까지 숙소에서 만났던 많은 사람들 중 침대 커튼을 열어젖힌 사람은 언니뿐이었다. 언니가 사람들 사이에서 이야기보따리를 마구 풀어놓는 모습을 보았는데 아주 쾌활한 성격의 소유자인 것 같았다. 갑자기 커튼을 열어 조금 당황스러웠지만 아무렇지 않게 '우리랑 같이 놀자'고 말해 준 언니. 뭔가 재미있다는 느낌이 들었다. 이게 이렇게 자연스럽고 편하게 할 수 있는 일이었던가? 까무잡잡한 얼굴에는 언니가 여행을 오랫동안 해 오고 있음이 역력히 드러났다. 언니는 어떤 여행을 해 오고 있을지, 언니의 여행 이야기가 듣고 싶었다.

온천욕에 반해 버려 여유를 즐기다가 원래 만나기로 했었던 시간에 늦어버렸다. 전날 무하마드가 일주일에 한두 번 숙소에서 저녁 7시에 '킨칼리(조지아식 만두) 파티'를 하니까 그전까지 오라고 했었지만 숙소에 도착했을 때는 이미 8시가 조금 넘은 시간이었다.

전날 본 한국인 언니의 이름은 '희영'이었다. 희영 언니와 무하마드, 숙소 직원과 낯선 얼굴들이 주방에 모여 킨칼리를 먹으며 웃으며 대화를 하고 있었다. 희영 언니는 남아 있던 킨칼리 하나를 내 입안으로 넣어 주며 "우리가 만들었어요!"라고 미소 띤 얼굴로 자랑스레 말해 주었다. 어떤 재료가 들어갔는지는 모르겠지만 킨칼리는 정말 맛있었다. 큰 냄비 안에는 킨칼리 몇 개가 동동 띄워져 있는 뿌연 국물이 가득 차 있었다.

"너무 맛있어요! 그런데 어떻게 만든 거예요?"

이걸 만들어 먹기 위해서 낯설고 어색한 사람들과 마트에 가서 재료를 사오고, 그걸 가지고 다 같이 반죽을 만들고, 만두피를 빚고, 재료를 준비하고, 물에 삶았을 과정이 자연스레 머릿속에 떠올랐다. 사실 어색한 사람과 밥을 먹는 것도 쉽지는 않은 일인데 언니는 '어색함을 뚫고 처음 보는 사람들과 발을 맞추어 가는 것' 자체를 자연스럽게 즐기고 있었다. 사실 나는 그러한 상황이 올 때마다 노력을 하는 것이 귀찮아 계속 피하려고 했다. 나와는 너무나 다른 사람들과 발을 맞추고 함께 무언가를 만들어 나가기 위한 노력. 내가 먼저 적극적으로 다가가려고 하지 않는 소심한 부끄럼쟁이의 모습에 지나지 않았다는 사실이 나와 상반되는 언니의 모습을 통해 강하게 마음속을 파고들었다.

방에 들어가 배낭 옆구리에 넣고 아직 한 입도 마시지 않은 와인을 꺼내 들고 설레는 마음으로 주방으로 갔다. 나를 보자 반갑게 인사해 주는 사람들을 보니 괜시리 마음이 편안해졌다. 각자 가지고 온 음식들을 나누어 먹고 웃고 떠들며 새로운 밤이 넘어가고 있었다.

며칠 후 조지아를 떠난다는 말을 듣고 무하마드는 같이 저녁이라도 먹자며 자기가 몇 번 갔었던 레스토랑의 주소를 보내주었다. 아무래도 조지아에서 고마운 인연을 특히 많이 만나고 있는 것 같다는 생각에 감사한 마음이 들었다. 이번에는 늦지 않기 위해 레스토랑 쪽으로 서둘러 발걸음을 옮겼다. 가게 안으로 들어가 두리번거리다 고개를 멈춘 곳에는 무하마드, 그리고 희영 언니와 언니의 독일인 남자친구인 마리우스, 그리고 아직 말은 많이 못 해 본 영국에서 온 남자가 먼저 와서 기다리고 있었다. 알고 보니 우리가 식당에서 만나기로 했다는 얘기를 듣고 희영 언니가 같이 가도 괜찮겠느냐고 해서 이렇게 5명이 모이게 된 것이었다. 난생처음 보는 맛있는 요리들과 와인이 하나둘씩 테이블 위를 채워나갔다. 처음에는 5명이서 하던 이야기가 어느새 언니와 나, 그리고 남은 사람들 무리로 나뉘어 이어졌다. 오랜만에 만난 한국인이 반가워 우리는 방언 터진 사람 마냥 신나게 떠들었다.

언니는 올해 초부터 여행을 시작해서 거의 1년째 여행 중이라는 말을 했다. 그리고 그중에서 근 반년을 인도에서만 머물렀다는 말도 덧붙였다. 나는 이곳 다음 여행지로 인도를 갈 예정인데 시간 관계상 열흘 정도만 머물게 될 것 같다고 하자 언니는 진심으로 안타까워하는 표정을 지었다. 열흘은 인도의 매력을 알기에 너무 짧은 시간이라는 것이 이유였다. 인도에서 언니가 겪었던 많은 일들을 들으면서, 도대체 어떤 매력이 희영 언니를 5개월 동안 그곳에 정착하도록 만들었을지 궁금했다.

정신없이 이야기를 하며 먹다 보니 어느새 접시는 바닥을 보이고 있었다. 친절한 무하마드는 우리가 손이 닿지 않을까 봐 자기 쪽에 있는 접시를 음식별로 번갈아 가면서 건네주며 덜어가라는 말을 덧붙였다. 배가 덜 부른 상태였지만 얼마 남지 않은 음식들로 수저를 뻗는 것에는 눈치가 보여 와인만 홀짝거리고 있었다. 그때 "고마워요"라고 하며 희영 언니가 접시를 받아들었다. 언니는 숙소에서도 매번 같은 행동을 보였었다. 다른 사람들이 달걀이나 야채를 가지고 오믈렛을 만들어 먹거나 내가 고추장을 넣어 볶음밥을 해 먹을 때도 음식을 권하면 단 한 번도 거절한 적이 없었다. 항상 "고마워요"라는 말과 함께 아주 맛깔나게 먹고서는, 언니가 가져온 음식들을 또다시 누군가와 기쁘게 나눠 먹곤 했었다. 정말 재미있는 건 그런 언니의 모습이 전혀 미워 보이지 않았다는 거다. 나는 항상 무언가를 권유받으면 '이만큼 받으면 또 이만큼 줘야겠지'라는 생각이 들어 예의상 거절하고는 했었다. 그러나 내가 할 일은 그저 순수한 마음으로 기쁘게 받고, 또 받은 만큼 기쁘게 되돌려 주는 일뿐이었다. 어찌 보면 어린아이와 같은 언니의 모습은 또 하나의 신선한 충격을 가져다주었다.

《니체의 말》이라는 책의 귀퉁이에 적혀 있던 구절이 떠올랐다.

"부끄러워하지 말고, 참지 말고, 사양하지 말고 솔직한 마음으로 아이들처럼 기뻐하라. 기뻐하라. 이 인생, 더욱더 기뻐하라."

11

인도

델리의 첫 인상

'쾅.'

여행하며 듣는 소리 중 가장 반가운 소리, 여권에 도장이 찍히는 소리다. 그동안 지나쳐 온 나라들의 흔적이 고이 새겨진 누런 종이들을 넘기니 새로운 도장이 찍혀 있었다. 파란색의 네모난 상자 안에 빨간색 글자가 적혀 있었다. '29. NOV. 2019' 2019년 11월 29일. 인도에 온 날이다. 이곳에서 일어나게 될 일들에 가슴이 두근대서 친구나 가족에게 실컷 자랑을 했었다. 그러나 인도에 대한 갖가지 안 좋은 뉴스들에 그들은 걱정이 담긴 말을 하며 여행이 무사히 끝나기를 바라는 기도를 해 주겠다고 했다. 그들의 소중하고 간절한 기도가 신이 나를 지켜주시는데 한몫하기를 바라며 이곳에서의 여정이 무사히, 그리고 걱정했던 것과는 달리 정말 재미있게 지나가기를 바라고, 또 바랐다.

숙소에 짐을 풀고 나서 생각해 보니 아침부터 저녁까지 아무것도 먹은 것이 없었다. 그 사실을 깨닫고 나니 더 배가 고파지는 것 같았다. 서둘러 옷을 갈아입고 지갑을 챙겨 밖으로 나왔다. 델리에서 혼잡하기로 악명이 나 있는 '빠하르간즈'는 숙소 바로 뒤편에 위치해 있었다. 모퉁이를 돌아 뒷골목으로 향하니 인도에 온 것이 조금씩 실감이 났다. 과일을 갈아서 주스를 팔고 있는 생과일주스 가게, 각종 생필품과 음식을 파는 슈퍼, 인도 전통 옷 사리와 각종 기념품을 파는 가게, 그리고 그사이에는 헤나 타투를 그려 주는 사람이 길 위에 천을 깔고 앉아 있기도 하고 연두색 천을 두른 릭샤가 사이를 비집고 지나가고 있었다. 그런데 신기하게도 릭샤와 오토바이가 진을 치고 거리에는 쓰레기가 나뒹구는 모습이 충격적이지 않고 오히려 익숙한 기분이 들었다. 이집트에서 바하리야 사막 투어를 할 때 인도인 아저씨가 해 주신 말이 기억이 났다.

빠하르간즈 뒷골목, 낮잠 자는 남자

"인도는 이집트랑 아주 비슷해요. 더럽고, 혼잡해요."

아, 그래! 이집트랑 비슷한 느낌이다. 아저씨의 말은 정말 사실이었다. 그

덕분에 비위생적인 것을 보거나 혼잡한 거리를 보아도 이집트에서처럼 심장이 벌렁벌렁 뛰고 손에 땀이 나는 상황은 생기지 않을 것 같았다. 마치 선행학습을 한 기분이랄까.

길거리 음식 천국 인도에서의 첫 번째 간식은 얇은 밀가루를 동그랗게 말고 속을 뻥 뚫어서 튀긴 다음 그 속에 향신료가 들어 있는 차가운 소스를 부어 주는 음식이었다. 설레는 마음으로 작은 공처럼 생긴 그것을 입속으로 통째로 넣어 버렸다. 그런데, 이게 대체 무슨 맛인가. 차가운 소스에서는 하수구에서 흐르는 물 냄새와 이상한 비린 맛이 났다. 내 표정을 보고 있는 아저씨께 차마 찡그린 얼굴은 보여 드릴 수 없었지만 나에게는 최악의 음식임이 분명했다. 아저씨께서 접시에 하나를 더 얹어 주려고 하셨지만 나는 겨우 1개 먹은 값만 지불하고서는 황급히 근처 식당으로 발걸음을 돌렸다.

지하철 타러 가는 사람들

다음 날 올드델리로 가기 위해 들어간 지하철역 안은 깔끔하고 현대적인 모습이었다. 심지어 지하철 안도 마찬가지였다. 아마 인도에서 도시적인 모습이 가장 잘 드러나는 부분 중 하나는 델리의 '메트로'가 아닐까. 눈앞에 보이는 거리는 이름 그대로 올드한 느낌을 물씬 풍기고 있었고 누런 공기는 심각하게 탁하고 매캐했다.

걷다 보니 좀 전보다 거리는 훨씬 사람들로 붐비고 있었다. 차가 지나다니지 못하도록 막아 놓은 큰 거리는 두 갈래로 나뉘어져 온갖 종류의 사리(인도 전통 의상), 천, 팔찌와 귀걸이 등의 장신구를 파는 가게들이 줄지어 있었다. '후아-' 가볍게 심호흡을 하고 그들의 세상 속으로 들어가기 위해 낯선 어깨들 사이로 몸을 구겨 넣었다. 내 몸은 이미 자유롭게 움직일 수 있는 상태가 아니었다. 앞 사람이 멈추면 나도 멈춰야 했고, 앞 사람이 빠르게 걸으면 그를 따라 빠르게 걸어서 길이 막히지 않도록 해야 했다. 그만큼 좁게 나 있는 상점가는 사람들로 복작복작, 정신이 없었다.

그런 와중에 반짝거리며 눈길을 끄는 것이 있었다. 영롱한 빛을 띠는 구슬이 알알이 박혀 있는 전통무늬의 뱅글 팔찌였다. 정신없이 지나다니는 사람들을 제치고 가게 안으로 들어가 바구니에 담겨 있는 팔찌들의 무늬를 하나하나 뜯어보았다. 그러고는 자랑스럽게 흰색 작은 구슬이 박혀 있는 팔찌를 골라 계산하고 밖으로 나왔다. 숙소에 돌아와 설레는 마음으로 손목에 조심스레 끼워 보려는데 글쎄, 팔찌는 손가락 마디에서 멈춰 더 이상 들어가지를 않았다. 사이즈를 잘못 고른 것이었다. 하도 어이가 없어서 나도 모르게 허탈한 웃음이 나왔다.

시위

폐 속에 더러운 이물질이 차곡차곡 쌓일 것만 같아 마스크를 끼고 단단히 무장한 채 숙소 밖으로 나왔다. 밤만 되면 시끄러운 음악 소리와 쿵쿵거리는 드럼 소리로 거리를 가득 채우는 클럽도 낮이 되니 조용했다. 오늘도 까무잡잡한 소는 자꾸만 달라붙는 파리가 귀찮은 듯이 꼬리를 흔들며 길가 어느 구석에 누워 있었다. 차도에는 차가 지나다니지 않는 대신 힌디어가 써 있는 진한 푸른색 모자를 쓴 사람들이 차도를 점령하고 있었다. 시위를 하고 있는 것 같았다. 젊은 남자들이 먼저 앞에서 걸어가면 안경 쓴 남자의 얼굴이 그려진 길고 커다란 플래카드를 들고 여자들과 아이들이 그 뒤를 따르고 있었다.

시위

그때 누군가가 내 곁을 지나며 '헬로우'라고 인사를 했다.

"헬로우! 오늘 근데 무슨 날이에요?"

"아, 오늘 힌두교 공휴일이에요."

아하, 그래서 거리에 사람들이 이렇게 많이 나와 있었던 거구나. 쉽게 볼 수 없는 모습을 담고 싶어 열심히 영상을 찍는 나의 모습을 흘끗흘끗 보며 사람들이 지나갔다. 시위를 하던 무리 중 한 사람이 마이크를 들고 다가와 인터뷰 요청을 했다. "두 유 노우 어쩌구"라고 했는데 끝까지 무슨 말인지 알아듣지 못하는 나에게 자신들이 하고 있는 시위에 대해 열심히 설명하더니, 따라하라며 알 수 없는 힌디어를 마이크에 대고 외쳤다. 그 사이에 언제 이렇게 많이 모였나 싶은 생각이 들 정도로 사람들이 나를 동물원의 원숭이 보듯 에워싸고 사진을 찍고 있었다. 인터뷰에 대답하고 있는 외국인의 모습이 이들 눈에는 신기했던 모양이다.

14억 인구를 실감하다

대부분의 인도 사람들이 굳게 믿고 있는 종교, 힌두교의 건축 양식이 드러나는 사원이 보고 싶었다. 늦지 않게 갔다고 생각하고 저 멀리 붉은색 머리의 사원이 보이는 곳까지 온 순간 '아차' 싶었다. 열 줄 정도 되어 보이는 줄들이 꼬리가 어딘지 모를 정도로 길게 늘어져 있었다. 모두 사원 안으로 들어가기 전에 소지품 검사를 받기 위해 기다리는 사람들이었다. 14억 인구의 나라인데다, 심지어 힌두교의 공휴일이니 사람이 많은 것은 당연지사였다. 기다리는 수밖에 없었다. 재미있는 것은 인도 사람들은 이제 기다리는 것쯤은 아무것도 아닌 일이라는 듯 잔뜩 설레어 보이는 얼굴을 하고서는 함께 온 이들과 이야기를 주고받고 있었다. 나이든 사람이든, 어린 사람이든 여자든 남자든 모두 하나같이 머리부터 옷, 신발까지 잔뜩 힘을 주고 사원에 들어가기를 기다리고 있었다.

안타깝게도 악셔드햄은 '사진 촬영 절대 불가'였다. 입구에 들어가기 전부터 몇 번이나 휴대폰이나 카메라, 드론 등이 있는지를 검사하고 또 검사한다. 아쉽지만 내 눈 속에, 마음속에 고이고이 잘 담아 가야겠다고 다짐했다. 입구에 들어서자 아주 길게 늘어져 있는 길 끝에 연노란색의 사원이 웅장한 모습을 드러내고 있었다. 사원이 있는 터는 엄청나게 넓고 또 길도 많아 앞서가는 사람들을 따라가지 않으면 길을 잃을 것 같기까지 했다. 옅은 노란색의 둥근 지붕은 이집트와 요르단에서 보았던 이슬람 사원을 떠올리게 했다. 그러나 사원 밑에 놓여 있는 연베이지색의 작은 코끼리 가족 조각상들과 얇은 줄이 세세하게 그어져 있어 정교한 느낌을 주는 기둥, 그리고 부처상이 새겨져 있는 외벽은 이집트와 요르단에서 보았던 사원과는 확연히 차이가 있었다.

곧 워터쇼가 진행된다는 말에 서둘러 걸음을 옮겼다. 워터쇼는 조용한 음악과 함께 은은한 조명이 사원 외벽을 비추며 이야기를 시작하고 있었다. 초등학교 고학년 정도 되어 보이는 어린 남자아이 4명이 나와 간단한 춤을 추고 인사를 하며 이야기는 시작되었다. 힌디어로 진행되는 이야기라 무슨 내용인지는 정확히 알 수 없었지만 불의 신, 물의 신, 바람의 신이 나오고 각각의 신이 비명을 지르며 사라질 때마다 조명과 분수대에서 내뿜는 물은 건물 외벽을 불에 타거나 물에 잠기거나 바람이 불어 부서지는 것처럼 나타내고 있었다. 기대했던 것보다 사실적으로 표현한 모습에 놀라 정말 빠져들어서 쇼를 볼 수 있었다.

빠하르간즈에서 만난 현지인의 집에 초대받다

델리에 머문 지도 벌써 나흘째. 슬슬 구경거리가 떨어져 심심해하던 찰나에 이곳에서도 아빠가 부탁한 기념품들을 사 가야겠다는 생각이 들었다. 먹을 것과 화려한 옷뿐만 아니라 기념품 가게가 즐비한 빠하르간즈로 갔다. 복작복작한 오토바이와 사람들, 바쁘게 돌아다니는 초록 릭샤 사이로 인도 전통 문양의 큰 천과 헤나 타투를 할 때 쓰는 잉크, 거대한 도깨비 방망이 같은 모양의 풍선까지 구경하는 재미가 쏠쏠했다. 그들 사이로 아슬아슬하게 지나가며 마스크로 얼굴을 반 정도 덮은 채 터벅터벅 돌아다녔다.

그때 또 누군가 다가와 말을 걸었다. '또'라고 표현한 이유는 인도에서 길을 걷다 보면 하루에 최소 한 번쯤은 현지인이 나에게 말을 거는 것이 자연스러운 일이 되기 때문이다. 이런 식으로 접근했던 여행사 직원들을 만난 적이 있어서 처음에는 대충 대답하고 돌려보내려고 했다. 그런데 몇 번 이야기를 주고 받다 보니 이번만큼은 여행사 직원이 아닌 것 같다는 생각이 들었다. 얘기를 나누며 걷다가 이곳에 맛있는 홍차 가게가 있다고 해서 자연스레 그쪽으로 향했다.

"이거 얼마 주고 했어?"

그의 이름은 리켈리였다. 리켈리는 내 오른팔에 화려하게 그려진 헤나 타투를 보며 물었다.

"500루피 주고 했어!"

"뭐? 그거 100루피면 할 수 있는 건데."

800루피를 부른 걸 겨우 깎아서 나름 자랑스러워하고 있었는데 원래는 100루피라니.

우유에 홍차가루, 설탕, 생강을 넣어 끓여 만든 짜이. 하도 많이 마셔서 나에게 있어서 '인도' 하면 떠오르는 바로 그 맛이 되어 버렸다. 대부분의 짜이가 맛있기는 하지만 어떤 가게들은 홍차가루를 많이 안 넣었는지 묽은 맛이 나곤 한다. 또는 생강이 너무 많이 들어가 내가 좋아하는 달달한 맛이 덜 느껴져 아쉬울 때도 있었다. 리켈리가 이끌고 간 가게에는 벌써 현지인들이 둥글게 서서 짜이를 한 모금씩 들이켜고 있었다. 외국인은 한 명도 없고 현지인만 잔뜩 있는 걸 보니 정말 현지 맛집임이 분명했다. 소주잔 크기 정도의 작은 종이컵에 나오는 짜이를 받아들고 호호 불어 한 모금을 머금었다.

"남, 오늘 힌두교에서 중요한 행사기간이라서 이따 사원에 갈 건데, 너도 같이 갈래?"

사원을 보는 건 한두 번으로 족하다고 생각했는데, 사원의 화려함에 대한 끝없는 칭찬에 못 이겨 결국 리켈리를 따라나서기로 했다.

이곳도 다른 사원들과 마찬가지로 신발을 벗지 않으면 들어갈 수 없었다. 코를 찌르는 시큼한 발냄새가 진동하는 신발장 앞에 서서 너도나도 신발을 벗고 있었다. 정말 힌두교 행사기간이었는지, 바닥에 앉아 힌디어를 중얼거리며 신을 향한 일종의 의식을 치르고 있는 사람들로 가득 차 있었다. 나가는 문에 이르기 전, 리켈리가 '이분이 신이야'라고 하며 가리킨 조각상 앞에 서서 가만히 그 형상을 지켜보았는데 14억 인구의 인도인들에게 정신적 지주이자 어머니 같은 존재인 이 신이 얼마나 대단한 존재인지 감히 가늠조차 해 볼 수 없었다. 아무 말 없이 조용히 걷는 리켈리의 옆에 서서 물었다.

"리켈리, 무슨 생각해?"

"우리 가족이 건강하고 행복했으면 좋겠다고 신께 말하고 있는 중이야."

리켈리의 말을 듣고 오래전 있었던 일이 머릿속에서 겹쳐졌다. 중학생 때까지 하나님이라는 존재에 대한 호기심도 있었지만 친구들을 만나서 놀 수 있다는 생각으로, 순수하게 종교적 목적으로 다니지는 않았던 교회가 떠올랐다. 일주일에 단 한 번 있는 예배 시간이 끝날 때 즈음이면 각자의 소망 또는 죄에 대한 회개로 기도를 읊고 예배가 마무리되고는 했었다. 그때 소망을 말할 때면 항상 잊지 않고 반드시 바랐던 것이 있었다. 리켈리가 그런 것처럼, 가족의 행복을 최우선으로 바랐다. 단지 믿는 신이 다르고, 소망을 염원하는 장소와 방식이 다를 뿐 결국에 알맹이는 모두 똑같을 거라는 생각이 들었다. 그리고 '결국 우리 모두 사는 건 비슷하다'라는 나름의 결론은 아직 만나 보지 못한 수많은 낯선 이들에 대한 친근감과 동시에 궁금증을 유발했다. 더 많은 사람들을 만나 대화를 나누고 외국인인 나의 눈에는 마냥 신기한 듯 보이지만 사실은 지극히 평범한 일상일 뿐인 그들의 삶과 깊게 마주해 보고 싶었다.

숙소로 어떻게 다시 돌아가야 하나 생각하고 있었는데, 리켈리가 어머니와 형이 살고 있는 집이 이 근처에 있는데, 괜찮으면 저녁을 대접하고 싶다고 했다. 늦은 저녁이 되니 어느새 바람은 살을 차갑게 만들 정도로 식어 있었다. 양옆이 뻥 뚫린 릭샤를 타고 달리니 그 쌀쌀함이 더 크게 느껴졌다. 리켈리의 어머니는 생각보다 아주 먼 곳에 살고 계셨다. 길어야 20분이면 도착할 수 있을 줄 알았더니 40분 이상을 달리고 달려 드디어 어머니가 살고 계시는 동네에 도착했다. 중간에 잠깐 릭샤에서 내린 후 맥주를 몇 캔 사 온 것을 들고 앞장서서 걸어가는 리켈리의 뒤를 바쁘게 좇아갔다.

이곳에 잠깐 동안 머물면서 내가 보아 온 델리의 모습과는 사뭇 다른 풍경이었다. 남색 하늘 아래로 비좁은 골목길이 구불구불 들어서 있었다. 가로등과 늦은 시간까지 물건을 팔고 있는 슈퍼에서 새어나오는 빛, 그리고 튀김을 파는 노점상에서 나오는 작은 불빛이 거리를 조금이나마 볼 수 있도록 도와

주었다. 골목을 지나다 보면 옆으로 다른 골목이 생겨나고, 또 다른 골목이 생겨났는데, 재미있는 것은 집 안의 구조와 그 안에 있는 사람이 모두 훤히 보일 정도로 문을 활짝 열어놓은 집들이 꽤 많았다는 것이다. 현지인들은 아무렇지 않게 골목길을 걸으며 지나가는 나를 신기한 듯 바라보았다. 아무래도 '이런 주택가에 외국인이 무슨 일로 왔을까'라는 생각이었지 않을까 싶다. 그때 리켈리가 수많은 집들 중 낮은 맨션 앞에서 발걸음을 멈춰 세웠다.

연락을 하고 오지 않은 것이 분명했다. 두 손을 기도하는 것처럼 모으고 "나마스테-"라고 하며 들어왔더니 다들 놀란 눈으로 바라보셨다. 늦은 저녁 시간에 이렇게 불쑥 친구를 데리고 찾아오다니, 한국에서라면 분명히 예의에 어긋나는 일일 터인데, 인도도 그렇지 않을까라는 생각이 들었다. 그러나 리켈리는 "괜찮아, 인도 사람들은 집에 손님이 오는 것을 좋아해"라는 말로 나를 안심시키려고 애썼다. 작고 아늑한 이곳에는 쨍한 핑크색 튤립이 그려진 이불보가 덮여 있는 침대 하나와 옷장 하나, 바로 옆에는 부엌과 화장실이 있었다. 네모난 집 구석에는 일본의 길거리에서 흔하게 볼 수 있는 작은 신사처럼 시바신을 모시고 있는 아주 작은 공간이 있었고 벽에는 귀여운 아이들이 아직 세상에 없었을 적 찍었을 빛 바랜 결혼사진이 걸려 있었다. 그리고 집에는 어머니뿐만 아니라 리켈리의 형과 그의 가족들이 있었다. 나를 본 귀여운 꼬마 셋은 낯을 가리는지 침대 가장자리에 앉아 가만히 나를 지켜보았는데 다람쥐가 도토리를 양볼에 물고 있는 것처럼 빵빵한 볼이 정말 귀여워서 손가락으로 살짝 찌르고 싶은 마음까지 들었다. 리켈리의 형의 아내는 내가 먹을 양의 치킨 카레와 냄비에서 갓 지은 듯한 따끈따끈한 밥을 은색 쟁반에 담아 주셨다.

"단례왓-" 갑작스런 손님의 방문에 놀라고 번거로우셨을 아주머니께 진심을 가득 담아 감사의 말을 전했다. 밥 양은 납작한 쟁반을 가득 채울 정도로 많았지만 짭조름한 카레는 마치 간장게장처럼 밥도둑 같아서, 남길 새도 없이 깨끗하게 먹어치웠다. 리켈리가 어머니, 그리고 그의 형과 못다 한 이야기를 나누는 동안에 자연스레 꼬마들에게로 눈길이 갔다. 리켈리가 억지로 가장 어린아이를 들어 내 무릎에 앉히려 하자 처음 보는 외국인의 얼굴이 무서웠는지 금방 으앙 하고 울음을 터뜨리고 말았다. 초등학교 저학년 정도 되어 보이는 큰딸과 친해지기를 도전해 보았다. 처음에 이집트에서 샀던 푸른색 스카프를 줄 때는 아무 관심도 주지 않더니, 색연필을 꺼내니까 얼굴이 환해지면서 수줍게 색연필을 받아들었다. 그러고는 미소 띤 얼굴로 색연필을 통에서 하나씩 꺼내며 "원, 투, 쓰리, 포…"라고 숫자를 세었다. 그 모습이 어찌나 귀엽던지, 나도 슬쩍 그 옆에 앉아 아이를 따라 "원, 투, 쓰리, 포"라고 숫자를 세며 행복해하는 얼굴을 지켜보았다.

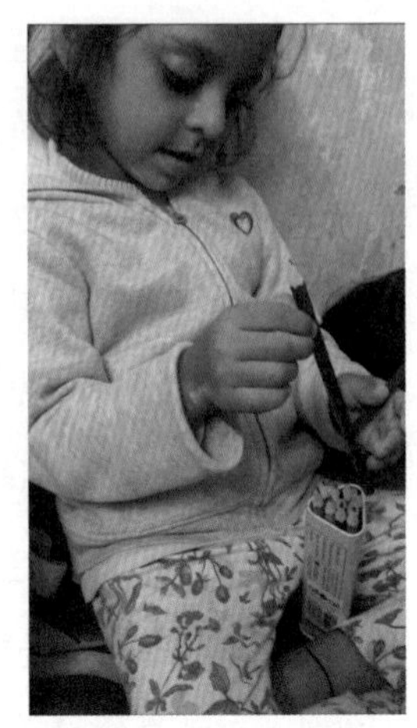
색연필을 좋아하던 아이

감사함과 아쉬움을 뒤로하고 리켈리와 집 밖으로 나왔다. 그런데 조금 전부터 그의 행동이 이상해 보였었는데, 자세히 보니 눈이 반쯤 풀린 상태였다. 분명 집에서 마셨던 맥주 때문이었다. 걱정되는 마음으로 리켈리의 뒤를 좇아 어두운 골목길을 지나가는데 그는 술기운에 이미 다리에 살짝 힘이 풀리고 어지러웠는지 비틀비틀 걷기 시작했다. 이 속도로는 너무 늦겠다 싶어 내가 앞장서서 뚜벅뚜벅 걷던 중, 리켈리가 따라오는 기척이 느껴지지 않아 뒤를 돌아보았다. 갑자기 어디로 사라졌는지 보이지 않아 이름을 부르며 눈으로 그와 비슷한 형상을 바쁘게 좇고 있었다. 그때 골목 모퉁이 가로등 밑으로 희미한 형체가 보였다. 누군가가 서서 소변을 보고 있었다. '설마' 하며 다가가서 진짜 리켈리라는 걸 확인해 버린 순간 너무 놀라 아무 말도 할 수 없었다. '얘 진짜 제대로 취했구나'라는 생각에 불안감이 온몸을 감쌌다. 가방에서 생수통을 하나 꺼내 물을 따라주며 일단 손부터 닦으라고 말했다. 그리고 입을 꾹 닫은 채 조용히 릭샤에 올라탔다.

차가운 밤공기가 릭샤 안으로 사정없이 들이닥쳤다. 몇 시간 전보다 훨씬 싸늘하게 식어 버린 바람은 저절로 온몸에 소름이 돋게 만들었다. 옷깃을 한껏 여미고 바깥만 바라보며 달리던 사이에 구글 지도를 확인해 보니 숙소 근처에 다 와 가고 있었다. 그때 갑자기 리켈리가 말을 툭 내뱉었다.

"나 1,000루피만 줘."

순간 잘못 들었나 싶어서 다시 물어보았지만 정확히 '1,000루피만 줘'라고 말하고 있었다.

"왜?" 내가 물었다.

"나 오늘 너 때문에 돈 많이 썼거든."

나 때문에 쓴 돈이라 함은, 낮에 마신 짜이 한 잔과 튀김 하나, 어머니가 살고 계신 집으로 갈 때 냈던 릭샤 값을 말하는 것이었고 당연히 다시 돌아오는 교통비는 내가 낼 생각이었다. 그런데도 1,000루피라는 절대 적지 않은 돈을 요구하다니. 술에 취해 분간이 안 가는 상태라고 애써 생각하며 대꾸 없이 바깥만 쳐다보았다. 릭샤꾼에게 요금을 지불하고 리켈리와 있는 이 공간을 얼른 뜨고 싶은 마음에 서둘러 뒤를 도는 순간, 뒤에서 들려오는 리켈리의 한마디.

"그럼 500루피라도 줘!"

리켈리를 잠깐 쳐다본 후에 나는 숙소 방향으로 냅다 달리기 시작했다. 달리면서도 어이가 없어 실소가 새어 나왔지만 내달리는 두 발은 절대 멈춰 서지 않았다. 리켈리가 나를 끝까지 쫓아와서 돈을 달라고 하는 것도 싫었고, 내가 머물고 있는 숙소의 정확한 위치를 알아내서 다음 날 앞에서 기다릴까 봐 두려웠다. 숙소 입구 앞에 도착하고 나서야 겨우 숨을 돌렸다. 여행을 하며 가장 어렵고 힘든 순간은 바로 이런 때였다. 잘하면 좋은 인연이 될 수도 있지만 항상 그런 것은 절대 아니었다.

다음 날 아그라로 떠나는 기차를 타러 가기 전에 간식거리를 사려고 슈퍼에 들렀다. 라씨가 만들어지는 것을 기다리는데 누군가 내 등을 톡톡 쳤다. 또 호객행위를 하려는 사람이겠거니 싶어 짜증이 잔뜩 묻은 얼굴로 뒤를 돌아보았다. 놀랍게도, 다시는 마주치고 싶지 않았던 리켈리였다.

"어제 왜 도망갔어?"

리켈리는 아무렇지 않게 웃으며 인사를 하고서는 어제 일에 대해 물어보았다.

"너 어제 나한테 한 말 기억 안 나?"

"응, 기억 안 나."

리켈리는 어제 일이 정말 아무것도 기억이 나지 않았던 걸까?

"너 나한테 1,000루피 달라고 했어."

내 말을 들은 리켈리는 뭔가를 잠시 고민하더니 이렇게 말했다.

"아니, 난 700루피 달라고 했어."

그러고는 조용히 뒤를 돌아 친구들이 있는 곳으로 사라져버렸다.

아그라로 달리는 기차

나에게 있어서 인도하면 떠오르는 것이 몇 가지 있었다. 카레, 갠지스강, 타지마할, 그리고 기차. 중학교 1학년 영어 시간 때 선생님이 교실 구석에 달린 TV로 사진을 보여 주며 인도 여행을 하면서 겪었던 일들을 말씀해 주시던 것이 아직도 기억 속에 남아 있다. 그중 가장 인상 깊었던 이야기가 있다. 바로 인도의 기차에 관한 이야기였다. 선생님은 농담 반 진담 반으로 인도의 기차를 타고 나면 어느 나라든지 갈 수 있다고 하셨다. 그러더니 선생님은 사진을 한 장 보여 주시며 인도의 기차 안이 이렇게 깨끗하지 않다는 것과 기차표를 사지 않고 벽면에 붙어 서서 타고 가는 사람도 있다는 매우 충격적인 말을 하셨다.

인도는 워낙 땅이 큰 나라이기 때문에 일고여덟 시간의 연착은 일상이 된 듯했다. 하도 연착이 많이 되어서 심지어는 다음 날 아침까지 기다려서 기차를 타는 사람들도 많다고 했다. 어쩐지 기차역 바깥에서부터 이미 많은 사람들이 무거워 보이는 짐 보따리를 들고 너도나도 바닥에 앉아 있거나 역 안에 누워 있기도 했다.

아그라로 가는 기차를 놓칠세라 한 손에는 급하게 싸 온 간식을, 어깨에는 큰 배낭을 들쳐 메고 서둘러 기차 안으로 발을 들이밀었다.

기차 안의 좁고 기다란 칸 안에서 일어나는 일들은 소소하지만 아주 볼 만한 재미가 있었다. 이따금씩 "짜이, 짜이!"라고 외치며 달달하고 뜨거운 짜이가 담긴 주전자와 종이컵을 들고 돌아다니는 역무원, 내 옆 침대에서 서로를 사랑이 담긴 눈길로 바라보며 장난을 치고 있는 젊은 남녀. 그리고 기차 안에서 파는 간단한 간식거리를 먹으며 핸드폰으로 영상을 보는 사람까지. 우리나라 기차 안에서 볼 수 있는 풍경과는 사뭇 다른 모습에 어쩐지 웃음이 나왔다.

기차

그런데 선생님께 들었던 것보다 아늑하고 더럽지 않은 내부에 놀랐다. 다리를 쭉 뻗고 편하게 침대 위에 누워 조용히 잠을 청했다. 몇 시간 뒤면 아그라에 도착해 있겠지. 고향으로 돌아가는 사람, 성지순례를 하러 바라나시에 가는 사람까지 미처 헤아릴 수도 없이 수많은 색깔의 마음을 안고 기차는 선로 위를 부지런히 달렸다.

타지마할

경이로운 것은 절대 쉽게 그 모습을 보이지 않는다. 현지인들과는 비교도 안 될 정도로 값비싼 돈을 주고 입장료를 사고서 마치 '이것을 보기 위해 여행을 시작한 사람'처럼 들뜬 마음으로 입구로 향했다. 붉은 갈색의 입구가 우뚝

서서 타지마할을 지키고 있었다. 살짝 뾰족한 꼭짓점에서 시작해 둥그스름하게 떨어지는 모양의 문이 입구 벽면에 여러 개 붙어 있었는데, 그 사이로 희뿌연 안개에 휘감긴 형체가 조금씩 모습을 보여 주었다.

일부만 보이던 타지마할의 퍼즐이 완성된 순간, 지금이 꿈이 아니어서 정말 다행이라고 생각했다. '자태'라는 단어가 더 어울리는 타지마할은, 하늘에 떠 있는 태양이 내뿜는 빛으로 따뜻한 색을 띠고 있었다. 그 앞으로는 정돈된 나무들이 일렬로 늘어져 양옆으로 길을 만들어 내고 있었다. 조금씩 조금씩 타지마할 바로 앞까지 다가섰다. 고개를 들어 그 웅장함을, 그 옛날 만들었으리라고는 믿기지 않는 세련된 미를, 매끈한 코끼리 상아색의 외관을 찬찬히 뜯어보았다.

연분홍빛 타지마할

타지마할의 뒷골목

타지마할 뒷골목에서 본 재봉사 아저씨

타지마할이라는 단 하나의 맹목적인 목적으로 아그라에 왔기 때문에, 그날 바로 저녁 기차를 타고 바라나시로 갈 예정이었다. 남은 시간을 숙소에서 보내기는 아까워 여느 때처럼 가장 좋아하는 골목길 구경을 나서기로 했다.

이렇게나 많은 길이 있는지 몰랐을 정도로 꼬리에 꼬리를 물고 미로처럼 이어진 골목이었다. 분명히 어제저녁에 갔었던 식당은 어이가 없을 정도로 비싼 값에 음식을 팔고 있었는데 그곳에서 5분 정도만 더 가면 반도 안 되는 금액으로 밥을 먹을 수 있었다. 현지인들이 많은 식당 안으로 고민 없이 들어가서 간단하게 점심을 해결하고 또 다른 미로 같은 골목길을 걸어보기로 했다.

그때 누군가 "헬로우! 헬로우!"라고 목청껏 애타게 인사를 했다. 왠지 나를 부르는 것 같아 뒤를 돌아보니 자줏빛 니트를 입고 있는 어린 학생들이 먹이를 받아먹기 위해 부리를 벌리는 아기 참새처럼 힘껏 외치고 있었다. 이렇게 유명한 관광지 근처에서 학교를 본 것은 처음이었다. 아주 작고 외벽이 조금 헐긴 했지만 책상과 칠판, 교복을 입은 학생들이 공부하고 있는 엄연한 학교였다. 들어갈까 말까 고민하다 귀여운 아이들을 더 가까이에서 보고 싶어서 입구 쪽으로 다가서는데 선생님처럼 보이는 분이 안으로 들어와도 된다며 손짓을 했다. 허름하고 작은 학교 안으로 들어간 순간 온 시선이 부담스럽게도 한꺼번에 나에게 쏠리는 것이 느껴졌다. 그럼에도 호기심 가득하고 맑은 두 눈으로 나를 바라보고 있는 그 눈빛들이 사랑스러웠다. 아이들과 사진을 찍어도 되냐는 말에 선생님께서는 당연히 된다며 직접 사진을 찍어 주셨다. 아이들은 내가 전혀 어색하지 않은지 아무렇지 않게 나에게 기대어 다 같이 "원, 투, 쓰리!"를 외치며 손가락을 쥐었다 피었다 했다. 선생님께서 교장실로 잠깐 들어오라며 옆에 있는 작은 방으로 들어갔다. 선생님은 그동안 이 학교에 방문했었던 많은 사람들이 적은 방명록을 한 장씩 넘기며 찬찬히 보여 주었다. 방명록을 가리키며 선생님은 말했다.

"우리 학교에는 미국인, 중국인, 멕시코인 그리고 그 밖의 다양한 나라의 사람들이 와요. 그리고 그들은 작은 기부를 하고 가죠."

'또 당했구나….'

그래도 귀여웠던 인도 아이들

애초에 선생님은 기부를 하고 가라고 말하기 위한 목적으로 학교 안으로 들어오라고 하고, 사진까지 찍어 주셨던 것이다. 학교 앞에서 아예 대놓고 모금을 한다면 돈이 모이기가 쉽지 않았을지도 모르지만 이렇게 한다면 나 같이 어린 아이를 좋아하고 순진한 사람들은 쉽게 넘어갈 수 있겠다 싶었다. 나름대로 전략을 잘 세우셨다는 생각이 들었지만 어쨌든 속인 건 마찬가지였다. 거짓 없이 오로지 학생들을 위해 쓰인다면 더 큰 돈도 낼 수 있었지만 그건 알 수 없는 일이었다. 학생이라는 핑계를 대고 소량의 돈을 내고 밖으로 나오면서, '과연 이 돈이 정말 학생들을 위해 쓰일까?'라는 작은 의구심이 들었다.

기차 우회 사건

해가 자취를 감추기 시작하고 꿈에 그리던 바라나시로 가는 기차를 타기 위해 숙소에 맡겨 놓은 배낭을 찾으러 갔다. 셀 수 없이 많은 변수가 발생하는 곳이 바로의 인도의 기차역이다. 마지막으로 한 번 더 어플로 내가 탈 기차가 어느 역까지 왔는지 확인했다. 그런데 오늘 아침에 확인했을 때까지만 해도 보지 못했던 글자가 아주 작게 써 있었다. 'Diverted'. 대체 뭐가 바뀌었다는 뜻이지? 급히 인터넷을 뒤져 알아낸 정확한 뜻은 '우회하다'였다. 기차가 정차하기로 예정된 역에 오지 않기로 변경되었다는 것이다. 그것도 단 몇 시간 전에. 숙소 직원도 이에 대해 아는 바가 없었기 때문에 곧장 릭샤를 타고 아그라 포트 역으로 향했다. 역에 내리자마자 곧장 창구로 달려가 역무원 아저씨께 사정을 이야기했더니 아저씨는 '흔히 있는 일'이라는 듯이 바로 옆에 있는 아치네라역으로 릭샤를 타고 간 후에 그곳에서 기차를 타면 된다고 답해 주셨다. 최소 40분은 걸리는 꽤 먼 거리를 릭샤로 가자니 요금이 어느 정도 나올지 감이 잡히지 않았다. 아저씨께 여쭤보니 애매하다는 듯 고개를 갸웃거리시고는 "300~350루피면 될 거예요"라고 답해 주셨다. 그러고는 릭샤꾼에게 보여 주라며 직접 정확한 목적지의 이름을 종이에 적어 주셨다. 기차 탑승 전까지는 한 시간 반 정도 남아 있었다. 넉넉한 시간은 아니었다. 배낭끈을 꽉 잡고 마음도 다잡고 릭샤꾼들이 몰려 있는 거리로 향했다.

"아치네라 갈 건데 300에 가요."

"뭐? 600!"

"절대 안 돼요. 전 무조건 300루피에 갈 거예요. 역무원 아저씨가 300루피면 된다고 하셨어요."

"안 돼."

'NO'라는, 아주 차갑고도 단호한 그 한마디를 듣고 나니 괜히 더 오기가 생겼다. 어차피 릭샤꾼들은 많이 있었다. 마침 적당한 값을 부르는 아저씨를 따라 오토릭샤(삼륜 택시)에 올라탔다. 겨우 숨을 돌리고 배낭을 어깨에서 내려놓았다.

아저씨의 오토릭샤를 타고 열심히 달리다 보니 어느새 기차 탑승 전까지 겨우 한 시간이 남아 있었다. 10분 정도 열심히 달렸을까, 갑자기 아저씨께서 백미러로 내 눈치를 보시더니 택시를 부르라는 것 아닌가. 황당함에 "왜요?"라고 물으니 거리가 너무 멀고 위험하며 밤이라 양옆이 뚫려 있는 릭샤 사이로 차가운 바람이 들어와 춥다는 것이 이유였다. 생전 처음 겪는 말도 안 되는 상황에 웃음만 나올 뿐이었다. 그런데 또 다른 문제는 택시는 너무 비싸다는 것과 비교적 저렴한 값으로 다른 승객들과 함께 탈 수 있는 승합 택시를 타기에는 시간이 부족하다는 것이었다. 나는 택시를 못 부를 것 같으니 그냥

가 주면 안 되겠느냐고 부탁했다. 그러나 기사 아저씨는 안 된다며 계속 택시를 부르라고만 하셨다. 그리고 어느덧 기차 탑승까지는 40여 분 정도가 남아 있었고, 어이없게도 아저씨는 이미 처음 출발했던 동네로 향하고 있었다. 시간은 얼마 남지 않았는데, 아치네라 역과는 점점 멀어져 가고 있었다. 어떻게든 기차를 타지 않으면 안 된다는 생각이 들었다.

결국 우는 척을 하기로 했다. 어떻게든 불쌍해 보이도록 해서 아저씨가 마음을 돌리도록 하기 위해서였다. 그리고 태어나서 한 번도 해 보지 않은 짓을 마구 해대기 시작했다. 고래고래 소리를 지르며 나오지도 않는 눈물을 코로 들이켜는 척을 했다. 내가 생각해도 미친 사람 같다는 걸 잘 알지만 낯선 곳에서 마음이 조급해지니 사람이 못 할 짓이 없었다.

고래고래 소리를 지르며 우는 소리를 들은 아저씨는 당황하시며 태워줄 테니 제발 소리 좀 그만 지르라고 울먹거리기까지 하셨다. 떨림이 느껴질 정도로 울먹거리는 아저씨의 목소리를 들으니 당황할 수밖에 없었다. 표정을 보니 아저씨는 엄청나게 불안해 보였고, 계속해서 울먹거리고 계셨다. 아저씨가 끝까지 못 가겠다는 진짜 이유가 있는 건가 싶은 마음에 릭샤를 타고 가려는 마음을 접기로 했다.

"그냥 아저씨가 말씀하신 대로 택시 타고 갈게요. 여기서 내려 주세요."

어쩌면 기차를 놓칠 수도 있겠다는 무거운 마음을 안고 배낭을 메려는 찰나, 아저씨가 성급히 말씀하셨다.

"아니야! 내가 태워 줄게! 가자!"

그러나 그렇게 말하는 아저씨의 표정은 매우 불안해 보였고 이 차를 타고 가다가는 큰일이 날 수도 있겠다는 결론까지 다다랐다. 기차 탑승까지는 30여 분이 남은 상황. 괜찮으니 내려 달라고 아무리 부탁해도 아저씨는 절대 내려 주시지 않았다. 무서운 생각이 머릿속에 들이닥쳤다. 이대로는 안 되겠다 싶어서 차 밖으로 고개를 내밀어 소리쳤다. 아주 크게.

"헬프 미!"

아저씨는 제발 소리 지르지 말라며 나를 달래셨고, 나중에는 차를 잠깐 세우고 호소하듯이 말씀하셨다.

"너가 그렇게 밖으로 소리를 지르면 내가 감옥에 갈 수도 있어. 우리 집에는 자식이 5명과 홀어머니가 계시는데 돈을 벌 사람은 나뿐이야."

전혀 생각지도 못한 부분이었다. 아저씨께 너무나 죄송하고 부끄러워서 아무 말도 입 밖으로 꺼낼 수가 없었다. 죄송하다는 말을 몇 번이나 반복했지만 아저씨는 여전히 조금 전의 충격적인 일에 대한 여운이 남아 있는 듯하셨다. 겨우 1분을 남기고 숨이 턱 끝까지 차오를 정도로 역 안으로 뛰어 들어가 기차를 어디서 타야 하는지 확인했다. 마치 누군가에게 쫓기고 있는 사람처럼 혼자서 급하게 뛰어다니다 아무나 붙잡고 물어보았다.

"바라나시로 가는 기차 왔어요?"

"아니요. 20분 지연됐어요."

나를 보며 살며시 웃는 얼굴로 "릴렉스, 릴렉스"라고 말하는 그 얼굴에 어찌나 안심이 되던지.

인도의 기차는 매우 긴데, 다른 등급의 칸끼리는 연결이 되어 있지 않아 처음 탈 때 잘 타야 한다. 내가 예약했던 2등석 칸은 꽤 멀리 있었다. 어쩔 수 없이 또 뛰어야만 했다. 이번엔 역무원 아저씨께서 말씀하셨다.

"릴렉스, 릴렉스."

생각해 보면 기차에 탑승하고 있는 현지인들 중에 그 어느 누구도 뛰는 사람은 없었다. 그 모습을 봤으면서도 불안해서 달려들어 갔는데, 그럴 필요가 전혀 없는 일이었다. 기차는 늦게 도착하는 만큼, 고맙게도 또 충분히 기다려 준다. 그들은 연착, 우회에 관해 놀라울 정도로 관대했다. 언제쯤이면 인도에서 현지인들과 위화감을 느끼지 않고 여유롭게 기차를 타러 갈 수 있을까? 23년 동안 온몸으로 부닥쳐 온 한국의 시스템에 적합한 나의 몸은 인도에서는 아직 현재 적응 중이었다. 숨을 고르고 아늑한 침대 위에 다리를 뻗었다. 이미 모두가 자고 있는 늦은 시각이 되어 기차를 타니 기차 안은 복도에 켜진 작은 조명 몇 개에 의지한 채 어둡게 달려가고 있었다.

2등석 기차

2등석 기차는 전에 탔던 슬리핑석과 눈에 띄는 차이가 있었다. 먼저 침대보와 베개가 제공되었다. 그리고 머리맡에는 작은 스탠드가 달려 있으며 충전할 수 있는 작은 콘센트도 달려 있었다. 그러나 아주 큰 단점이 있었다. 짜이를 파는 사람도, 튀김을 파는 사람도, 물건을 파는 사람도 보이지 않았고 낯선 이들과 서로 이야기를 나누는 말소리도 들리지 않았다. 내가 탄 기차만 그런 것이었는지 몰라도 사람 냄새 나는 복작거림은 흔적조차 볼 수 없었다.

침대 위에서 과자를 먹으며 일기를 쓰다가 문득 아래 침대칸에 승객이 없다는 것을 알았다. 원래 낮에는 위 침대 사람이 아래로 내려와도 되므로, 간식거리를 챙겨 들고 조심조심 사다리를 타고 내려갔다. 맞은편에는 어제 밤에 곤히 주무시던 아저씨가 계셨는데 나를 보시더니 심심했는지 이것저것 물어보셨다. 그러고는 가방에서 무언가를 열심히 찾더니 작은 테이블 위에 올려놓으셨다. 인도의 전통 과자였다. 알록달록 화려한 색은 우리나라의 옛날

왕사탕을 떠오르게 했다. 아저씨는 집에 도착하면 자녀들에게 주려고 샀었다며 봉투를 뜯으려고 하셨다. 괜찮다며 한사코 사양을 했지만 기어이 비닐 껍질을 벗겨 과자를 몇 개 꺼내 통에 담아 주셨다. 우리는 서로가 가져온 음식을 꺼내 나누어 먹으며 기차가 도착하기 전까지 계속 이야기를 나누었다.

바라나시로 가는 기차 안에서

주어진 퀘스트의 답을 찾아가는 듯 정신없이 헤매다 겨우 찾은 숙소는 골목길 안쪽에 위치해 있었다. 숙소 안으로 들어가자마자 오랜만에 재회하는 친구를 만난 듯 반갑게 인사해 주는 직원의 이름은 '슙브'였다. 깔끔하게 수염을 정리한 슙브는 어쩌면 인기 호스텔 직원으로서 필수적으로 갖춰야 할 조건인 친화력을 넘치도록 가지고 있는 것 같았다. 그런데 마침 운이 좋게도 그는 원래 예약했던 8인실 방에 문제가 생겨 나를 1인실로 옮겨 준다고 했다. 아싸! 바라나시 첫날부터 아주 기분 좋은 일이 생겨 버렸다.

혼잡함의 끝판왕, 바라나시

"여기 진짜 사람이 걸어 다닐 수 있는 곳 맞아?"

바라나시의 거리는 델리와는 비교 불가였다. 어떤 사람은 델리가 더 붐빈다고 하지만, 내가 보았을 때는 바라나시만큼은 아니다. 메인거리로 향하는 큰 도로변은 두 개의 길로 갈라져 있고 양쪽에는 옷가게와 지금껏 보지 못했던 온갖 종류의 음식점이 넘쳐났다. 도로에는 자기보다 훨씬 더 무거운 사람들을 자전거 릭샤에 태워 힘겹게 페달을 밟는 사람, 갑자기 빵빵거리며 나타나는 수많은 오토바이, 그리고 그사이를 아슬아슬하게 지나가는 사람들과 소들로 가득 차 정신이 없었다.

거리는 느닷없이 축제의 현장이 되어 있었다. 고막을 울려대는 북소리와 신나는 인도 최신 가요가 쿵쿵대며 거리를 울리고 클럽에서나 볼 수 있을 것 같은 조명이 뿜어져 나오고 있었다. 말끔하게 양복을 갖춰 입은 남자들과 발끝까지 쨍한 색의 사리를 입고 짤랑거리는 액세서리로 장식한 여자들까지. 지친 표정으로 행렬의 머리를 따라가는 사람들이 있는가 하면 축제를 즐기는 듯 춤을 추며 걸어가는 사람도 있었다. 무슨 행렬이기에 이렇게 거리 전체를 장악할까 싶어 마지막까지 눈을 떼지 않고 지켜보았다. 나뿐만 아니라 인도 사람들에게도 작은 구경거리인 듯 멈춰 서서 이들을 지켜보는 사람도 있었다.

행렬의 마지막에야 모습을 드러낸 사람들은 두 마리의 말이 이끄는 마차에 타고 있었으며 다름 아닌 신부와 신랑이었다. 인도의 결혼식에 초대받은 적이 있는 지인에게 들은 바로는 인도는 결혼식장에서 하객들이 돌아다니며 음식을 먹고 흥겨운 노래에 맞추어 춤을 춘다고 한다. 그야말로 축제 그 자체인 인도의 결혼식에 꼭 한번 초대받아 보고 싶다는 생각이 들었다.

갠지스강을 만나다

숙소 창밖으로는 반대편의 집들이 보였다. 연노란색의 작은 집 두 채가 꼭 붙어 있는데 날씨가 좋아서 그런지 젊은 어머니가 어린아이를 안고 옥상 위로 올라왔다. 아이를 안은 두 팔을 살랑살랑 부드럽게 흔드는 아주머니의 모습을 멍하니 지켜보다 눈이 마주쳐 버렸다. 손을 모으고 고개를 살짝 숙이며 인사를 하니 고개를 살포시 끄덕이며 인사를 받아 주셨다. 아이를 향해 손으로 하트 모양을 만들어 보여 주었더니 어머니가 손가락으로 나를 가리키더니 따라 해 보라고 말하는 듯했다. 아이는 그 작고 통통한 팔을 들어 거의 원에 가까운 모양의 하트를 만들어 주었다. 또 다른 집 옥상에서는 아이들이 책을 펴 놓고 선생님의 수업을 듣고 있었으며 이 집 저 집의 꼬마들이 나와 능숙하게 연을 날리는 것을 볼 수 있었다. 어쩌다 민망하게 눈이 마주쳐 버리면 멋쩍은 듯 "나마스테" 한마디만 하면 어른아이 할 것 없이 "나마스테" 하며 받아 주는 이곳이 참 좋았다.

인도하면 떠오르는 음식이 여러 가지가 있는데, 그중 하나는 '라씨'이다. 라씨는 인도식 요거트로, 설탕을 매우 많이 넣어서 엄청 달다. 그리고 맛의 종류도 방대하다. 인도에 간다면 짜이를 하루에 한 잔

바라나시에서는 라씨와 볶음국수를 먹어야 해요

씩 마시는 것과 더불어 라씨도 반드시 마셔 주어야 한다. 이날도 라씨를 마시러 하염없이 길을 걷다, 처음으로 작은 토기 그릇에 나오는 라씨를 보았다. 요거트와 설탕 그리고 다양한 재료를 그릇에 넣고 마늘 빻을 때 쓰는 듯한 방망이로 그것들을 마구 짓누르며 섞은 다음, 토기 그릇에 담아 주는데 이 그릇은 마시고 나서 바로 쓰레기통에 던져 넣으면 된다. 처음 맛보는 토기 라씨의 맛은 굉장했다. 즉시 만들어서 그런지 이전에 먹었던 것보다 훨씬 신선하고 시원하며 쫀득하게 씹히는 무언가가 아주 새콤달콤했다.

릭샤 타고 한 바퀴

자전거 릭샤를 타고 갠지스강 앞에서 내려 달라고 하면 바로 그 앞에서 내리게 될 줄 알았는데, 릭샤꾼 아저씨는 5분 이상 떨어진 거리에서 세워 주셨다. 이유는 좁은 골목길이라 릭샤가 들어갈 수 없다는 것.

갠지스강 근처라고는 전혀 믿어지지 않을 만큼 익숙하고 평범한 가정집들이 늘어서 있었다. 골목은 굉장히 울퉁불퉁하고 뒤죽박죽한 느낌이 났다. 미로 속에 갇혀 버린 것만 같았다. 짜이를 한 잔 사 마시며 아저씨께 갠지스강으로 가려면 어느 길로 가야 되느냐고 여쭈어보니 늘상 들어온 질문에 대답을 하는 사람처럼 아주 자연스럽게 손가락으로 방향을 가리키고 계셨다. 주택가이기만 했던 그 골목은 걸으면 걸을수록 조금씩 재미있는 면을 꺼내 보여 주고 있었다. 이미 벽이 헐고 곰팡이가 잔뜩 슬어 버린 건물에 익숙한 글자들이 보이기 시작했다. 한글로 된 간판들이었다. 짜이 가게, 라씨 가게, 옷가게 등 많은 가게의 간판이 한글로 적혀 걸려 있었다. 인도에서 반가운 나의 모국어, 한국어를 보다니! 단지 한글이 써 있다는 이유 하나만으로 이곳에 정이 가고 더 친해지고 싶은 마음이 들었다.

미로 같은 가트

미로 속으로 들어갈수록 몰랐던 인도 속으로 점점 빨려들어가는 기분이었다. 구석에는 누런 소가 널브러져 잠을 자고 있고 누군가 옷을 입혀 놓았는지 다 헤져 버린 니트를 입은 염소가 거리를 활보하고 있었다. 인도 전통 의상에 현대적인 느낌을 가미한 옷을 파는 감각적인 옷가게들과 한국의 홍대에서 볼 수 있을 것만 같은 젊은이들이 좋아할 만한 카페와 밥집도 많았다. 길을 걷던 사람들이 잠시 멈춰 벽에 대고 손을 합장하는 곳에는 작은 사찰이 있었다.

미로 같던 길을 벗어나니 그토록 눈에, 마음에 담고 싶었던 갠지스 강물이 한가로이 흐르고 있었다. 죽음의 그림자가 다가오는 때에, 혹은 강의 신의 축

복으로 온몸을 적시고자 하는 때에 찾는 이곳. 엄숙하고 진지한 표정을 지어야 할 것만 같았던 이곳에서 사람들은 아주 보통의 일상을 누리고 있었다. 부러진 연의 살에 테이프를 붙이던 아이, 돌계단에 앉아 가만히 강을 바라보던 사람, 나무판자로 만든 보트 위에 누워 있던 사람들은 단순하고도 소소한 행위를 이어나가고 있었다. 왼쪽에는 강을 끼고 오른쪽에는 '가트'라 불리는 돌계단과 힌두교 사찰들을 끼고 멍하니 걷는 느낌이 참 편안했다. 정말이지 우리나라의 한강과 다를 바 없었다. 하늘은 남색으로 물들고 거리는 주황빛으로 물드는 시간이 찾아오고 있었다. 조금 있으면 행해질 의식을 준비하고 있는 사람들 덕에 낮보다 활기를 띠는 모습이었다. 이 의식은 '아르띠 뿌자'라고 불리는데 갠지스강의 신에게 드리는 일종의 종교 행위이다. 아직 시작하기 전까지 시간이 넉넉한데도 이미 많은 사람들이 조금이라도 가까이서 보고 싶은 마음에 벌써부터 계단에 앉아 의식이 시작되기를 기다리고 있었다. 뱃고동 같은 소리가 꽤 오랫동안 울리고 나자 주황색 옷에 금색 천을 두른 브라만 계급 사제들이 불꽃이 담긴 은색 쟁반을 허공으로 휘휘 휘두르니 작은 불꽃심이 연기처럼 흩날렸다.

아르티 뿌자 의식

은은하게 퍼지는 종소리와 음악 소리는 아름답게 어우러져 고요한 평화의 속으로 들어가게 하고 있었다. 온통 힌디어로만 이루어지는 이 노래의 가사도 강의 신이 어떻게 생겼는지도 나는 모르지만, 종교를 넘어 마음을 고요하게 만들어 주는 무언의 힘이 있었다.

강가를 걸으면 자연스레 친구가 생긴다

오늘도 가볍고 설레는 마음으로 갠지스강 산책을 나선다. 한 가지 재미있는 것은 인도 사람들은 '갠지스리버'라고 하면 못 알아듣는 경우가 많다. 그들은 '강가'라고 부르곤 했다. 강가는 이들에게 신이자 어머니이며 친구 같은 존재였다. 특별히 무언가를 하지 않고 강을 끼고서 가트를 천천히 걷는 것만으로도 충분히 매력이 넘치는 곳이었다. 사람들은 자신만의 방식대로 강을 즐기고 있었다. 삶에 대한 깊은 성찰을 하는 듯 일기를 쓰는 사람들도 있고 호객꾼들의 부름도 무시하고 멍하니 강 건너편을 바라보는 사람도 있었다. 걷다가 사람이 적고 조용한 곳이 나타나면 돌계단에 걸터앉아 흘러가는 강물 위로 오래된 보트가 털털 소리를 내며 지나가는 모습을 보곤 했다. 강 건너편에는 작은 섬이 있는데, 배를 타고 건너편으로 건너갈 수도 있다고 했다. 그리고 이곳에서 장례가 치러진 후 타고 남은 미처 썩지 못한 시체가 가끔 건너편 섬에서 발견되기도 한다고 했다.

그때 어린 소녀가 수줍게 내 옆에 앉아 "헬로우"라며 말을 걸었다. "헬로우!"라고 나도 인사를 하자 소녀는 입꼬리를 살짝 올리며 배시시 웃었다. 빨갛고 작은 귀걸이를 한 모습이 너무 귀여웠다. 신나게 아이와 사진을 찍고 있는데 그 모습을 지켜보던 소녀의 어머니가 다가와 자기와도 함께 사진을 찍자며 소녀에게 핸드폰을 건네주었다. 얼굴에 잔뜩 흰색 분칠을 하고 연노란 수염을 한 할아버지가 다가와 같이 사진을 찍으려 했다. 그러자 소녀의 어머니는 할아버지에게 "우리끼리 찍고 싶어요"라고 말하는 듯, 굳은 표정으로 할아버지를 쳐다보았다. 그러나 할아버지는 아주머니의 말은 듣는 둥 마는 둥이었다. 결국 뚱딴지같은 재미있는 조합의 사진이 사진첩에 남게 되었다. 강가에 오면 매일 많은 사람들이 말을 걸거나 같이 사진을 찍자고 하는 것을 자연스레 경험하게 된다. 이곳에서는 정말 누구와도 말동무가 될 수 있고, 운이 좋으면 친구도 될 수 있었다.

파란색의 긴 목걸이를 한 아저씨께서 속옷만 입은 채 나는 검지손가락 하나도 대 보기 싫은 강물 속으로 천천히 발을 뻗고 있었다. 어머니의 품속에 들어간 아기 같은 모습이었다. 아저씨는 신의 품속에서 몸의 더러운 부분을, 마음의 더러운 부분을 씻어 내시는 것 같았다. 아저씨 말고도 목욕을 하는 남자들이 꽤 있었는데 아무래도 너무 뚫어지게 쳐다보는 것은 왜인지 서로에게 민망한 일이라는 생각이 들어 진기하고 생소한 풍경에 시선이 가는 것을 애써 참으며 고개를 돌리곤 했다. 목욕을 마친 아저씨가 햇빛에 말려 두었던 흰 천을 들고와 몸에 감으려 하자 내 앞에 앉아 있던 젊은 남자가 말없이 다가가서 천의 한쪽을 잡아 아저씨가 천을 몸에 두르도록 도왔다.

갠지스 강물과 빨래

어떤 날은 또 계단에 걸터앉아 아무 생각 없이 강을 바라보고 있노라면 보트를 태워 준다고 했던 사람도 있었다. 보트를 타라고 호객하는 사람이 아니었다. 내 또래의 여대생이었는데 참 당차고 야무지게 보트 탑승비를 흥정했던 모습이 기억에 남는다. 보트를 타고 나서도 "잘 가!"라는 인사뿐, 그 사람이 나에게 바라는 것은 아무것도 없었다. 단지 자기 또래의 외국인과 대화를 하길 바랐을 뿐이었던 것 같다.

사람을 만나는 재미에 푹 빠져 버린 나머지 '오늘은 또 어떤 사람을 만나게 될까?'라는, 정말로 단순하고 행복한 고민을 하며 해가 뜨면 정신없는 도로를 지나 무작정 강가로 왔다.

망고라씨? 방라씨?

1인실은 아주 편했지만 단점은 다른 여행자들을 만나서 이야기를 하려고 하지 않는다는 점인 것 같다. 평소 같았으면 방 밖으로 나와 사람들과 이야기를 나누었을 텐데 개인실의 안락함에 푹 빠져 혼자만의 시간을 즐긴 지 사흘째가 되어 가고 있었다.

바라나시에서 가장 사랑하는 장소인 강가를 산책하고 숙소에 돌아가기 전 평소처럼 라씨를 마시기 위해 메인거리에 있는 라씨 가게로 들어갔다. 망고가 들어간 라씨를 마시고 싶어 주인아저씨께 "망고라씨?"라고 물었더니 아저씨가 고개를 끄덕이며 "망고라씨"라고 대답하셨다. 가격은 크기에 따라 조금씩 달랐다. 중간 사이즈를 하나 주문하고 안으로 들어와 자리를 잡고 앉았다. 몇 분을 걸려 열심히 만드시던 아저씨가 건네주신 망고라씨는 노란색일 것이라고 예상했던 것과는 달리 너무나 당당하게도 짙은 이끼색을 띠고 있었다. 냄새는 나쁘지 않았지만 맛은 라씨 특유의 달고 새콤한 맛이 나면서도 끝에 가서는 꼭 씁쓸한 맛이 감돌았다. 400㎖ 정도 되는 양을 애매모호한 표정으로 마시는 나를 반대편에 앉아 계시던 아저씨가 왜인지 신기한 듯 계속 바라보셨다.

자주 가던 튀김 가게에서 사모사라는 인도식 튀김과 근처 슈퍼에서 오렌지주스를 사고 신나게 내 방으로 들어갔다. 씻지도 않고 바로 침대 위에 앉아 사모사를 하나 꺼내 먹으며 유튜브로 영상을 보고 있었다. 그때, 왼쪽 귀에서 '픽' 하는 날카로운 소리가 들리며 귀 안에서 작은 무언가가 터지는 듯한 느낌이 들었다. 그리고 몇 분이나 흘렀을까. 힘겹게 눈을 뜨고 나서야 깨달았다. 갑자기 잠에 빠져들었다는 것을. 이상한 점은 분명히 졸리지 않았다는 것이다. 손에는 핸드폰이 그대로 들려 있는 채 아까 보던 영상이 그대로 재생되고 있었다. 시간을 보니 10분 정도가 지나 있었다. 10분이라는 시간 동안 세상 속에서 사라졌다가 갑자기 다시 이곳에 떨어진 것만 같았다. 생전 처음 겪어 보는 느낌이었다. 누군가 내 왼쪽 귀에 독침을 쏜 것일지도 모르는 일이었다. 그렇다면 대체 어떻게? 벽에 뚫린 구멍이 있나? 나한테 왜?

정신을 차리기 위해 일어나려고 하는데 머리가 너무 어지러웠다. 움직일 때마다 몸이 허공에 붕 뜨는 것 같았다. 이 상태로 계속 혼자 있다가는 죽을 수도 있겠다 싶어 누군가에게 내 상황을 알려야겠다는 생각이 들었다. 리셉션이 있는 3층으로 올라가는 내 다리가 내 것이 아닌 것 같았다. 손으로 이마를 짚고 비틀거리며 올라가니 직원들이 놀라며 다가왔다.

"괜찮아요? 무슨 일이에요?"

직원들은 일단 앉아서 진정하라며 찬물을 가져다주었다. 디시드라는 나와 동갑의 직원이 오늘 무엇을 했는지, 무엇을 먹었는지 말해 달라고 했다. 나는 반쯤 정신이 없는 상태로 말했다.

"오늘 사모사 먹고 주스도 마셨는데 너무 어지러워…."

엄마 생각이 났다. 이상하게도 다른 어느 누구도 떠오르지 않고 엄마의 얼굴만이 머릿속을 가득 채워 눈물을 멈추지 못하게 만들었다. 아직 가족들한테 작별 인사도 못했는데, 부모님보다 먼저 죽으면 진짜 불효인데… 그리고 아직 하고 싶은 게 너무 많은데….

"나 죽고 싶지 않아, 디시드. 난 아직 어려."

발음도 제대로 안 되는 탓에 단어 사이사이에 스페이스 바 3번씩은 누른 듯한 공백을 두고 어눌하게 말을 했다.

"너 안 죽어. 아직 스물셋이야."

그는 단호하고도 따뜻한 말투로 나를 안심시키려 애썼다. 그렇게 몇십 분을 바닥에 앉아 멍하니 바닥만 바라보았다. 많은 투숙객들이 무슨 일인가 싶어 나에게 다가와 슬쩍 쳐다보거나 무슨 일이 있었는지 물어보기를 반복하는 동안 '죽을 것을 대비해 가족들에게 미리 연락을 해야 하나' 심각한 고민을 하고 있었다. 그러나 만약 별것도 아닌 일이었다면 괜히 걱정을 시켜 주는 것밖에 되지 않기 때문에 차마 전화를 할 수도 없었다. 그렇게 한 시간 정도 흘렀을까. 정말 미친 사람처럼 낯선 동양인 남자를 보며 뜬금없이 웃지를 않나, 바닥에 드러누워 울지를 않나, 그러다 다시 바닥을 치며 숨이 끊어질 듯 웃지를 않나 우스꽝스러운 행동을 반복하고 있었다. 유럽 여자가 광인처럼 행동하는 나를 보며 물었다.

"오늘 뭐 먹었어요?"

순간, 아까는 잊고 대답하지 못했던 또 하나의 음식이 떠올랐다.

"라씨 마셨어요."

라씨라는 한 마디에 나를 걱정하며 둥그렇게 에워쌌던 모두가 배를 잡고 숨이 넘어갈 듯이 웃기 시작했다. 여전히 정확한 원인은 모르지만 나도 모르게 사람들과 같이 웃어 버렸다. 그리고 사람들은 "오케이~ 엔조이~"라고 말하면서 하나둘씩 떠나갔다. 디시드에게 사람들이 도대체 왜 웃느냐고 묻자, 그는 웃으며 답했다.

"너가 마신 라씨에 환각물질이 들어 있어서 그래."

거짓말. 믿을 수 없었다. 환각물질이라니, 이게 무슨 소리야 대체. 억울하다는 듯 디시드에게 말했다.

"아저씨는 분명히 망고라씨라고 말했단 말이야!"

그러자 내 얘기를 들은 디시드는 더 크게 웃더니 몰랐던 사실을 말해 주었다.

"그건 망고라씨가 아니라, 방라씨야. 방은 환각물질의 한 종류이고."

내가 생각해도 기막힌 실수를 저지른 것이다. 내가 아저씨께 '망고라씨'라고 말한 것을 아저씨는 '방라씨'라고 들었고, 반대로 아저씨가 '방라씨'라고 말한 것을 나는 '망고라씨'라고 들은 것이다. 디시드는 인도에서 이것은 합법이지만 가끔 악용이 되는 경우가 있기 때문에 점점 사라지는 추세라고 했다. 이제야 아까 라씨가게에서 반대편에 앉아 있던 아저씨가 나를 왜 그렇게 신기한 듯 쳐다보셨는지 이해가 되었다. 그래도 결국엔 죽지 않고 살아 있어 다행이라며 가슴을 쓸어내렸다.

몇 시간이 흘러도 그것의 성분은 몸에 흐르고 있어서, 몸의 모든 세포를 하나하나 빠짐없이 깨우고 있었다. 그 와중에 디시드는 이제 안심하라는 듯, 한때 유명했던 동요 '아기상어'를 틀어 주거나 한국 아이돌의 노래를 틀어 주었다. 노래가 나오면 노래에 맞춰 몸을 움직이고, 그러다 웃기 시작하면 웃음을 멈출 수가 없고 울기 시작하면 눈물을 주체할 수가 없었다. 그 기분은 말로 못다 할 정도로 최악이었다. 겨우 진정하고 자러 내려가려고 하자, 디시드는 걱정 어린 말투로 조심히 내려가라며 손을 흔들어 주었다. 그리고 다음 날 아침 모든 것이 생생히 떠올라 창피함과 수치스러움에 얼굴이 달아올랐다.

튀김가게 할아버지와 친해지다

한 인도 친구가 말하기를, 일부의 인도 사람들은 외국인은 당연히 자기들보다 돈이 많을 거라는 생각에 가격을 부풀려 말하기도 한다고 했다. 별로 차이가 나지 않는 금액이라면 눈 감고 넘어가는 편이 나을 수도 있지만 차이가 매우 클 경우, 그때에는 이왕이면 홍정에 들어가는 것이 좋다고 생각한다. 힘들게 번 돈을 귀찮다고 요구하는 대로 돈을 다 주면 그들은 점점 외국인 관광객을 바보로 알고 더 높은 값을 요구하게 될 거라는 생각이 되었다. 그리고 그것은 다음에 이곳으로 여행을 오게 될 사람들에게 있어서 꽤나 큰 스트레스를 줄 것이다.

그러나 딱 한 사람, 숙소 근처 사모사 가게 할아버지는 달랐다. 외국인에게는 거스름돈을 주지 않는 것이 이제는 문화라도 된 것인 듯하는 장사꾼들 속에서 할아버지는 항상 잊지 않고 단 1루피라도 거슬러 주시는 정직하고 아름다운 모습이셨다. 솔직히 맛은 어느 가게나 비슷하지만 할아버지를 보고 싶어서 일부러 가게를 찾아가곤 했다. 매일 저녁이면 잊지 않고 들러서 가게 밖에 걸터앉아 먹고 가거나 한 봉지 가득 사서 숙소 직원들과 나누어 먹기도 했다.

할아버지는 매번 비슷한 시간에 문을 여셨는데 여느 장사하는 분들과 다름없이 가게 앞을 청소하는 것으로 하루 일과를 시작하셨다. 그러고는 기름을 큰 솥에 담고 밀가루 뭉치를 풍덩풍덩 기름 속에 빠뜨리셨다. 항상 할아버지 옆에 앉아 사모사를 먹는 어린 소년이 있었는데, 알고 보니 아이는 할아버지의 손자였다. 할아버지가 손자에게 바로 옆에 있는 슈퍼에 가서 식빵을 사 오라고 하시면 아이는 건네받은 돈을 들고 슈퍼로 달려갔다. 그러고는 주변을 맴도는 친구들과 장난을 치며 놀다가 할아버지의 눈치가 보이는 듯, 가게 안으로 들어간다.

안에서는 아이의 아버지가 밀가루 반죽 안에 갖은 재료를 정성껏 넣어 모양을 잡고 계셨다. 아이는 아버지 맞은편에 조용히 앉아 반죽을 능숙하게 돌돌 만다. 소년에게 사모사를 하나 내밀며 "하나 먹을래?"라고 하면 말없이 고개를 절레절레 흔들었다. 아마 매일 지겹도록 먹으니 물릴 만도 하겠거니 싶었다. 어느 때에 찾아가든 삼대는 능숙하고도 아주 자연스럽게, 화려함과는 전혀 거리가 먼 그러한 소박하고 정직한 모습으로 가게를 꾸려나가고 있었다. 가끔씩 나에게 보내주는 잊지 못할 따스한 눈빛과 함께. 지금도 갓 만들어 내어 따뜻하고 바삭한 사모사의 맛이 여전히 떠오르곤 한다.

튀김가게 할아버지와 손자

그림을 좋아하는 소녀

네팔로 떠나기 하루 전, 버스를 예약하러 예약 대행사를 찾아갔다. 손쉽게 티켓을 구입하고 나서 아저씨께 헤나 타투를 할 수 있는 곳을 아시는지 여쭤보았다. 보통 이런 관광지에 있는 작은 가게들끼리는 서로 알고 있는 경우가 많아서, 원하는 정보를 얻는 것이 힘들면 돈을 더 주고서라도 직접 물어보는 것이 아주 효과적이다. 아저씨는 가게 문턱에 걸터앉아 있던 소년을 가리키며 저 아이를 따라가면 된다고 하셨다. 꼬마는 왜 이 가게에 있으며 아저씨가 하는 말을 왜 따르는지는 잘 모르겠지만, 일단 아이의 뒤를 쫓아갔다. 빨간색 티에 반바지를 입은 어린 소년은 아직 7살 정도밖에 안되어 보였다. 총총거리며 거침없이 골목길을 지나가는 그 뒷모습을 바라보며 나도 부지런히 따라갔다. 아저씨가 미리 전화를 해 놓았는지 안에 있던 다른 아이들이 나를 마중 나온 것 같았다.

"나마스테!"

꽃을 닮은 환한 얼굴로 반갑게 맞아 주는 두 명의 여자아이들은 안내해 주었던 꼬마보다는 나이가 있어 보였다. 알고 보니 세 아이들은 서로 남매지간이었으며, 사장 아저씨는 이들의 아버지였다. 곧이어 어머니가 나와서 환한 얼굴로 인사를 하고 짜이를 만들러 부엌으로 들어가셨다. 아이들이 가는 곳으로 따라 들어간 곳은 작은 방이었다. 아이들은 오랜만에 본 이모를 만난 듯 잔뜩 들뜬 채 학교에서 만들었던 작품들에 대해 하나하나 설명해 주었다. 그 중 둘째 아이는 자기가 그림 그리는 것을 좋아한다며 스케치북을 들고 와 종이를 한 장 한 장 넘기며 그동안 그려 온 것을 보여 주었다. 소녀가 그린 그림들은 동화책 속 그림을 보는 것 같았다. 너무 어둡지 않은 푸른 밤하늘과 나

뭇잎 사이로 보이는 총총 박혀 있는 하얀 별들, 그 아래 앉아 달밤에 명상을 하는 듯한 여자의 모습을 아름답고 고요하게 그려 낸 느낌이 너무나 좋았다. 나의 칭찬에 신이 났는지 다른 스케치북들도 꺼내 와 그림을 보여 주었다.

그림을 보고 난 후 헤나를 그려 주실 아주머니가 오실 때까지 기다려야겠다는 생각을 하고 있는데, 소녀는 한 손에 잉크를 들고 수줍게 앞에 앉으며 자기가 그려 줄 것이라고 했다. 어른이 아닌 아이의 손에 맡긴다는 것이 조금 염려되기도 했지만 그림을 좋아한다며 열심히 어필하던 아이의 솜씨가 궁금하기도 했다. 팔을 내밀자 그때부터 아이는 잔뜩 고개를 숙이고 주위에서 남동생과 언니가 떠드는 소리에는 아무 반응도 없이, 매우 프로페셔널한(?) 태도로 헤나를 그려나갔다. 조심스럽게 잉크를 짜내며 그림을 그리는 소녀는 엄마에게서 이 일을 배웠다고 했다. 아이가 엄마의 일을 물려받게 될지 어떨지는 나도 모른다. 그렇지만 적어도 그림 그리는 것을 좋아하는 그 마음만큼 계속해서 무엇이든 그려 주었으면 좋겠다.

인도 사람들

보통 낯선 사람이 말을 걸 경우 대충 대답을 하고 나면 그들은 결국 떠난다. 그런데 바라나시에 머무는 마지막 날이었던 이날은, 내가 강가를 바라보는 돌계단에 앉자 아예 옆에 따라 앉아 버린 사람이 있었다. 그의 이름은 아밋. 이 근처에서 삼촌과 함께 천과 사리를 파는 장사를 하고 있는데 오늘로써 강가 근처에서 나를 본 것이 벌써 세 번째라고 했다. 아밋은 한국에서 왔다고 하는 나에게 놀라며 중국에서 온 줄 알았다고 했다. 사실 여행을 하며 중국인이냐는 소리는 참 많이 들어왔기 때문에 놀랄 일도 아니었다.

한국에서의 생활에 대해 묻는 아밋은 취업 상황은 어떤지를 물어왔다. 지금은 취업을 하기 쉽지 않은 상황이라고 말하자, "인도에서는 무슨 일이든지 직업이 될 수 있어!"라고 말했다. 맞는 말이었다. 지금 있는 이곳을 둘러보기만 해도 알 수 있었다. 우리나라에서는 이미 사라진 지 오래된 일들을 여전히 생계 수단으로 삼고 있는 사람들도 있었고 아주 작은 물건이라도, 하다못해 집에서 만들어 온 것 같은 피리를 팔며 돈을 버는 사람들도 있었다.

아밋은 친구가 일하고 있는 호텔로 같이 친구를 보러 가자고 했다. 아밋을 따라 들어간 곳은 인도에서 보기 드문 시설이 깔끔하고 분위기가 괜찮아 보이는 넓은 호텔이었다. 아밋의 친구는 가만히 소파에 앉아 있었는데 일을 한다고 하기에는 굉장히 지루하고도 여유로워 보였으며 아무것도 하지 않고 앉아만 있었다. 아밋은 나에게 장난스레 이 친구가 부자라고 계속 말해 주었다. 알고 보니 이 호텔은 그의 아버지 소유이며 그는 잠시 동안만 일을 하는 중이라고 했다. 어쩐지 직원이라고 하기에는 가만히 앉아서 다른 사람들에게 무언가를 시키는 모습이 영 이상했었다.

마침 심심해하던 찰나에 잘 되었다는 듯 그는 한국에서 무슨 일을 하고 있는지 물어왔다. 아직 대학생이라는 말을 하자 그는 인도의 교육 시스템은 환경이 열악한 데다 너무 비싸서 많은 아이들이 이른 나이에 학교를 일찍 그만둔다고 했다. 아밋도 10살부터 학교를 그만두고 부모님의 일을 도와 지금까지 계속해 오고 있다고 했다. 그러나 아밋의 친구, 로힛은 호텔을 운영하는 아버지 밑에서 태어나 대학교를 졸업한 후 소파에 앉아 다른 직원들에게 지시를 내리거나 이따금씩 손님들과 지금처럼 대화를 나누었다.

그의 말대로 인도의 교육비는 너무 비싸서 많은 아이들이 초등학교 저학년 때부터 학교 밖으로 나와 거리를 서성이거나, 착실한 아이들은 부모님의 일을 돕는다. 그리고 제대로 오랜 시간 해 온 공부도, 기술도 없는 아이들은 그대로 부모님의 일을 물려받는다. 지금쯤이면 학교에 있어야 하는 것이 당연한 한국의 아이들과는 너무나도 다른 삶이었다. 어린아이 때부터 짊어지고 살아온 짐이 몇 개나 되는 걸까? 어쩌면 인도의 빈익빈 부익부 현상은 최소한의 교육을 받을 수 있는 환경이 보장되지 않는 이상 더 심해질지도 모르는 일이었다. 태어난 순간부터 소명처럼 부여받는 계급과 부모로부터 물려받는 일이 이들의 첫 출발 지점을 각각 정해 준다. 자신보다 앞서서 출발하는 아이는 그림자도 보이지 않을 정도로 아주 멀리에서 달려가고 있다. 그러나 운명적으로 주어지는 무언의 그것을 인도 사람들은 비교적 태연하게 받아들이는 듯했다. 오늘 아침 보았던 사모사 가게 할아버지 옆에서 친구들과 웃으며 장난을 치던 아이도, 어린 시절의 아밋도, 거리에서 열심히 삶의 현장 속에 뛰어들어가 있는 아이들에 대해서도 단 한 번도 깊게 생각해 본 적이 없었다. 학교를 다니고 싶어도 다니지 못하는 것은 아주 먼 나라 이야기인 줄로만 알았다. 그들에게는 너무나 미안하지만, 그리고 인도를 마음 깊은 곳에서 사랑하고 있지만 한국에서 태어나고 자라서 진심으로 다행이고 감사한 마음이 들었다.

물론 한국에서도 태어났을 때부터 부여받는 부모님의 재정적 형편이라는 높다란 장벽이 있다. 감히 이렇다 저렇다 평가를 하는 것은 무례하고 어리석은 짓이라는 것을 알지만 인도에서 가지고 태어나는 장벽은 한국의 그것과는 비교도 안 될 정도로 넘을 수 없는 높고 험준한 산처럼 느껴지기만 했다. 우리나라처럼 국가에서 학교를 다닐 수 있게라도 해 준다면, 조금이라도 많은 아이들에게 더 많은 기회가 제공되어 더 넓은 세상 속에서 살아갈 수 있을 가능성을 열어 줄 텐데…. 훗날 인도의 아이들이, 어른들이 보다 더 깊은 행복을 누리고 있기를 바라고 또 바란다.

정들었던 인도, 안녕!

며칠 전에 있었던 일명 '방라씨 사건'으로 직원들에게 신세를 진 일을 잊지 않고 담아두었다가, 네팔로 떠나기 바로 전날 함께 먹을 간식거리를 좀 사가야겠다고 생각했다. 작은 것이지만 그래도 다 같이 나눠 먹기 위해서 양손 가득 음식과 음료수를 사가는 데 이상하게도 마음이 설레었다. 비유가 조금 이상할지도 모르지만 아버지가 퇴근 후 집에 돌아오는 길에 자식들에게 줄 치킨을 사 올 때의 기분이 이렇지 않을까 상상해 보았다.

막상 말을 걸려니 조금은 쑥스러웠다. 3층으로 올라가니 '라훌'이라는 직원과 슙브가 조용히 얘기를 나누고 있었다. 작게 인사하며 음료수를 하나씩 주며 며칠 전에 그 일로 숙소에서 소란을 피웠던 것에 대해 정말 미안했으며 또 고마웠다는 마음을 전했다. 슙브는 그 일은 신경 쓰지 않아도 괜찮다며, 오히려 내가 주는 작은 것들에 굉장히 감동을 받은 표정이었다. 그런데 아직도 기억이 생생히 날 정도로 옆에서 열심히 챙겨주었던 디시드가 보이지 않았다. 슙브는 오늘이 디시드가 이곳에서 일하는 마지막 날이라서 옥상에서 작은 파티를 연다며 나도 오면 좋겠다고 했다. 그때 디시드가 신발을 벗으며 들어왔다.

"디시드!"

너무 반가운 나머지 나도 모르게 소리를 질러 버렸다. 별로 몇 마디 나눠 보지도 못한 사이인데, 아직 친구라고 부를 정도로 친한 사이도 아니었는데 괜히 반가운 마음이 들었다. 내가 사 온 것들을 나누어 먹으며 이야기는 자연스레 그날 있었던 일로 흘러갔다. 디시드는 상태가 이상한 나를 보고 즉시 총괄 직원인 슈브에게 연락을 했고, 잠시 밖에 나가 있던 슈브는 그에게 나를 꼭 잘 지켜보고 있으라고 말했다고 했다. 어쨌든 우연히도 오늘은 디시드에게도 나에게도 바라나시에서 머무는 마지막 날이었다. 옥상으로 올라가서 우리는 최대한 신나는 노래를 틀었다. 그리고 슈브는 일부러 '강남스타일'을 틀어놓고 억지로 내 손을 잡고 일으켜 세워 춤을 추게 하려고 했다. 몸치이긴 해도 춤을 정말 즐기고 좋아하지만 슈브가 옆에서 자꾸 멍석을 깔아 주니 도저히 부담스럽고 민망해서 출 수가 없었다.

다른 사람들이 춤을 출 동안 디시드와 나는 동갑내기 친구로서 서로의 삶에 대한 질문과 답변이 끊이지 않고 있었다. 그는 여행을 정말 좋아해서 여행 자금을 벌러 베트남에 가서 영어를 가르친 적이 있었는데 베트남은 자신에게 있어서 제2의 고향이라고 할 정도로 그 나라에 대한 무한한 애정이 가득했다. 그러고는 내가 여행을 해 온 나라들에 대한 이야기, 한국에서 하는 일에 대한 이야기를 호기심 어린 눈으로 바라보며 들었다. 그는 다정하고 친절한 사람이었다. 어떠한 이야기를 하든지 깊은 관심을 보이며 들어 주고 내가 하는 사소한 행동에도 좋은 말들을 덧붙여 주며 나도 모르게 마음을 편안하게 만들어 주었다. 또한 어떤 사람들과도 즐겁게 이야기를 나누었으며 그가 있는 공간은 늘 장난과 웃음이 가득하고 편안한 공기가 흘렀다. 오늘이 마지막 날이라는 것이 너무 안타까웠다. 진작 그와 더 친해졌다면 얼마나 좋았을까? 아쉽지만 이미 네팔행 버스는 비싼 값을 주고 예약한 후였다. 즐거움과 동시에 진한 아쉬움을 담은 마지막 날은 그렇게 특별하게 흘러갔다.

인도를 떠나야 하는데 그러고 싶지가 않았다. 인도에서 쌓아 올린 잊지 못할 추억과 사람들이 셀 수 없을 정도로 가슴 속에 콕콕 박혀 있었다. 밤 10시 버스를 타야 한다는 말에 디시드는 당황스러울 정도로 아쉬운 표정을 지으며 붙잡았다. 다른 사람들과 대화를 하다가도 이따금씩 옆에 와 앉아 바라나시에 더 머무르라는 말을 했다. 곤란해하는 표정을 지으며 버스 티켓이 너무나 비싸서 그건 힘들 것 같다고 했다. 그는 한 치의 고민도 없이 만약 버스를 취소한다면 그 비용을 자신이 지불할 것이며 다음 버스까지 예약해 주겠다고 했다. 어떤 말을 들어도 흔들리지 않았던 마음은 어느새 요동을 치고 있었다.

사실 시작은 슙브가 했다. 슙브는 버스 티켓을 보여 달라고 하더니 장난 반 진심 반으로 티켓을 구기며 조금만 더 머물다 갔으면 좋겠다고 말했다. 장난스레 받아들였던 말들이 진심이었다는 것을 점차 느끼고 있었다. 버스 시간은 가까워 오는데, 결정을 내리기가 힘들었다. 바라나시의 혼잡하고 더러운 거리, 잊지 못할 음식, 그리고 디시드 때문이었다. 장난기 넘치지만 정이 많고 표현이 풍부한 그가 좋았다. 그에게 기대 없이 물었다.

"만약에 너가 나라면 어떻게 할 거야?"

"네팔 안 가고 바라나시에 있을 거야."

그러나 돈과 사람 사이의 갈등 속에서 헤매다 결국 네팔로 향하기로 결정을 내렸다. 아직도 네팔로 가기 전 그 친구의 슬픔에 찬 눈빛이 선하다.

12

네팔

지옥 같은 버스

버스를 타자마자 내리고 싶은 마음이 들었다. 버스 안을 정신없이 가득 채운 사람들의 땀 냄새나 습기로 가득 찬 찝찝한 공기 때문만은 아니었다. 장장 스무 시간을 달려가야 해서 그런 것도 아니었다. 같이 있었던 시간은 3일밖에 안 되었는데도 디시드가 너무 보고 싶었다. 부끄럽지만 친구 사이의 정을 넘어선 감정이었다. 단 며칠 만에 이런 감정이 솟구치는 것이 언짢게 느껴졌다. 그러나 어떠한 논리적 사고도 감정 앞에서는 그저 무기력해질 뿐이었다. 깜깜한 밤을 달리는 버스 안에서는 그 어느 것도 보이지 않았다. 카트만두로 향하는 버스 안에서 나는 네팔에 대한 그 어떠한 것도 기대할 수 없었다.

도로 중간중간 간이 화장실이 있을 거라고 생각했던 것은 완벽한 착각이었다. 참다 참다 안 되겠어서 내 옆의 유럽인 여자가 볼일을 보러 나갈 때 따라 나갔었는데 아무것도 없는 도로 위에서 볼일을 해결해야만 했다. 다행히 늦은 시각이라 아무도 나를 보지는 못할 것 같았다. 버스가 떠날 새라 급하게 해결하고 다시 올라탔다. 우둘투둘하고 높은 산길을 오르는 버스는 어느새 국경까지 와 있었다. 뒤로 보이는 인도의 국기가 더욱 아련하고 가슴 아프게 느껴지기만 했다. 왔던 길을 다시 돌아갈 수만 있다면. 다시 그때로 시간을 되돌릴 수 있다면.

네팔에서 인도를 그리워하다

카트만두 안의 힌두교 사찰을 보아도, 활기 넘치는 여행자 거리를 걸어도 아무 매력을 느낄 수 없었다. 때마침 반갑게도 숙소 룸메이트 중에 한 명이 인도 사람이었다. 언니는 네팔 트래킹을 마치고 잠시 카트만두에 머무르는 중이라고 했다. 우리는 타멜 거리에 있는 카페에서 이야기를 나누었는데, 언니는 안나푸르나를 오르다 만난 독일 남자와 서로를 깊이 좋아했던 이야기를 들려 주었다. 서로를 정말 좋아했지만 끝내 연이 닿지는 못했다며 지금도 그가 많이 그립다고 했다. 가만히 듣다가, 디시드에 관한 이야기를 하지 않을 수 없었다. 언니는 진지한 표정으로 한 번 연락을 해 보는 것이 어떻겠느냐고 물었다. 그러나 그 물음에 쉽게 '그러겠다'고 대답할 수 없었다. 스스로가 이미 지난 일을 붙잡고 늘어지는 미련한 사람처럼 느껴졌기 때문이다. 계속되는 언니의 부추김과 응원은 억지로 가라앉히던 마음을 다시 휘저어 버렸다.

카트만두는 전기가 자주 끊겼다. 그럴 때마다 뜨거운 물을 사용하지 못하는 것은 물론이요 핸드폰을 충전하거나 와이파이를 사용할 수도 없었다. 숙소 직원들에게 물어보아도 그들 또한 언제 다시 전기가 들어올지 정확히는 알지 못했다. 그날 저녁은 비가 쏟아붓듯 내리고 있었다. 인터넷을 사용할 수 없어 답답한 마음에 근처에 있는 넓은 식당으로 들어갔다. 핸드폰을 충전시

킬 수 있는 자리를 찾고 모모라는, 네팔식 만두를 시켰다. 그러고는 머릿속에서 수십 번의 갈등을 하다 결국 마음을 먹었다. 손에 땀이 나고 긴장되는 순간이었다. 오랜만에 디시드에게 연락을 하기 위해 SNS 속 그의 이름을 뒤져보았다. 용기 내어 다시 바라나시로 돌아가면 만날 수 있느냐고 적고 소심하게 전송 버튼을 눌렀다. 만날 수 있다는 답장에 어찌할 바를 모를 정도 기뻐했지만 며칠 뒤 다시 돌아온 답은 일을 잠깐 쉬고 집으로 돌아가기로 일정을 바꿨다는 것이었다.

여행자 거리의 어느 고서점

이제 다시는 볼 수 없다는 생각에 절망감이 들었다. 결국 모든 것은 나의 선택에 의해 벌어진 일이었다. 그렇게 인도행 버스를 예약하지 않겠다고 마음을 바꾸려다 문득, 그를 볼 수 없어도 그것과는 상관없이 바라나시로 돌아가는 것을 간절히 염원하고 있다는 것을 깨달았다. 더럽고 정신없는 그 거리가, 때로는 피곤할 정도로 관심을 가지던 인도 사람들이, 할아버지의 사모사가, 매일 산책을 하던 갠지스강까지 모든 것이 사무치게 그리웠다. 그래서 나는, 다시 인도로 돌아가기로 했다.

투명한 자연

카트만두에서 했던 모든 고민들을 먼지 하나 없이 털어 버리고 싶었다. 버스를 타고 8시간을 달려 네팔 제2의 도시이자, 많은 여행자들을 깨끗한 자연과 저렴한 물가로 사로잡는 포카라로 향했다.

그곳에서 포카라를 어머니처럼 따뜻하고 거대하게 품어 주는 히말라야를 만났다. 마을의 어느 골목길을 걸어보아도 모든 집들이 저 멀리 흰 눈을 뒤집어 쓴 히말라야를 끼고 있었다. 깨끗한 수채화로 그려놓은 듯 한없이 맑기만 한 모습에 취해 눈을 뗄 수 없었다. 하늘은 먼지 하나 없는 푸른빛을 담고 호수는 어린아이의 영혼처럼 맑아 작은 구름까지 모든 것을 비추고 있었다. 작은 과일 가게에 들러 귤을 잔뜩 사담은 봉지를 들고 길을 걷다 앞서 걷는 엄마에게 뒤처져 걸어가는 아이를 만났다. 심심하던 차에 말을 걸었더니 장난 가득한 표정으로 "헬로우"라고 하는 아이. 귀여워서 귤을 몇 개 주었더니 아이는 어머니에게 달려가 자랑스레 귤을 꺼내어 보여 주었다.

정처 없이 길을 걷다 보면 점차 들뜬 외국인 관광객들의 모습은 보이지 않고 차분한 표정의 현지인들만 보이게 된다. 그럼 그들을 따라 걷는다. 계곡 위로 널빤지를 엮어 만든 길을 사람들이 지나다녔다.

마을로 들어가는 길

저 안으로 들어가면 작은 마을이 있는 것 같았다. 흔들거리는 널빤지 다리를 아무렇지 않게 지나다니는 사람들 중에는 페트병이 최소한 6개쯤은 들어 있어 보이는 지푸라기로 만든 바구니에 끈을 달아 머리에 지고 다니는 아낙들을 볼 수 있었다. 마을 안으로 들어가는 페트병은 아직 비어 있고 밖으로 나오는 페트병은 물이 둥실둥실 차 있었다. "나마스테" 인사하며 그들 곁을 지나 아슬아슬하게 흔들리는 널빤지 다리를 건넜다. 아들과 아버지가 바위를 성큼성큼 밟고 내려가 계곡으로 들어가려는 것 같았다. 그들을 따라 내려가 보니 카트만두에서는 느낄 수 없었던 또 다른 냄새를 느낄 수 있었다. 다듬지 않은 초록들 사이로 조용히 흐르는 계곡에서는 빨래를 하는 사람도 있고 낚시를 하는 사람도 있었다. 앞서가던 아버지는 아들에게 낚싯대를 쥐어주었다. 아버지가 다른 곳에서 고기를 잡는 동안 어린 아들은 그대로 몇 분이나 서서 다가올 고기를 기다리다 이내 지쳤는지 낚싯대를 돌 위에 내려놓고 물속으로 들어가 안을 들여다보았다. 아들의 모습을 지켜보던 그의 어머니 옆에 조용히 앉았다. "나마스테"라고 인사하자 마주 보며 정다운 미소를 띠고 "나마스테"라고 답해 주셨다. 나는 '나마스테'라는 힌디어가 참 좋다. 이 단어에서는 어딘가 따스함이 느껴진다. 마치 낯선 이를 반갑게 맞아 주는 네팔 사람들처럼 말이다.

최고의 패러글라이딩

포카라는 아름다운 히말라야 산맥 덕에 세계 3대 패러글라이딩 장소가 되어 있었다. TV에서만 보았던 동의서를 작성한 후 방글라데시에서 온 사람들과 승합차를 타고 구불구불한 산길을 한 시간 남짓 달렸다. 목적지에 도착하지 않아도 차창 밖으로 보이는 산의 초록들이 내뿜는 신성하고 개운한 기운이 느껴졌다.

온갖 장비로 몸을 보호해도 불안한 마음이 드는 것은 어쩔 수 없는 일이었다. 모든 준비를 마치고 이제 저 절벽 끝으로, 히말라야의 품으로 뛰어들기만 하면 되었다. 준비되었냐는 가이드의 말에 망설여져 잠시 호흡을 가다듬었다. 그리고 하나, 둘, 셋을 외치고 나는 허공 속으로 뛰어들었다. 구름 사이로 비치는 햇빛을 온몸으로 맞으며 바람을 가르고 하늘을 날았다. 아래로 보이는 거울 같은 오차 없이 깨끗한 호수, 그에 비친 산을 있는 그대로 느껴보았다. 가이드가 가리키는 곳으로 시선을 돌리니 우리 발밑에서 독수리 두 마리가 날개를 활짝 펴고 멈출 새 없이 허공을 가르고 있었다. 와, 내가 독수리보다 위에 있다니! 아주 어렸을 때 하늘을 날거나 그게 불가능하다면 구름 위에 알라딘의 양탄자처럼 올라타기를 꿈꿨었다. 왠지 간절하게 바라면 이루어질 것만 같았다. 하늘을 날 수 있는 날개는 없어도, 구름에 양탄자처럼 앉을 수는 없어도, 적어도 내 몸은 땅에서 한없이 멀리 떨어져 독수리와 함께 날고 있었다.

히말라야를 바라보며 날다

트래킹을 사랑하는 안나

독일에서 온 안나는 지금까지 만났던 어느 누구보다도 쾌활한 사람이었다. 나와는 달리 안나는 트래킹을 하기 위해서 네팔에 왔다고 했다. 짐을 보니 등산스틱과 등산화, 등산 양말이 침대에 걸려 있었다. 안나는 그동안 폴란드, 조지아, 이란을 비롯한 많은 나라에서 등산을 했다고 했다. 산을 오르며 자신이 보아왔던 위대하고 경건한 자연을 마음속에 그리며 열심히 묘사해 주는 안나는 산을 오르며 보는 풍경, 만나는 사람들, 그 과정에서 자신이 느끼는 감정을 사랑하고 있었다. 그러고는 트래킹을 하면 샤워하는 것이 여의치 않아 대부분은 땀을 흘리고 그대로 말리고 잘 수밖에 없어서 냄새가 많이 난다며 익살스런 표정을 지었다. 만난 지 하루밖에 안 되었는데도 그 누구보다 말이 잘 통하고 성격이 좋았던 안나.

"그럼 크리스마스 때 히말라야에 있는 거예요?"

크리스마스를 포카라에서 보낸다는 안나는 세상에서 가장 재미있는 일을 두고 잔뜩 들떠 있는 어린아이 같았다.

"맞아, 너무 기대돼."

"우와, 저는 인도에서 크리스마스를 보낼 거예요."

"따뜻한 크리스마스를 보내겠구나. 그런데 혼자 인도 가면 무섭지 않아?"

안나도 인도의 치안에 관한 안 좋은 이야기들을 익히 들어온 모양이었다.

"물론 가끔씩 엉덩이를 스치고 지나가는 나쁜 사람들도 있어요. 그렇지만 좋은 사람들은 비교도 안 될 정도로 훨씬 많아서 저는 괜찮아요!"

그날 밤 안나와 나는 몇 시간이나 침대 위에 앉아 여고생들처럼 끝도 없이 이야기를 했다.

나와 당신의 행복

Backpacker Nam

나는 오늘 저녁에 카트만두를 지나 다시 인도로 넘어간다. 원래는 네팔을 끝으로 이번 여행을 마무리하고 한국에서 크리스마스를 보낼 작정이었다. 그러나 자꾸만 마음속에서 인도를 그리는 내가 보여 결국 스무 시간의 쉽지 않은 버스 여정을 선택하고 말았다. 해가 기웃기웃 넘어가고 있었다. 이제 몇 시간 뒤면 카트만두로 향할 버스를 타기 위해 설레는 마음으로 짐을 쌌다. 안나는 옆에서 안나푸르나 트래킹을 위해 짐을 싸고, 영국인 앨리도 다음 트래킹을 위한 짐을 싸고 있었다. 짐을 싸던 안나는 흥에 겨운지 "아이 고우 트래킹~" 하며 알 수 없는 멜로디를 붙여 흥얼댔고 나는 "아이 고우 인디아~" 하며 흥얼대었다. 우리는 서로를 보며 웃었고, 방 안에서는 왠지 모를 흥분과 기쁨이 흘러넘치는 것을 느낄 수 있었다.

그때 안나는 "우리 모두 지금 행복한 것 같네"라는 말을 했는데, 너무나 공감이 되었다. 다른 사람들이 보았을 때는 왜 씻지도 못하고 다리도 아파하면서 산을 오르고 있나, 왜 위험하게 혼자서 깨끗하지도 않은 인도를 가는가 싶을 수도 있다. 그러나 우리에게는 그저 행복한 일일 뿐이었다. 우리에게 행복한 선택을 하고, 기쁘게 우리가 선택한 상황을 즐기고 있을 뿐이었다. 한국에 돌아가서도 부디 이 마음을 녹슬게 두지 않겠다고 다짐했다. 부디, 갈림길에 섰을 때 그 길이 힘들고 끝이 보이지 않을 정도로 한없이 멀게만 느껴지더라도 주저하지 않고 걸어 나가기를.

13

다시 인도

반가운 인도!

정말 신기한 것은 같은 스무 시간 버스인데 바라나시로 돌아올 때는 전혀 힘들지가 않았다는 것이다. 나름 두 번째 타 보는 것이라고 익숙해져서 그런 것인지 바라나시와 재회해서 반가운 마음에 그런 것인지.

슙브에게 다시 바라나시로 돌아간다고 연락하자 그는 기뻐하며 함께 행복하고 즐거운 크리스마스를 보내자고 했다. 반겨 주는 사람들이 있다는 것은 정말 기쁘고 감사한 일이었다. 바라나시 정류장에 내리자마자 나는 바보 같은 웃음을 실실 흘리며 환호했다. 유심을 아직 사지 않아서 릭샤꾼 아저씨께 핸드폰을 빌려 슙브에게 전화를 했다. 한결같은, 너무나 반가운 목소리가 들려왔다. 서둘러 릭샤를 타고 숙소로 향했다. 할아버지의 튀김 가게, 정직한 아저씨가 계시는 슈퍼를 지나며 그리웠던 마음에 들뜸을 주체할 수 없었다.

릭샤에서 내리자마자 일을 하느라 바쁜 슙브를 대신해 마중 나온 그의 친구 얼굴을 보자 반가움에 소리를 지르고 말았다.

슘브

소중한 펨카, 크리시나, 존

이곳에서 또 다른 친구들을 사귀었다. 뽀글뽀글한 머리를 반 묶음하고 쉴 새 없이 떠드는 인도인 크리시나. 크리시나는 브라만 계급이지만 의식을 행하는 사제 일은 하고 싶지 않아 지금도 그것과는 전혀 다른 일을 하고 있다고 했다. 그리고 당당하고 유쾌한 벨기에인 펨카와 미국에서 온 장난기 많은 존. 우리 넷은 매일 같이 하루를 함께 했다. 그들을 만나며 일주일 동안 너무나 감사하게도 행복한 나날들을 보낼 수 있었다. 영어가 서툴러 외국인을 만나면 깊은 대화로 이어지지 못해 항상 아쉬웠는데 이 친구들은 모두 내가 알아들을 수 있도록 천천히 말해 주고 몇 번을 반복해서 말해 주곤 했다. 정말 고마운 사람들….

처음 이들과 친해지게 된 것은 루프탑에서 펨카가 나에게 한 말 때문이었다. 존과 나는 대부분 12시가 되어서야 잠에서 깼다. 그러나 부지런하고 활동적인 펨카와 크리시나는 항상 아침 일찍 일어나 조식을 챙겨 먹었다. 처음에는 조식을 먹고 있는 그들 틈에 끼어드는 것이 부끄러워 가볍게 인사만 나누고 지나갔었다. 그런데 "우리 라씨 마시러 갈 건데 같이 갈래?"라고 하는 펨카의 한 마디에 그날부터 매일 펨카와 단짝처럼 꼭 붙어 있게 되었다. 눈을 뜨면 오늘은 무엇을 먹을까, 무엇을 하며 놀까 생각하며 설레었다. 가장 늦게 일어나는 탓에 항상 다들 나보다 이미 준비가 다 끝난 상태로 기다리고 있었다.

펨카, 크리시나, 존 그리고 나

크리시나는 우리의 유일무이한 가이드였다. 그의 뒤를 유치원생처럼 따르는 우리는 모두 다른 나라에서 온 사람들이었다. 내가 생각해도 그 조합은 독특해서 충분히 눈길을 끌 만했다. 지나가던 현지인들 중에서는 우리를 보려고 뒤를 돌아볼 정도로 신기한 듯 바라보는 사람들이 많았다.

가끔은 시끄러울 정도로 말이 많은 크리시나는 뭄바이에 사는데도 바라나시에서 유명한 맛집들을 속속들이 꿰뚫고 있었다. 솔직히 나는 외국인 친구가 갑자기 서울에 놀러 온다면 어디로 데려가야 할지 막막할 텐데 그는 전혀 막힘이 없었다. 그리고 그가 데려가 준 식당과 길거리 음식은 정말 모든 것이 완벽했다. 다시 돌아오지 않았다면 이렇게 맛있는 인도 음식들을 몰랐을 것이다. 모래에 구운 견과류, 굴랍 자문이라고 부르는 아주 달달한 소스에 적신

과자, 면으로 되어 있는 인도식 아이스크림 등. 심지어는 밥을 한 끼도 먹지 않고 거리 음식으로 해결한 날도 많았다. 걷다 보면 많은 인도 사람들이 서서 거리 음식을 먹고 있는 것을 볼 수 있는데, 괜히 그런 것이 아니었다. 진심으로 인도에는 맛있는 음식이 넘쳐났다.

크리스마스가 다가오자 아무리 예수를 믿지 않는 나라라 하더라도 거리에는 트리나 산타클로스의 모자라든지 크리스마스의 흔적들이 조금씩 묻어나오기 시작했다. 숙소에서 우리는 산타클로스 모자를 쓰고 슙브가 틀어 준 머라이어 캐리의 'All I want for Christmas is you'를 들으며 흥에 겨워 춤을 추었다. 제자리에서 뛰고 페트병을 마이크 삼아 아무 춤이나 추고 노래를 따라 불렀다. 펨카가 없었다면 다른 사람들이 춤을 추는 것을 지켜보기만 했을 것이다. 펨카는 기분이 좋으면 좋은 데로 적극적으로 표현할 줄 아는 사람이었고 나는 그런 그녀가 너무나 부럽고 사랑스러웠다.

모래에 구운 견과류

우리는 저녁을 먹고 나면 숙소에 들어가기 전에 반드시 가트를 걷고 돌아오곤 했다. 어느 날은 크리시나와 펨카가 걷다가 갑자기 조깅을 한다며 가볍게 뛰기 시작하더니 결국엔 달리기 시합으로 변해 서로를 앞서거니 뒤서거니 하기도 하고 아르티 뿌자 의식을 보는데 옆에서 킥킥대는 소리가 들려 돌아

보니 둘이서 신발을 한 짝씩 바꿔 신으며 장난을 치고 있기도 했다.

숙소에서 머리 자르기

물 때문인지 어느새 머리카락이 개털이 다 되어 가고 있었다. 지저분한 것도 잘라 낼 겸, 요르단에서 그랬던 것처럼 또다시 이발소를 알아보는데 역시나 아무도 이발소를 추천하지 않았다. 그때 묵묵히 듣고 있던 '그리시마'라는 이름의 인도인 언니가 내 머리를 잘라 주겠다고 했다. 자격증은 없지만 학생 시절 기숙사에서 친구들끼리 서로 머리를 잘라 준 적이 있다고 했다. 운이 좋았다. 어차피 조금 잘라 내기만 할 거, 그 정도면 충분했다. 숙소에서 머리를 자른다는 소식을 듣고 크리시나와 펨카, 그리고 다른 사람들이 루프탑으로 올라와 내 머리가 잘려나가는 것을 구경했다. 완성된 머리를 거울에 비추어 본 나의 감상은 솔직하게 말하자면 정말 마음에 들었다. 조금 삐뚤빼뚤하고 중학생 때 이후로 해 본 적 없던 귀밑 10㎝보다도 더 짧은 길이였지만 마음에 쏙 들었다. 고마운 마음에 그날의 모습을 종이 위에 담아 작은 선물로 주었다.

고마워요 그리시마

메리 크리스마스 바라나시!

거리에서 하얀 눈을 볼 수 있거나 가게에서 머라이어 캐리의 노래는 들리지 않았지만, 펨카와 나는 우리끼리라도 즐겁게 이브를 맞이하기로 했다. 산타클로스 모자를 쓰고 밖으로 나가자고 그냥 장난으로 한 말에 펨카는 아무렇지 않게 모자를 쓰며 얼른 나가자고 했다. 역시, 펨카는 펨카였다. 흰 솜뭉치가 달려 있는 빨간 모자를 쓰고 거리를 활보하는 우리를 본 인도의 아이들은 "메리 크리스마스!"라며 인사를 해 주었다. 아이뿐 아니라 어른들 중에서도 웃으며 "메리 크리스마스!"라며 인사를 해 준 분들도 있었다. 장난삼아 쓴 모자인데, 괜히 마음이 따뜻해졌다. 작게라도 특별한 날을 기념하기 위해 우리는 소박하지만 깔끔한 식당으로 가서 인도식 스페셜 정식을 시켰다. 평소에 먹던 것보다 양도 많고 때깔도 좋은 밥과 카레, 수프를 순식간에 해치우고서는 이 상태로는 충분치 않다며 후식을 먹으러 향했다.

숙소로 돌아오는 길에 펨카와 나는 라씨를 한 잔씩 마셨는데, 주인아저씨가 일부러 가격을 높게 불렀다는 것을 숙소에 돌아와 깨달았다. 금액 차이가 크지 않아 그냥 무시하고 넘어가려는데 펨카는 절대 넘어갈 수 없다는 듯, 크리시나에게 자기와 함께 그 가게로 가 달라고 했다. 농담인 줄 알았던 그녀의 말은 진심이었다. 그때 또 다른 투숙객들 몇 명이 어차피 자기들도 심심했으니 우리를 따라가겠다고 했다. 몇몇은 무엇을 먹었는지 거동이 이상해서 조금 불안했지만 결국 그들과 함께 가기로 했다. 거리는 밤이 되어도 여전히 정신이 없었다. 우리를 따라나선 사람들 중 러시아 남자의 목소리는 엄청나게 호기로웠다. 그는 영어를 전혀 할 줄 몰랐는데, 술에 잔뜩 취해 우리는 전혀 알 수 없는 러시아어를 쏟아냈다. 갑자기 누군가 내 다리를 기분 나쁘게 툭툭

쳤다. 뒤를 돌아보니 러시아 남자였다. 그는 큰 키를 허우적대며 앞으로 달려가서 다른 사람들에게 똑같은 장난을 치기 시작했다. 그리고 네덜란드 남자를 품에 안고 광인처럼 뛰어다니기 시작했다. 불길한 예감에 우리는 모두 그에게 그만하고 내려놓으라고 말렸지만 그는 멈추지 않고 오히려 즐기고 있었다. 그러고서 자신의 품에 안았던 네덜란드 남자를 위로 번쩍 드는 듯하더니 쌓여 있는 상자 위로 그를 내던지고 말았다.

펨카와 그녀의 남자친구

눈앞에서 벌어지는 상황이 믿기지가 않았다. 이게 대체 무슨 일인가. 그의 난동은 거기서 끝나지 않았다. 쓰러져 있는 네덜란드 남자 위에 올라앉아 얼굴에 주먹질을 해대기 시작했다. 주변에 있는 사람들이 제정신이 아닌 그를 말렸다. 그는 이제 진정했다는 듯 머리를 넘기며 일어나더니 겨우 옷을 털고 일어난 네덜란드 남자를 또다시 때리려 했다. 함께 온 다른 투숙객 중 어느 누구도 말리지 않고 그저 불안한 눈빛으로 지켜보는 모습이 너무 답답했다. 나는 떨면서 네덜란드 남자 앞에서 양팔을 벌리고 가로막으며 그만하라고 말리는 수밖에 없었다. 인도 사람들도 함께 그를 말리자 겨우 진정이 되었는지 그는 소름 돋게 빙긋 웃으며 유유히 그곳을 빠져나갔다.

크리스마스 날이었다.

"여기 더 있다 가면 안 돼?"

"미안 남, 그러면 기차표가 너무 비싸."

몇 번이나 애원하듯 말했지만 교통비는 연말이 가까워 올수록 비싸지고 있는 탓에 펨카, 그리고 크리시나까지 어쩔 수 없이 떠나보내야만 했다. 아쉬운 마음에 사진이라도 여러 장 찍는 수밖에 없었다. 내가 인도를 사랑하는 것처럼 펨카는 네팔을 사랑하는 사람이었다. 그녀는 인도에 놀러 온 남자친구와 인도 여행을 마친 후, 다시 네팔로 돌아간다고 했다. 많이 그리울 거야, 함께 만들었던 소중한 추억뿐 아니라 너희라는 존재 자체가 말이야.

크리스마스를 우울하게 보내고 싶지는 않았다. 평소처럼 무작정 길을 나섰다. 가장 정신이 없는 메인 사거리에는 교회가 하나 있었다. 바라나시에 있는 유일한 교회이다. 평소에는 예배를 드리는지 의문이 들 정도로 사람이 드나들지 않던 교회가, 재미있게도 크리스마스가 되니 그곳에 들어가려는 사람들로 입구가 꽉 막혀 있었다. 파란색으로 반짝이는 교회는 트리처럼 별 모양을 꼭대기에 달고 있었고 그 앞에서는 어린아이들에게 팔기 위한 알록달록한 색깔의 풍선들이 그 분위기를 더 활기 있게 만들어 주고 있었다. 예수를 믿지 않는 사람들이 너도나도 교회에 들어가기 위해 줄을 서 있는 것을 보니 교회는 나가지 않아도 크리스마스는 1년 중 가장 좋아라 하는 나의 모습과 겹쳤다. 사람들 사이를 겨우 비집고 교회 안으로 들어가 보았다. 그래도 엄연히 기독교인들의 축제인데 교회의 분위기는 어떨지 정말 궁금했다. 찬송가가 흘러나오는 교회 안은 길게 매달린 별 장식과 트리로 예쁘지만 조금 어설픈 듯하게 꾸며져 있었다. 바닥에는 크고 네모난 틀 안에 모래가 가득히 쌓여 있었다. 사람들은 모래 위에 초를 꽂고 불을 붙이며 눈을 감고 간절히 바라는 무언가를 속삭이고 있었다.

신성한 갠지스강

전날 밤 숙소 루프탑에서 케이크와 신나는 노래와 함께 새해를 축하하는 파티를 벌였다. 거의 매년 집에서 가족들과 TV에 나오는 광화문을 꽉 채운 사람들을 보며 카운트다운을 하곤 했었다. 정신없을 정도로 몰려 있는 인파 속에서 추위를 뚫고 자리를 지키고 서 있는 사람들은 대단하게만 보였었다. 그러나 이번에는 새해를 전혀 낯선 곳에서, 낯선 사람들과 맞이하게 되었다. 60초를 남기니 아무래도 마음이 떨리는 수밖에 없었다. 항상 그래왔던 것처럼. 손에 조금씩 땀이 나고 한 살을 더 먹는다는 것이 서글프면서도 많은 일이 있었던 스물셋의 나와 묵묵히 지켜봐 준 주변 사람들을 떠올렸다. 해가 바뀌기까지 10초가 남았을 즈음 모두가 흥분되는 마음으로 큰 소리로 숫자를 세나가기 시작했다. 셋, 둘, 하나, 해피 뉴이어! 공기가 안 좋은 탓에 별을 볼 수 없는 인도의 밤하늘이지만 이날만큼은 누군가가 터뜨리는 폭죽이 별처럼 빛나 지나온 해를 위로하고 또다시 찾아온 새로운 해를 축하해 주고 있었다.

그런데 크리스마스 이후로 존의 몸 상태가 좋아 보이지 않았다. 음식 때문인지, 어떠한 피로나 스트레스에 의한 것인지 알 수 없었지만 존은 목이 아파서 말을 아껴야 하는 상황에 이르렀다. 약을 챙겨 먹고 물을 많이 마시면 괜찮아질 거라며 걱정 말라는 듯 쓴웃음을 내보이는 존에게 미안함과 걱정스러움을 뒤로하고 밖으로 나왔다. 아픈 존을 두고 혼자 나오는 것이 조금은 신경 쓰였지만 이날은 1월 1일, 새해를 맞이하는 날이었다. 이날만큼은 꼭 갠지스강을 끼고 걷고 싶었다.

나처럼 새해를 집에서만 보내고 싶어 하지 않았던 사람들은 역시 많은 모양이다. 매일 행해지는 뿌자의식을 보기까지는 한참이나 시간적 여유가 있음에도 이미 돌계단 위는 신에게 감사한 마음을 전하려는 사람들로 소란스러웠다.

갠지스강 근처에서 나눠주는 음식을 받기 위해 줄 서 있는 여인들

갠지스강은 잠깐이나마 손을 대 보는 것도 싫을 정도로 더럽게만 느껴졌었다. 바라나시로 다시 돌아온 지도 어느덧 3주째가 되어 가니 그동안 자주 보아왔던 강은 나도 모르는 새에 더 이상 더러운 물로 보이지 않고 그저 '신성할 뿐인' 강으로 변모되어 가고 있었다. 이곳에서는 매일 같이 많은 바라나시, 또는 먼 타지에서 온 사람들이 솟아오르는 뜨거운 해를 뒤로하고 목욕이나 빨래를 하며 하루를 열고, 저녁이 되면 강의 신에게 온 마음을 다해 의식을 행한다. 온갖 악기로 가득 찬 음악과 짤랑거리는 종소리, 박자에 맞춘 사람들의 박수 소리와 함께 건너편에서는 장례식이 치러지고 있었다. 나에게 그 강은 그저 '물'에 불과했다. 그러나 매일 같이 벌어지는 진기하고도 아주 보통의 일상이 일어나는 모습은 자연스레 나의 마음을 인도인의 마음에 이입하게 했다. 이곳은 정말, 정말로 그들에게 있어서는 '신성한 강' 그 자체인 것이다.

멀찍이 떨어져 있는 계단에 앉아 누군가의 장례식을 가만히 바라보았다.

수많은 가트 중에서 버닝 가트라고 장례식을 치르는 곳이 있다. 돈을 지불한 만큼 장작을 사서 쌓아 올려 시체를 태우고 장작이 부족할 경우 미처 타지 못한 시체는 강으로 흘려보낸다. 유가족들은 덤덤한 표정으로 시체가 타는 모습을 지켜본다. 버닝 가트에 들어갈 수 있는 사람은 가족이나 고인과 관계가 있는 사람들만 들어가는 것이 예의이기에, 정 보고 싶다면 멀리서 지켜보아야 한다. 한 번은 멀찍이 떨어져 장작 안을 슬쩍 보았는데 불이 붙어 활활 타오르는 사람의 얼굴과 마주쳐 나도 모르게 고개를 돌렸던 기억이 있다.

많은 인도 사람들은 죽을 때가 되면 바라나시에 와서 지나온 삶을 마칠 준비를 한다고 한다. 그들에게 있어 바라나시에서 영혼을 바치는 것은 더 이상 고통이 가득한 삶의 굴레로 돌아오지 않을 수 있는 영광스러운 일로 여겨진다고 한다. 그렇다면 모든 인도 사람들은 죽으면 갠지스강으로 떠내려가길 원할까? 슙브와 디시드도 그러길 원할까? 걷잡을 수 없이 많은 물음표가 머릿속에 떠다녔다. 그러고는 그들이 훗날 가까워 오는 죽음의 그림자와 하나가 될 때 이곳에서 불에 타오르는 모습을 상상했다. 지금의 우리는 너무나도 젊고 생기가 가득하다. 활동적이며 생동감이 넘친다. 노래를 부르고, 춤을 추고, 술을 마시고, 이야기를 나누고, 웃기도 하고, 가끔은 울기도 하며….

어둑어둑해져 어느새 강 건너편이 보이지 않는 시간이 되었어도 사람들은 1분이라도 신과 함께하고 싶어 하는 것 같았다. 강에 활기를 주는 존재 자체인 그들을 조용히 둘러보았다. 지금 여기 있는 모두가 죽음과 한 몸이 되면 활기는 온데 간데 없이 사라지고 이들의 바람대로 불에 타고 남은 육신은 강으로 흘러가 버리겠지. 세상에 영원한 것은 없다는 진부한 말이 깊이 마음을 파고 들어가 찡하게 울리고 말았다. 저기 있는 뱃사공, 디아를 팔러 돌아다니는 아이, 액세서리를 파는 아주머니, 장례를 지켜보는 유가족들 그리고 그 모습을 지켜보는 나. 언젠가 우리 모두 잔 밖으로 넘쳐흐르는 싱그러움의 물줄기는 뚝 끊겨 버린 채 영혼은 익숙했던 집을 잃고 방황하고 말겠지. 고통스러워도 사랑할 수밖에 없던 세상 속에서 조용히 사라지겠지. 영원할 것 같던 젊음도, 돈도, 재능도, 아름다움도, 우리의 우정도, 사랑도 결국 무자비하게 흐르는 초침 앞에서는, 죽음 앞에서는 더 이상 목소리를 낼 수가 없는 것이다. 허무하고 외로웠다. 나와 내 주변의 모든 것이 아무렇지 않게 사라지고 잊히게 된다는 사실이. 죽음에서 자꾸만 버둥거리려 하던 나는 상상했다. 만약 나를 제외한 모든 것들이 썩어 간다면? 이루 말할 수 없을 만큼 슬프고 비참한 일이었다. 차라리 죽는 것이 나았다. 무언가 강렬하게 머릿속을 스쳤다.

'인생, 진짜 한 번뿐인 것이 맞구나.'

진실로, 진실로 딱 한 번이구나. 삶과 죽음의 경계에 있는 갠지스강은 위태로우면서도 경이롭다. 죽음을 간접적으로나마 보여 주는 이 안에서 삶에 대한 익숙하면서도 완전히 새로운 정의를 내릴 수 있었다.

'그래, 내 삶은 정말 이번 한 번이야.'

내 친구 존

나는 가장 친했던 펨카를, 존은 가장 친했던 마르셀로와 작별 인사를 한 후 우리는 서로 겉으로 티는 내지 않았지만 속으로 각자 소중한 친구들을 그리워하고 있었다. 그러면서도 자연스럽게 매일 눈을 뜨면 존을 찾고 함께 밥을 먹고 카페에 가는 사이가 되었다. 무려 열흘 동안 하루도 빠짐없이 매일. 존은 참 재미있는 친구였다. 처음 그를 봤을 때는 낯을 많이 가리고 조용한 성격의 소유자일 줄 알았는데, 반은 맞지만 내가 몰랐던 훨씬 큰 반이 숨겨져 있었다. 존은 유머 감각이 뛰어나고 매일 같이 말장난을 치며 나를 웃게 했다. 그리고 그는 사진 찍는 것을 좋아할뿐더러 그 실력 또한 엄청났다. 존의 사진은 보통의 일상에서 지나치는 것들에 초점을 맞추고 있었는데 따뜻한 색감의 그 사진들이 참 좋았다.

어느 날은 존이 나를 찍어 주고 싶다고 했는데, 사진을 찍어 주기 전 나의 옷매무새를 다듬어 주는 손길은 정말이지 프로 같았다. 포즈까지 잡아 주며 진지하게 사진을 찍어 주는 모습이 참 멋있었다. 그리고 고마웠다. 사진을 찍는다는 것은 어떻게 보면 굉장히 쉬운 일이다. 담고 싶은 모습에 카메라를 갖다 대고 셔터를 눌러대기만 하면 되는 일이니. 다만 나 같은 사람에게만 말이다. 그에게는 그렇게 간단한 일이 아닐 것이다. 사진을 좋아하기 때문에 절대 아무것이나, 대충 찍지 않고 집중하고 정성을 들여 찍어왔을 것이다.

그는 생각이 정말 깊은 사람이기도 했다. 가끔은 내가 생각하지도 못했던 재미있는 아이디어를 이야기하곤 했는데 그때마다 별생각 없이 지나쳐 온 일들에 대해 새로운 관점에서 생각할 수 있었다. 한 번은 이런 말을 한 적이 있다.

"남, 요즘 들어 느낀 가장 재미있는 일이 한 가지 있어. 미국에 있을 때는 몇 만 원 하는 티셔츠를 살 때 내 마음에만 든다면 별 고민 없이 돈을 지불 했었어. 그런데 인도에서는 몇천 원이면 살 수 있어도 물건값을 깎기 위해 흥정을 하고 있지."

내가 생각하는 흥정의 이유는 대부분의 사람들이 우리 같은 외국인에게 터무니없는 가격을 부르기 때문이었고, 그걸 뻔히 아는 데도 흥정을 하지 않는다는 것은 낭비라고 생각했다. 반면에 우리나라나 미국에서는 대부분 정찰제

이기 때문에 굳이 가격을 깎으려 노력할 필요 자체가 없었다. 대신 다른 면에서 존의 말은 나를 조금 부끄럽게 만들었다. 한국에서 아무렇지 않게 지불하는 돈이 사실은 그다지 적은 돈이 아니었음을. 인도와 대한민국의 생활 여건은 비교할 수 없을 정도로 큰 격차가 있어 당연히 같은 조건 하에서 보면 안 된다는 것을 안다. 그럼에도 따지고 보면 한국에서의 나는 너무나 많은 돈을 허공에 흩날리고 있었다. 굳이 쓰지 않아도 될 부분에 돈을 지불하며 억지로 채워 나가려 했던 그 모습이 가식적이게 느껴졌다.

바라나시를 떠날 때가 다가올 즈음, 숙소에서 만났던 어느 누구보다도 존은 가장 친한 친구가 되어 있었다. 바라나시에 머무는 마지막 날, 나는 이곳에서만 총 3주를 머물렀다는 것을 알았다. 정든 이와 작별하는 아쉬운 마음에 그날은 존과 새벽 3시까지 루프탑에서 떠들게 되었다. 우리는 이번 여행을 통해 변화된 자신의 모습 3가지, 그리고 서로의 장점에 대해 얘기를 했다.

"존, 너는 내가 영어를 못 알아들을 때마다 몇 번이고 다시 말해 주는 정말 친절한 사람이었어. 그리고 생각도 깊고, 유머 있는 모습이 참 좋았어."

내가 먼저 존의 빛나는 점들을 하나하나 열거했다.

"남, 그거 알아? 며칠 전에 숙소에 새로운 직원이 왔을 때 너가 그 직원에게 먼저 다가가서 인사를 하고, 악수까지 했잖아. 아무리 내가 친절한 사람이라고 해도 너만큼은 아닐 거야."

아무렇지 않게 지나쳤던 그 일을 존은 기억하고 있었다. 그리고 그는 덧붙여 말했다.

"우리 처음 만났을 때 기억나?"

"기억나지. 내가 다른 사람들이랑 얘기하고 있을 때 너와 눈이 마주쳐 서로 인사했잖아."

"맞아. 사실 그때 다음 날에 다른 숙소로 이동할 생각이었어. 솔직히 시설도 별로고, 깨끗하지 못하다고 생각했거든. 그런데 너가 처음 나한테 인사를 하고 말을 걸었을 때, 어쩌면 이 숙소에서도 좋은 사람들을 만나 즐겁게 시간을 보낼 수도 있겠다는 생각이 들었어. 그래서 결국 다른 곳으로 가지 않고 이곳을 연장한 거야."

존의 말은 여전히 절대 잊히지 않는다. 그가 처음 나를 만났을 때 내가 괜찮은 사람이라는 느낌을 받았고, 시간이 지나면서 나 또한 존이 참 좋은 사람이라는 것을 느낄 수 있었다. 그리고 우리는 서로의 기억에 꽤 오래도록 자리 잡을 소중한 친구로서 남아 있다.

온 마음을 다해, 고마워 존.

존

사랑하는 인도, 안녕!

'인도'

이름 하나만으로도 손에 땀을 쥐게 만들 정도로 가슴을 설레게 만드는 나라. 4개월간의 여행을 마치고 돌아왔을 때, 모든 사람이 어느 나라가 가장 좋았냐고 물었다. 활짝 웃으며 '인도'라고 답했다. 그럼 그들은 의아한 듯, "왜?"라고 물어왔다. 사실 이유를 정확하게 설명하기는 힘들었다. 그곳에서 만난 사람들, 많은 일들을 보며 느낀 감정과 몸으로 알게 된 것들이 한데 뒤섞여 그 이유를 만들어 냈기 때문이다. 그렇지만 가장 큰 이유는 역시 사람이었다. 그렇게 좋은 사람들을 만나지 못했다면, 나는 결코 여행이 하루하루가 소중하고 재밌었다고 말하지 못할 것이다. 내 시간에 함께 머물렀던 모든 사람들은 또 다른 나를 만나게 해 주었다. 그들은 어느새인가 내 여행의 사랑스러운 일부가 되어 있었고 사람의 소중함을 제대로 알지도 못한 채 여행을 했던 과거의 시간들이 아깝게 느껴졌다.

또 하나의 이유는 껍데기가 벗겨진 알맹이를 볼 수 있었기 때문이다. 발달된 문명은 우리의 생활을 편리하게 만들어 주었고 편리한 것은 오늘날의 우리에게는 당연한 것이 되었다. 그런 나라에서 살다 온 내가 인도에 처음 왔을 때는 느린 인터넷과 수없이 지연되고 몸을 부대끼며 가야 하는 기차를 비롯해 많은 것이 불편하고 답답했다. 그럴 때마다 차분하게 자신의 순서를 기다리는 인도 사람들의 모습에서는 놀라울 정도의 여유가 느껴졌다. 문명은 편하게 만들어 주었지만 오히려 우리를 그것에 속박되게 하고 그 속에서 사람들은 원래 가지고 있었던 관점의 순수함조차 잃게 되었다. 그래서 우리는 어머니와도 같은 자연의 깊고도 고요한 음성에는 귀를 기울이는 법조차 잃어버리게 되었다.

인도에서 마주하는 그 길은 분명 귀찮고 짜증나기도 하며 고통스럽기까지 했다. 그러나 그 길의 끝에서 본질적인 무언가를 볼 수 있었다. 특히 삶과 죽음의 경계선에 위태롭게 버티고 서 있는 갠지스강은 인간에게 있어서 가장 본질적인 '삶'과 '죽음'에 관한 것들을 깊게 들여다보도록 하는 고밀도의 렌즈와 같았다. 그리고 인간의 중심을 이루는 그것들은 나에게 말해 주었다. 화려한 옷과 화장품으로 치장하지 않아도 아름다우며, 배가 불러도 많이 먹는 것은 과욕에 불과하고, 남들에게 보이기 위한 그럴듯한 포장지로 너를 감싸지 않아도 괜찮다고.

에필로그

아무런 기대 없이 떠났던 여행에서 아주 소중하고 빛나는 선물을 받았다. 그것은 바로 여행을 통해, 내가 가진 관점이 다시 한번 정화되었다는 것이다.

여행 초반에 가장 고통스러웠던 것은 누군가에게 도움을 구하는 것이었다. 나는 그것을 민망하고 부담을 지우는 일로만 여겼었다. 그러나 요르단에서 사해로 가는 버스를 잘못 내렸을 때에도, 이집트에서 길을 잃었을 때에도, 정말 민망할 정도로 셀 수 없이 많은 도움을 받고 나서야 알 수 있었다. 스스로가 부끄러울 정도로 어리석었다는 것을. 어느 날은 순례길 위에서 만난 사람 중에 한 명이 다리에 통증을 느껴 조금 남아 있던 약을 그에게 주기도 하고 장을 봐 온 음식을 아침으로 먹으라며 남겨두고 간 적이 있었는데, 기이한 것은 내가 소유하고 있는 무언가가 사라졌음에도 내면 깊은 곳에서는 좋은 향기를 느낄 수 있었다는 것이다.

한국에 돌아와 인도에서 만났던 친구들이 보고 싶어 연락을 한 적이 있었는데 문득 친구들에게 특정 나라를 좋아하는 이유가 궁금해서 물어보았다. 다양한 이유들이 있었지만 공통되는 것이 한 가지 있었는데 그것은 바로 '사람'이었다. 좋은 사람들을 만나 그들과 마음을 나누고 정을 나누는 것이 이렇게나 중요한 일인 줄 예전에는 미처 알지 못했다.

여행길에서 만난 사람들 중에는 희영 언니를 비롯해 자유롭고 순수한 마음을 여전히 간직한 채 살고 있는 이들이 있었다. 신기한 것은, 그런 사람들이 전혀 밉지 않고 자신감 넘치며 사랑스럽게만 보였다. 그리고 나서야 나는 진심으로 마음을 열고 무언가의 외침을 들을 수 있었다. 난 반드시 '나'로서 존재하여야만 한다고 말이다.

인생의 어느 날은 뜬금없이 이전의 내가 그립다는 생각이 물밀 듯 몰려온다. 아주 막연하게. 내 마음이 조금씩 신호를 보내온다. 대학교 학생회 활동과 용돈을 벌기 위해 시작했던 여러 번의 아르바이트 과정에서 스스로를 힘들게 할 정도로 눈치를 보고 자책감에 시달리며, 대체 어디까지 나를 감추어야 하는지에 대한 의문과 자괴감이 들면서도 예전의 난 그 '신호'를 억누르고 일어서는 사람만이 버틸 수 있는 세상이라고 생각했다. 하지만 여행은 나에게 '나의 모습 그대로'를 보이라고 했다.

산티아고로 향하는 길 위에서 문득 이 길을 처음 걸었을 사람들에 대해 궁금증이 생긴 적이 있었다. 그들은 두려움과 설렘을 안고 차마 길이라고 부를 수 없을 정도로 험난한 그곳을 걸어 나갔었다. 그에 반해 그동안 매번 반듯하게 포장된 길로만 다니려 했던 나의 모습은 회의감이 들었다. 나의 인생은 누구를 위한 인생인지 알 수 없었다. 여행을 떠나면서 많은 사람들을 만났던 만큼 많은 인생을 만날 수 있었다. 그러나 똑같은 인생을 여러 번 만난 것이 아니라 매번 제각기 다른 인생을 만났었고, 내가 상상조차 해 보지 않았던 방식으로 자신의 길을 걸어가는 사람도 많았다. 우린 다 각자 다르지만 아름다운 자신의 길을 가고 있음을 느낀다.

이번 여행은 마지막이 아닌 또 다른 시작을 알리고 있었다. 여행뿐 아니라 인생에 있어 '끝'이라는 말은 죽을 때뿐이라는 생각이 들었다. 산티아고까지 걸을 때도, 산티아고 대성당을 보았을 때도 그것이 이 여정의 끝이라는 생각이 들지 않았다. 우리네 삶과 이 여정은 처음부터 닮아 있었고 이어져 있는 존재였다. 그리고 지금 이 순간의 나도 그때의 나와 같이 길 위에 서 있다.

우리, 모두.